T0000970

LAS OLAS

ALMA CLÁSICOS ILUSTRADOS

VIRGINIA WOOLF

LAS OLAS

Traducción de Dámaso López

Ilustrado por
Gala Pont

Título original: *The Waves*

© de esta edición:
Editorial Alma
Anders Producciones S.L., 2022
www.editorialalma.com

@almaeditorial
@Almaeditorial

© Traducción y texto de contracubierta de Dámaso López García
Traducçión cedida por EDITORA Y DISTRIBUIDORA HISPANO AMERICANA, S.A. (EDHASA)

Se ha utilizado, para llevar a cabo la traducción, el texto de The Cambridge Edition of the Works of Virginia Woolf, *The Waves,* editado por Michael Herbert y Susan Sellers, Cambridge, Cambridge University Press, 2010.

© de las ilustraciones: Gala Pont

Diseño de la colección: lookatcia.com
Diseño de cubierta: lookatcia.com
Maquetación y revisión: LocTeam, S.L.

ISBN: 978-84-18395-56-7
Depósito legal: B4921-2022

Impreso en España
Printed in Spain

Este libro contiene papel de color natural de alta calidad que no amarillea (deterioro por oxidación) con el paso del tiempo y proviene de bosques gestionados de manera sostenible.

Aún no se había levantado el sol. No se distinguía el mar del cielo, exceptuadas unas tenues líneas que mostraba el mar, como un paño con arrugas. Poco a poco, al clarear el cielo, aparecía una línea oscura en el horizonte y dividía mar y cielo y se llenaba el paño gris de surcos de gruesos trazos que se movían, uno tras otro, bajo la superficie, siguiéndose, persiguiéndose unos a otros, perpetuamente.

Al acercarse a la orilla, cada línea se elevaba, crecía, rompía y barría la arena con un leve velo de agua blanca. La ola hacía una pausa y volvía de nuevo, suspirando como quien duerme, cuyo aliento va y viene de forma inconsciente. Poco a poco, se iluminaba la línea oscura del horizonte, como si los posos de una vieja botella de vino hubieran desaparecido y quedara solo el verde vidrio. Detrás, a la vez, también el cielo se despejaba, como si hubieran desaparecido de él los posos blancos o como si hubiese levantado una luz el brazo de una mujer tendida bajo el horizonte y se extendiesen por el cielo unas varillas blancas, verdes y amarillas, en forma de abanico. Después ella levantaba aún más la lámpara, y el aire parecía volverse fibroso, y parecía alejarse con prisa de la superficie verde mediante hebras amarillas y rojas que llameaban y brillaban como fuego humeante que ardiera en la hoguera. Poco a poco, se fundían las hebras de la hoguera en una bruma naranja, en una incandescencia que levantaba el peso del cielo gris como de lana por encima de ella y lo convertía en un millón de átomos de color azul pálido. Poco a poco, la superficie del mar se volvía transparente y se quedaba haciendo ondas y destellando hasta que las líneas oscuras casi se borraban. Poco a poco, el brazo que sostenía la luz la levantaba más y más arriba, hasta que se veía una clara llama; ardía un arco de fuego en la curva del horizonte y, debajo de él, el mar se incendiaba de oro.

Llegó la luz a los árboles del jardín; la luz hacía transparentes una hoja tras otra. Trinaba un pájaro en lo alto, había una pausa, trinaba otro más abajo. El sol dibujaba los muros de la casa y descansaba, como el extremo de una varilla de abanico, sobre una blanca persiana que dejaba una huella dactilar azul de sombra bajo una hoja ante la ventana del dormitorio. La persiana se agitaba de forma casi imperceptible, pero en el interior todo era oscuro e insustancial. En el exterior, los pájaros cantaban una melodía inexpresiva.

—Veo un anillo —dijo Bernard—, cuelga sobre mí. Tiembla, está suspendido como un bucle de luz.

—Veo una baldosa de color amarillo pálido —dijo Susan—, se prolonga a lo lejos, hasta que se reúne con una cinta de color púrpura.

—Oigo un sonido —dijo Rhoda—, chipi, chip, chipi, chip, sube y baja.

—Veo un globo —dijo Neville—, cuelga como una gota ante la enorme falda de una colina.

—Veo una borla carmesí —dijo Jinny— trenzada con hilos de oro.

—Oigo un golpe —dijo Louis—. La mano de un enorme animal encadenado. Golpea, golpea, golpea.

—Mira la telaraña en la esquina del balcón —dijo Bernard—. Tiene gotas de agua, gotas de luz blanca.

—Se han agolpado las hojas alrededor de la ventana, parecen orejas puntiagudas —dijo Susan.

—Cae una sombra en el camino —dijo Louis—, parece un codo flexionado.

—Nadan en la hierba islas de luz —dijo Rhoda—. Descienden desde los árboles.

—Entre los túneles que forman las hojas, brillan los ojos de los pájaros —dijo Neville.

—Los tallos están cubiertos de pelos cortos e hirsutos —dijo Jinny—, se les han adherido gotas de agua.

—Esa oruga enroscada parece un anillo verde —dijo Susan—; las patitas parecen muescas.

—Cruza el camino un caracol de concha gris, tras él la hierba está aplastada —dijo Rhoda.

—Desde los cristales, destellan ardientes luces entre las hierbas —dijo Louis.

—Siento el frío de las piedras en los pies —dijo Neville—. Las siento todas por separado, redondas o puntiagudas.

—Me arde el dorso de la mano —dijo Jinny—, pero tengo la palma pegajosa y húmeda de rocío.

—El gallo canta ahora como si su canto fuera un sólido chorro de agua de color rojo en la marea blanca —dijo Bernard.

—Se mueven de aquí para allá los pájaros, cantan alrededor de nosotros —dijo Susan.

—El animal da golpes, es el elefante con la pata encadenada; el enorme animal de la playa da golpes —dijo Louis.

—Mira la casa —dijo Jinny—, con las persianas bajadas todas las ventanas son blancas.

—Empieza a salir agua fría del grifo del fregadero —dijo Rhoda—, cae sobre la caballa en el cubo.

—Hay grietas de oro dibujadas sobre los muros —dijo Bernard—, bajo las ventanas hay sombras de hojas de color azul con forma de dedos.

—Mrs. Constable se sube las gruesas medias negras —dijo Susan.

—Cuando el humo se eleva, los sueños se rizan en el tejado, como una niebla —dijo Louis.

—Al principio los pájaros formaban un coro al cantar —dijo Rhoda—. Se abre la puerta del fregadero. Echan a volar. Echan a volar como semillas arrojadas a voleo. Sin embargo, hay uno que canta solo en la ventana del dormitorio.

—Se forman burbujas en el fondo de la cazuela —dijo Jinny—. Suben, cada vez más aprisa, como una cadena de plata que llegara a la superficie.

—Sobre la tabla, Biddy escama el pescado con un cuchillo dentado —dijo Neville.

—La ventana del comedor es de color azul oscuro ahora —dijo Bernard—, el aire se convierte en ondas sobre las chimeneas.

—Una golondrina se posa sobre el pararrayos —dijo Susan—. Biddy ha dejado caer de golpe el cubo sobre las baldosas de la cocina.

—El primer toque de la campana de la iglesia —dijo Louis—. Ahora los demás: uno, dos, uno, dos, uno, dos.

—Mira cómo el blanco mantel sobrevuela la mesa —dijo Rhoda—. Ahora hay círculos de porcelana blanca y líneas de plata junto a cada plato.

—De repente, zumba una abeja junto a mi oído —dijo Neville—. La oigo, dejo de oírla.

—Me abraso —dijo Jinny—, huyo del sol, me voy a la sombra.

—Se han ido —dijo Louis—. Estoy solo. Han entrado en casa a desayunar, me he quedado de pie junto a la tapia, entre las flores. Es muy temprano, antes de las clases. Apunta una flor tras otra en la espesura verde. Los pétalos son arlequines. Se yerguen los tallos desde los negros hoyos de abajo. Las flores nadan como peces de luz sobre las aguas oscuras de color verde. Tengo un tallo en la mano. Soy el tallo. Mis raíces se hunden en las profundidades del mundo, a través de la tierra seca como barro cocido, de la tierra húmeda, a través de las venas de plomo y plata. Soy todo fibra. Me sacuden todos los temblores, el peso de la tierra me oprime las costillas. Aquí arriba mis ojos son verdes hojas, ciegos. Soy un niño vestido de franela gris con un cinturón abrochado con una hebilla que es una serpiente de bronce. Allá abajo mis ojos son los ojos sin párpados de una figura de piedra en el desierto junto al Nilo. Veo pasar camino del río a mujeres con cántaros rojos, veo camellos que se balancean, hombres con turbantes. Oigo pisadas, temblores, agitación alrededor de mí.

»Aquí arriba, Bernard, Neville, Jinny y Susan (pero no Rhoda) peinan los macizos de flores con los cazamariposas. Prenden mariposas en las vencidas cabezas de las flores. Cepillan la superficie del mundo. Las redes están llenas de alas enfurecidas. "¡Louis!, ¡Louis!, ¡Louis!", gritan. Pero no pueden verme. Estoy al otro lado del seto. Solo hay mirillas diminutas entre las hojas. Ay, Señor, que pasen. Señor, que extiendan las mariposas en un pañuelo sobre la grava. Que canten los nombres de las mariposas de los olmos, de las vanesas atlanta y de las blancas de la col. No quiero que me vean. Soy verde como tejo a la sombra del seto. Mi pelo son hojas. Estoy arraigado en el centro de la tierra. Mi cuerpo es un tallo. Oprimo el tallo. Una gota rebosa por el orificio de la boca y, poco a poco, se espesa, se hace más y más grande. Algo de color rosa pasa ante la mirilla. Una mirada se introduce a través de la rendija. Se detiene en mí. Soy un niño con un traje de franela gris. Me ha hallado. Recibo un golpe en el cuello. Me ha besado. Todo se conmociona.

—Iba corriendo —dijo Jinny—, después del desayuno. Vi unas hojas que se movían en un hueco del seto. Pensé: «Es un pájaro en el nido». Las aparté y miré, pero no había pájaro ni había nido. Las hojas seguían moviéndose. Me asusté. Pasé corriendo por delante de Susan, Rhoda, Neville y Bernard, que hablaban en la caseta de las herramientas. Lloraba mientras corría, más y más rápido. ¿Qué movía las hojas?, ¿qué mueve mi corazón?, ¿mis piernas? Vine volando aquí, te vi de color verde, como un arbusto, Louis, como si fueras una rama, muy quieto, Louis, con los ojos fijos. «¿Estará muerto?» —pensé—, y te di un beso, con el corazón saltando bajo mi vestido de color rosa; saltaba el corazón como las hojas, que siguen moviéndose, aunque no haya nada que las mueva. Ahora huelo los geranios, huelo el mantillo. Bailo. Me muevo como una onda. Caigo sobre ti como un cazamariposas de luz. Permanezco derribada sobre ti, temblando.

—Por el claro del seto —dijo Susan—, vi que ella lo besaba. Levanté la cabeza del tiesto y miré por el claro del seto. La vi darle un beso. Los vi besándose, Jinny y Louis. Esconderé mi agonía en un pañuelo. Lo estrujaré hasta que se convierta en una bola. Me iré sola al hayedo, hasta la hora de las clases. No me sentaré a la mesa a hacer sumas. No voy a sentarme junto a Jinny y junto a Louis. Me llevaré mi angustia y la dejaré junto a las raíces de las hayas. La examinaré y la extenderé entre los dedos. No me hallarán. Comeré avellanas, buscaré huevos entre las zarzas, se me enredará el pelo, dormiré al otro lado de los setos, beberé agua de las zanjas y me moriré allí.

—Acaba de pasar Susan —dijo Bernard—, acaba de pasar por la puerta de la caseta de las herramientas con un pañuelo estrujado y hecho una bola. No lloraba, pero los ojos, tan hermosos, parecían rendijas, como los ojos de un gato que se dispusiera a saltar. Voy a seguirla, Neville. Iré tras ella con cuidado, para estar a mano, con mi curiosidad, para consolarla cuando estalle en cólera y piense: «Estoy sola».

»Ahora camina por el campo con movimiento regular, con indiferencia, para engañarnos. Llega a la cuesta, cree que nadie la ve; echa a correr con los puños cerrados, con los brazos extendidos. Hinca las uñas en el pañuelo arrugado. Se dirige al hayedo, fuera de la luz. Extiende los brazos al llegar. Entra en la sombra como un nadador. Pero la ciega la falta de luz, da unos pasos rápidos y se deja caer junto a las raíces de los árboles, donde la luz parece respirar: dentro y fuera, dentro y fuera. Se mueven las ramas arriba y abajo. Hay agitación y problemas aquí. Está oscuro. La luz es intermitente. Hay angustia aquí. Las raíces componen un esqueleto sobre el suelo, con montones de hojas secas en los rincones. Susan ha desplegado su angustia. Yace el pañuelo entre las raíces de las hayas; ella se sienta, hecha un ovillo, donde se ha dejado caer.

—Vi cómo ella le daba un beso —dijo Susan—. Miré entre las hojas y la vi. Bailaba salpicada de deslumbrante polvo de diamantes. Soy bajita, Bernard, soy pequeña. Mis ojos miran al suelo, distingo los insectos en la hierba. La celosa alegría de mi corazón se petrificó cuando vi a Jinny besar a Louis. Comeré hierba, me moriré en una zanja de agua oscura en la que se pudran las hojas muertas.

—Te vi salir —dijo Bernard—. Al pasar ante la puerta de la caseta de las herramientas, te oí gemir: «Qué desgraciada soy». Dejé la navaja. Neville y yo tallábamos barcos de madera. Llevo el pelo enredado, porque, cuando Mrs. Constable me dijo que me peinara, había una mosca en una telaraña; me pregunté: «¿Debo liberar la mosca? ¿Debo permitir que se la coman?». Siempre llego tarde. Estoy despeinado y tengo virutas de madera en el pelo.

Te seguí, cuando te oí llorar, y vi cómo tirabas al suelo el pañuelo estrujado con tu ira y con tu odio. Eso acabará pronto. Nuestros cuerpos están cerca. Me oyes respirar. Ves el escarabajo que carga con una hoja en la espalda. Va de acá para allá, de forma que, mientras contemplas el escarabajo, tu deseo de poseer una sola cosa (ahora es Louis) debe extraviarse, como la luz que sortea las hojas del haya; las palabras, moviéndose de forma oscura, en lo profundo de tu mente, desharán el fuerte nudo del pañuelo.

—Amo y odio —dijo Susan—. Deseo una sola cosa. Mi mirada es firme. Los ojos de Jinny se dividen en mil luces. Los de Rhoda son como esas flores pálidas a las que las mariposas nocturnas se acercan todas las noches. Los tuyos están siempre a punto de desbordarse, aunque no lloras. Yo soy tenaz en la búsqueda. Veo los insectos en la hierba. Aunque mi madre todavía teja calcetines blancos para mí y delantales con dobladillos y sea una niña, amo y odio.

—Pero cuando nos sentamos juntos, cerca —dijo Bernard—, nos fundimos juntos en las frases. Nos perfila la niebla. Creamos un territorio insustancial.

—Veo el escarabajo —dijo Susan—. Negro, lo veo; verde, lo veo; estoy atada a palabras únicas. Con las palabras y con las palabras de las frases, divagas, te escapas, te elevas.

—Exploremos —dijo Bernard—. Está la casa blanca entre los árboles. Está allí, siempre lejos y debajo de nosotros. Nos hundiremos, como los nadadores que solo tocan el suelo con la punta de los dedos de los pies. Hundámonos en el aire verde de las hojas, Susan. Hundámonos al correr. Las olas se cierran sobre nosotros, las hojas de las hayas nos cubren la cabeza. Está el reloj de la torre con sus manecillas brillantes. Está la anchura y altura de los tejados de la casa grande. El mozo del establo, con sus botas de goma, hace ruido en el patio. Eso es Elvedon.

»Hemos caído a tierra desde las copas de los árboles. Ya no nos cubren las largas y desdichadas olas de color púrpura. Tocamos tierra, caminamos por el suelo. Ese es el recortado seto del jardín de las damas. Por él caminan ellas al mediodía, con tijeras; cortan rosas. Estamos en el bosque circular rodeado por una tapia. Esto es Elvedon. He visto señales en el cruce de caminos con un indicador en el que se leía: «A Elvedon». Nadie ha estado allí. Hay un fuerte olor a helechos, bajo ellos crecen setas rojas. Despertamos del sueño a unas cornejas que nunca habían visto una forma humana, caminamos sobre podridas agallas de roble, ya rojas, resbaladizas. Hay una tapia circular que encierra el bosque, nadie viene aquí. ¡Escucha! Eso es el salto de un sapo gigante en el sotobosque; eso, el ruido de la piña de un abeto primordial que cae para pudrirse entre los helechos.

»Pisa sobre este ladrillo. Mira por encima del muro. Eso es Elvedon. Una dama se sienta entre dos altas ventanas, escribe. Los jardineros barren el césped con escobones. Somos los primeros en venir aquí. Somos los descubridores de una tierra desconocida. No te muevas. Si nos vieran los jardineros, nos dispararían. Nos clavarían a la puerta del establo, como armiños. ¡Cuidado! No te muevas. Sujétate con fuerza a los helechos sobre la tapia.

—Veo a la dama que escribe. Veo a los jardineros que barren —dijo Susan—. Si muriéramos aquí, nadie nos enterraría.

—¡Corramos! —dijo Bernard—. ¡Corramos! ¡Nos ha visto el jardinero de la barba negra! ¡Disparará! ¡Disparará contra nosotros como si fuéramos arrendajos!, luego nos clavarán en la tapia. Estamos en un país hostil. Debemos huir al hayedo. Hay que esconderse entre los árboles. Dejé una rama al venir. Hay un camino secreto. Agáchate todo lo que puedas. Sigue sin mirar atrás. Pensarán que somos zorros. ¡Corramos!

»Nos hemos salvado. Ya podemos ponernos en pie. Podemos estirar los brazos bajo este alto dosel, en este bosque inmenso. No oigo nada. Eso es solo el murmullo de las olas en el aire. Eso es una paloma torcaz que se escapa entre las copas de las hayas. La paloma se mueve en el aire, bate el aire con torpes alas como de madera.

—Te vas —dijo Susan—, haces frases. Asciendes por el aire como la cuerda de un globo que hubieran soltado, cada vez más alto, entre las tupidas hojas, inalcanzable. Te detienes. Tiras de mi falda, miras hacia atrás, haces frases. Has huido de mí. Aquí está el jardín. Aquí está el seto. Aquí está Rhoda, en el camino, meciendo pétalos en la vasija de color castaño.

—Todos mis barcos son blancos —dijo Rhoda—. No quiero pétalos rojos de malvas o geranios. Quiero pétalos blancos que floten cuando mueva la vasija. Mi flota ahora navega de una orilla a otra. Dejo caer una ramita que sea una balsa a la que pudiera subir un marinero que se estuviera ahogando. Dejo caer una piedra para ver cómo suben las burbujas desde el fondo del mar. Se ha ido Neville, se ha ido Susan; Jinny está en la huerta recogiendo grosellas, quizá esté con Louis. Me queda poco tiempo de estar sola, mientras miss Hudson expone nuestros cuadernos sobre la mesa de la escuela. Tengo un pequeño espacio de libertad. He recogido todos los pétalos caídos y los he echado a nadar. En algunos he puesto gotas de agua. Voy a poner un faro aquí; aquí, una flor de aliso de mar. Ahora meceré la vasija de color castaño de un lado a otro para que mis barcos puedan surcar las olas. Algunos se hundirán. Otros se estrellarán contra los acantilados. Uno navega solo. Es el mío. Navega hacia cavernas de hielo en las que ladra el león marino y las estalactitas mueven cadenas verdes. Las olas se elevan, se rizan sus crestas. Miro las luces en lo alto de los mástiles. Se han dispersado, se han hundido, todos, excepto mi barco, que se sube a la cresta de la ola y corre ante la tormenta y llega a las islas donde los loros parlotean entre las enredaderas...

—¿Dónde está Bernard? —dijo Neville—. Tiene mi navaja. Estábamos en la caseta de las herramientas, hacíamos barcos; Susan pasó ante la puerta. Bernard dejó su barco y se fue tras ella, con mi navaja, la afilada, la que uso para hacer las quillas. Es como un cabo suelto, como la cadena rota que colgara de una campana, siempre moviéndose. Es como las algas tendidas en las ventanas, primero húmedas, luego secas. Me deja en la estacada, se va detrás de Susan; si Susan llora, se lleva mi navaja y le cuenta historias. La hoja grande es un emperador; la hoja rota, un negro. Detesto las cosas inconclusas, la cosas inciertas. No me gusta deambular y mezclar las cosas. Suena la campana, llegaremos tarde. Tenemos que dejar los juguetes. Tenemos que ir juntos. Los cuadernos están todos juntos en la mesa de tapete verde.

—No voy a conjugar este verbo —dijo Louis—, hasta que Bernard lo haya hecho. Mi padre es banquero en Brisbane y hablo con acento australiano. Esperaré e imitaré a Bernard. Él es inglés. Todos son ingleses. El padre de Susan es un clérigo. Rhoda no tiene padre. Bernard y Neville son hijos de caballeros. Jinny vive con su abuela en Londres. Chupan el extremo de las plumas. Maltratan los cuadernos, miran de reojo a miss Hudson, cuentan los botones de color morado de su corpiño. Bernard tiene una viruta en el pelo. Susan tiene los ojos rojos. Ambos están sofocados. Soy pálido, pulcro; sujeto los pantalones con un cinturón con una hebilla que representa una serpiente de bronce. Me sé la lección de memoria. Sé más de lo que nunca sabrán todos ellos juntos. Me sé los casos y el género; podría saber todo si quisiera. Pero no quiero ser el primero para decir la lección. Mis raíces se enredan, como hilos en una maceta, dan vueltas y más vueltas al mundo. No quiero ser el primero y vivir bajo la mirada de este gran reloj, el de la esfera amarilla, con su tictac. Jinny y Susan, Bernard y Neville se han unido para fustigarme. Se ríen de mi pulcritud, de mi acento australiano. Ahora voy a tratar de imitar a Bernard cuando cecea delicadamente en latín.

—Son palabras blancas —dijo Susan—, como las piedras que se encuentran a la orilla del mar.

—Mueven las colas a derecha e izquierda cuando las pronuncio —dijo Bernard—. Mueven el rabo, lo levantan; se mueven en bandadas por el aire, así, de esta otra forma, de esta otra, están juntas, se desunen, se reúnen.

—Palabras amarillas, palabras ardientes —dijo Jinny—. Desearía un vestido ardiente, un vestido amarillo, un vestido leonado para llevar por la noche.

—Cada tiempo verbal —dijo Neville— posee un significado diferente. Hay un orden en el mundo, hay distinciones, hay diferencias en el mundo, en cuyo umbral estoy. Porque esto es solo un comienzo.

—Miss Hudson —dijo Rhoda— ha cerrado el libro. Comienza el terror. Escribe números con la tiza, seis, siete, ocho, luego una cruz y una línea en la pizarra. ¿Cuál es la respuesta? Los demás miran, miran y comprenden. Louis escribe, Susan escribe, Neville escribe, Jinny escribe, incluso Bernard ha empezado a escribir. Pero yo no sé escribir. Veo únicamente cifras. Los demás entregan ya las respuestas, de uno en uno. Es mi turno. Pero no tengo respuesta. Dejan irse a los demás. Dan un portazo al irse. Miss Hudson se va. Me han dejado sola para que halle la respuesta. Las cifras no significan nada. El significado se ha ido. El reloj hace tictac. Las manecillas del reloj son caravanas que marchan a través de un desierto. Las marcas negras de la esfera del reloj son verdes oasis. La manecilla larga se ha adelantado para buscar agua. La otra tropieza dolorosamente con las piedras ardientes del desierto. Se morirá en el desierto. Dan un portazo en la cocina. A lo lejos ladran perros salvajes. Atención, el trazo del número comienza a llenarse de tiempo, contiene el mundo. Empiezo a dibujar un número que contiene el mundo y yo estoy fuera del círculo, ahora lo uno, así, lo cierro, lo hago entero. El mundo está completo y yo estoy fuera de él, lloro: «¡Ay, que alguien me rescate, que no quiero quedarme para siempre fuera del bucle del tiempo!».

—Rhoda se ha quedado mirando fijamente la pizarra —dijo Louis—, en el aula, mientras paseamos, buscamos tomillo o arrancamos una hoja de abrótano, mientras Bernard nos cuenta un cuento. Une los omóplatos en la espalda, como si fueran las alas de una mariposa pequeña. Se queda mirando las cifras de tiza, su mente se aloja en los círculos blancos, sale de los círculos blancos y salta al vacío, sola. No tienen ningún significado para ella. No tiene respuesta para ellos. No tiene un cuerpo como el de los demás. Yo, que hablo con acento australiano y mi padre es banquero en Brisbane, no la temo a ella como temo a los demás.

—Vamos a arrastrarnos —dijo Bernard— bajo el dosel de las hojas del grosellero, contémonos cuentos. Habitemos en el inframundo. Tomemos posesión de nuestro territorio secreto, iluminado por grosellas que parecen candelabros colgantes, de un vivo color rojo por un lado, negro por el otro. Jinny, si nos acurrucamos juntos, podemos sentarnos bajo el dosel de las hojas del grosellero y podemos ver cómo se balancean los incensarios. Este es nuestro universo. Los otros pasean por el camino de carruajes. Las faldas de miss Hudson y de miss Curry se deslizan como apagavelas. Esos son los calcetines blancos de Susan. Esas bonitas alpargatas firmemente asentadas en la grava son de Louis. Nos llegan olores de hojas que se pudren, de vegetación que se pudre. Estamos en una ciénaga, una selva de malaria. Hay un elefante al que los gusanos han vuelto de color blanco, lo ha matado una flecha que le acertó en el ojo. Son evidentes los ojos brillantes de aves que dan saltos: águilas, buitres. Nos toman por árboles caídos. Se llevan un gusano —una cobra de anteojos— y lo dejan con una herida purulenta de color castaño para que jueguen con ella los leones. Este es nuestro mundo, iluminado por lunas en cuarto creciente y luces como estrellas; grandes pétalos semitransparentes cierran las aberturas y se iluminan como ventanas de color púrpura. Todo es extraño. Las cosas son muy grandes y muy pequeñas. Los tallos de las flores son gruesos como robles. Las hojas son altas como las cúpulas de enormes catedrales. Aquí tumbados, somos gigantes, podemos hacer temblar los bosques.

—Esto es aquí —dijo Jinny—, esto es ahora. Pronto nos iremos. Miss Curry tocará el silbato. Nos iremos caminando. Nos separaremos. Te irás a la escuela. Tendrás profesores con cruces y lazos blancos. Tendré una maestra en la costa este, que se sentará bajo un retrato de la reina Alejandra. Ahí iré yo con Susan y con Rhoda. Esto es solo aquí, esto es solo ahora. Ahora estamos tendidos bajo estos groselleros; cada vez que sopla el viento nos llena de lunares de luz. Mi mano parece la piel de una serpiente. Mis rodillas son islas flotantes de color rosa. Tu cara parece un manzano bajo una red.

—Disminuye el calor —dijo Bernard— en la selva. Las hojas mueven alas negras sobre nosotros. Miss Curry ha hecho sonar el silbato en la terraza. Tenemos que salir reptando del refugio de las hojas del grosellero y ponernos en pie. Tienes ramitas en el pelo, Jinny. Tienes una oruga verde en el cuello. Debemos formar, de dos en dos. Miss Curry nos llevará a dar un paseo a paso ligero, mientras que miss Hudson se sienta en su escritorio a hacer las cuentas.

—Es aburrido —dijo Jinny—, pasear por la carretera sin ventanas a las que mirar, sin ojos legañosos de vidrio azul clavados en las aceras.

—Debemos formar en parejas —dijo Susan— y caminar con orden, sin arrastrar los pies, sin quedarnos atrás; que Louis se ponga a la cabeza, para guiarnos, porque Louis está siempre atento y no piensa en las musarañas.

—Como se supone que soy demasiado delicado para ir con ellos —dijo Neville—, como me canso con facilidad y después caigo enfermo, utilizaré esta hora de soledad, el indulto de las conversaciones, para navegar por las fronteras de la casa, para recobrar, si puedo, quedándome en la escalera, antes del rellano, lo que sentí cuando oí hablar del muerto, a través de las puertas batientes, cuando la cocinera metía y sacaba los reguladores del tiro de la chimenea. Lo encontraron degollado. Las hojas del manzano quedaron fijas en el cielo, la luna deslumbraba, yo era incapaz de subir por la escalera. Lo encontraron en una cuneta. La sangre borbotaba en el sumidero. La mejilla era blanca como un bacalao muerto. Esta punzada y esta rigidez serán siempre para mí «la muerte entre los manzanos». Flotaban las nubes, de color gris claro, allí estaba el árbol inconsolable, el árbol implacable con sus ramas con la corteza de plata. Era inútil que mi vida siguiera. No pude seguir adelante. Había un obstáculo. «No puedo vencer este obstáculo ininteligible», dije. Los demás siguen adelante. Sin embargo, todos nosotros estamos condenados, nos condenan los manzanos, el árbol inconsolable que no podemos dejar atrás.

»La punzada y la rigidez ya no me molestan, seguiré estudiando las fronteras de la casa por la tarde, cuando se ponga el sol, cuando el sol dibuje manchas oleaginosas en el linóleo y se arrodille en la pared la luz fugitiva, haciendo que las patas de las sillas parezcan rotas.

—Vi a Florrie en el huerto de casa —dijo Susan—, cuando volvíamos del paseo. La ropa lavada volaba en torno a ella: pijamas, ropa interior, camisones al viento. Ernest la besó. Ernst llevaba el delantal verde y limpiaba la plata; él tenía la boca hundida como una bolsa con arrugas y la abrazó cuando el pijama se agitaba en el aire entre ellos. Estaba ciego como un toro, ella se desmayaba de angustia, solo unas pequeñas venas rojas daban color a su pálida mejilla. Ahora, aunque nos sirvan platos de pan con mantequllla y tazas de leche a la hora del té, veo una fisura en la tierra y veo un vapor caliente que brota silbando, y el recipiente ruge como rugía Ernest, y yo vuelo como volaba el pijama, aunque mis dientes entren en el tierno pan y en la mantequilla, y aunque yo libe la dulce leche. No me da miedo el calor ni el helado invierno. Rhoda sueña, chupa una corteza mojada en leche. Louis mira la pared de enfrente con ojos verdes de caracol. Bernard moldea el pan en forma de figuritas y las llama «gente». Neville, con sus formas precisas y decididas, ya ha terminado. Ha recogido la servilleta y la ha puesto en el servilletero de plata. Jinny hace girar los dedos en el mantel, como si bailaran a la luz del sol, haciendo piruetas. Pero no tengo miedo del calor ni del helado invierno.

—Ahora es cuando nos levantamos todos —dijo Louis—, todos en pie. Miss Curry abre el libro negro sobre el armonio. Es difícil no llorar cuando cantamos, mientras rezamos para que Dios cuide de nosotros cuando estemos dormidos, cuando decimos que somos niños. Cuando estamos tristes y temblamos de miedo es bueno que cantemos juntos, que nos apoyemos, yo en Susan, Susan en Bernard, cogidos de las manos, con miedo; yo, de mi acento; Rhoda, de los números. Pero decididos a triunfar.

—Trotamos escalera arriba como potros —dijo Bernard—, pateando, haciendo ruido mientras guardábamos turnos para entrar en el baño. Nos dábamos golpes, luchábamos, saltábamos en las duras, blancas camas. Ahora me toca a mí. Entro.

»Mrs. Constable, con la toalla de baño ceñida al cuerpo, coge la esponja de color limón y la empapa en agua; esta se vuelve de color chocolate, gotea, Mrs. Constable la sujeta en lo alto y aprieta. El agua discurre por mi columna vertebral. Sensaciones como flechas se disparan a cada lado. Estoy cubierto de cálida carne. Se humedecen mis resecas grietas, se calienta el cuerpo frío, estoy empapado y lustroso. Desciende el agua y me envuelve como si yo fuera una anguila. Me envuelven con toallas calientes; la aspereza, al frotarme la espalda, hace ronronear mi sangre. En el techo de mi mente se forman sensaciones fuertes y ricas; desciende como una ducha el día de hoy: el bosque, Elvedon, Susan y la paloma. Derramándose por las paredes de mi mente, juntas todas las sensaciones, el día desciende resplandeciente, copioso. Dejo el pijama desceñido y me tumbo bajo esta leve sábana que flota en la luz poco profunda que es como una película de agua que cubriera mis ojos como si fuera una ola. A través de la ola oigo, a lo lejos, débil y lejano, el coro que comienza a cantar, ruedas, perros, hombres que gritan, campanas de la iglesia.

—Al doblar el vestido y la camisa —dijo Rhoda—, aplazo mi imposible esperanza de querer ser Susan, de querer ser Jinny. Acercaré los dedos de los pies hasta tocar los barrotes del extremo de la cama. Tendré la certeza, al tocar los barrotes, de que hay algo duro. Ya no puedo hundirme, ya no puedo caer a través de esta delgada sábana. Me tiendo sobre el frágil colchón y permanezco suspendida. Estoy sobre la tierra. No estoy erguida, para que me golpeen o me hagan daño. Todo es suave, flexible. Las paredes y los armarios se vuelven blancos e inclinan sus rectángulos amarillos de la parte superior en los que destella un pálido vidrio. Mi mente puede desbordarse fuera de mí. Puedo pensar en mi Armada, que navega con velas desplegadas. Se me dispensa de los contactos rudos, de las colisiones. Navego sola frente a acantilados blancos. ¡Ah, pero me hundo, caigo! Aquello es la esquina del armario; aquello, el espejo del cuarto de los niños. Sin embargo, se estiran, se alargan. Me hundo en las negras plumas del sueño, sus gruesas alas oprimen mis ojos. Al viajar por la oscuridad, veo los alargados macizos de flores, Mrs. Constable sale corriendo desde el rincón de la hierba de la Pampa para decirme que mi tía ha venido a buscarme en un carruaje. Subo, me escapo, salto sobre las copas de los árboles con mis zapatos con muelles en las suelas. He caído en el carruaje en la entrada, donde está sentada mi tía, que asiente con la cabeza, con plumas amarillas, y me mira con ojos duros como canicas de cristal. ¡Ah, despertarse de un sueño! Cuidado, ahí está la cómoda. Quiero salir de estas aguas. Pero se cierran sobre mí, me arrastran sobre sus poderosos hombros, doy vueltas, me zarandean, estoy tumbada, entre estas largas luces, estas largas olas, estos caminos interminables, con gentes que corren, que corren.

El sol se elevaba. Olas azules, verdes olas barrían como un rápido abanico la playa, haciendo un círculo en torno a la flor del cardo de mar, dejando charcos poco profundos de luz aquí y allá en la arena. Quedaba tras ellas un tenue cerco negro. Las piedras, que habían sido brumosas y suaves, adquirieron un perfil definido, mostraron grietas de color rojo.

Había nítidas líneas de sombra sobre la hierba; el rocío que bailaba sobre las flores y las hojas hacía del jardín un mosaico de chispas que aún no formaban un todo. Los pájaros, con pechos moteados de luminoso amarillo y rosa, juntos, cantaban ahora una frase o dos, alocadamente, semejantes a joviales patinadores cogidos del brazo; luego se quedaban en silencio, se separaban.

Dejaba caer el sol rayos más intensos sobre la casa. La luz tocaba algo verde en la esquina de la ventana y lo convertía en una esmeralda, en un hueco de un verde puro como un fruto sin hueso. Perfilaba los bordes de las sillas y mesas y bordaba con finos hilos de oro el mantel blanco sobre la mesa. La luz hacía brillar un botón aquí y allá, dividía en dos las flores y las hacía aparecer, temblorosas y con sus venas verdes, como si el esfuerzo de abrirse las hubiera obligado a mecerse, dejando oír un delicado carillón al golpear con los frágiles badajos los muros blancos. Todo era vagamente amorfo, como si la porcelana del plato fuera fluida y el acero del cuchillo fuera líquido. Mientras tanto, la conmoción de las olas al romper caía como golpes amortiguados, como troncos que cayeran, en la orilla.

—Ha llegado el momento —dijo Bernard—. Ha llegado el día. El carruaje alquilado está en la puerta. Mi enorme baúl torcía aún más las torcidas piernas de George. Ha concluido la horrible ceremonia, se han acabado las propinas y las despedidas en la sala. Ahora queda esta ceremonia con mi madre, difícil de tragar, la ceremonia del apretón de manos con mi padre, los gestos de despedida. Tengo que seguir saludando con la mano hasta dar la vuelta a la esquina. La ceremonia ya ha terminado. Alabado sea el cielo, se han terminado ya todas las ceremonias. Estoy solo, voy a la escuela por primera vez.

»Todo el mundo parece hacer cosas ahora, cosas que nunca volverá a hacer. Nunca más. La urgencia de todo esto es terrible. Todo el mundo sabe que iré a la escuela, iré a la escuela por primera vez. "Ese chico va a la escuela por primera vez", dice la criada, mientras friega los escalones. No debo llorar. Debo contemplarlos con indiferencia. Ahora abren su boca los portales horribles de la estación, "me mira el gran reloj cuya esfera es como la luna". Tengo que hacer frases y más frases para interponer algo duro entre yo mismo y la mirada de las criadas, la mirada de los relojes, las caras que se quedan mirando, las caras de indiferencia; si no hago las frases, lloraré. Ahí está Louis, ahí está Neville, con sus abrigos largos, con bolsas de viaje, junto al despacho de billetes. Están tranquilos, pero parecen otros.

—Ahí está Bernard —dijo Louis—. Está tranquilo, despreocupado. Mueve la bolsa al caminar. Seguiré a Bernard, porque no tiene miedo. Vamos del despacho de billetes hacia el andén, como si nos llevara una corriente de las que arrastran ramitas y paja en torno a los pilones del puente. He ahí la poderosa locomotora de color verde botella, sin cuello, toda espalda y piernas; exhala vapor. El jefe de la estación hace sonar el silbato, la bandera desciende; sin esfuerzo, con un impulso propio, como alud que se desplazara con un leve empujón, comenzamos a movernos. Bernard extiende un tapete y juega a las tabas. Neville lee. Londres se desmorona. Londres se yergue y se eleva. Se eriza el paisaje de chimeneas y torres. Hay una iglesia blanca, hay un mástil entre las torres. Hay un canal. Ahora hay espacios abiertos con calzadas de asfalto sobre los que es extraño que haya gente caminando. Hay una colina con hileras de casas rojas. Un hombre cruza un puente con un perro tras él. Ahora el chico de rojo va a disparar a un faisán. El niño de azul lo empuja a un lado. «Mi tío es el mejor tirador de Inglaterra. Mi primo es el director de la caza del zorro». Comienzan las fanfarronadas. Yo no puedo presumir, porque mi padre es un banquero en Brisbane, tengo acento australiano.

—Después de todo este bullicio —dijo Neville—, de todo este ajetreo y este bullicio, hemos llegado. Es un momento... realmente, es un momento solemne. Llego como llega un señor a sus propiedades. Ese es el fundador, el ilustre fundador, de cuerpo entero, en el patio, adelanta un pie. Saludo al fundador. Se cierne sobre los austeros patios un noble aire romano. Ya están encendidas las luces en el aula del grupo. Quizá eso sean los laboratorios; aquello, una biblioteca, donde exploraré la exactitud de la lengua latina y caminaré con paso firme sobre las bien construidas frases, y recitaré los claros, sonoros hexámetros de Virgilio, de Lucrecio; donde cantaré los amores de Catulo, con pasión que nunca será oscura o imprecisa; leeré en un libro grande, un cuarto mayor con márgenes generosos. También me tumbaré en el campo entre esas hierbas que hacen cosquillas. Me tumbaré con los amigos bajo los corpulentos olmos.

»He aquí el director. ¡Ay, qué ridículo es! Es gordo, demasiado reluciente y negro, como una estatua de un jardín público. Lleva un crucifijo en el lado izquierdo del chaleco, que está tenso, como piel de tambor.

—El bueno de Crane —dijo Bernard— se levanta para dirigirse a nosotros. El bueno de Crane, el director, tiene una nariz que es como una montaña al atardecer; tiene un hoyuelo azul en la barbilla que es como un barranco arbolado que algún excursionista hubiera incendiado, como un barranco arbolado visto desde la ventana del tren. Apenas se mueve mientras pronuncia palabras tremendas y sonoras. Me encantan las palabras tremendas y sonoras. Pero son demasiado cordiales para ser ciertas. Sin embargo, él sí que está convencido de su verdad. Cuando sale de la habitación, bruscamente, moviéndose pesadamente de un lado a otro, por las puertas batientes, también salen bruscamente por las puertas batientes todos los profesores, moviéndose pesadamente de un lado a otro. Es nuestra primera noche en la escuela, separados de nuestras hermanas.

—Es mi primera noche en la escuela —dijo Susan—, lejos de mi padre, lejos de mi casa. Tengo los ojos hinchados, me duelen a causa de las lágrimas. Odio el olor a pino y a linóleo. Odio los arbustos azotados por el viento y los azulejos de los baños. Odio los chistes alegres y la mirada vidriosa de todos. Dejé mi ardilla y mis palomas para que las cuidara el mozo. En la cocina alguien da un portazo, y cuando Percy dispara a las grajas los perdigones caen sobre las hojas como rocío. Aquí todo es falso, todo es pomposo y hueco. Rhoda y Jinny se sientan lejos, vestidas de sarga de color pardo, miran a miss Lambert, sentada bajo una imagen de la reina Alejandra, ante la que lee un libro. También hay un paño de color azul, bordado por una antigua alumna. Lloraré si no aprieto los labios, si no me tapo la boca con el pañuelo.

—La luz púrpura del anillo de miss Lambert —dijo Rhoda— se mueve sobre la mancha negra de la blanca página del devocionario. La luz es del color del vino, es una luz amorosa. Ahora que nuestro equipaje está desempaquetado en los dormitorios, nos sentamos juntas bajo mapas que representan todo el mundo. Hay pupitres con pocillos de tinta. Aquí haremos los ejercicios de caligrafía. Pero aquí no soy nadie. No tengo cara. Las que están aquí, todas vestidas de sarga parda, me han robado la identidad. Todas somos insensibles, no tenemos amistades. Me buscaré una cara, tranquila, monumental, la dotaré de omnisciencia y la llevaré bajo el vestido como un

talismán, luego (lo prometo) buscaré un claro en el bosque donde pueda mostrar mi colección de curiosos tesoros. Me hago esta promesa a mí misma. Así no lloraré.

—Esa mujer morena —dijo Jinny—, de pómulos pronunciados, lleva un vestido de fiesta deslumbrante, como una concha, con un diseño de venas. Es bonito para el verano, pero en invierno me gustaría un vestido más fino, con hilos rojos que brillaran a la luz del fuego. Cuando encendieran las lámparas, me pondría ese vestido rojo, leve como un velo, que me envolvería holgadamente y ondearía cuando entrara en la habitación haciendo piruetas. Yo parecería una flor cuando me dejara caer sobre un sillón dorado, en el centro de la habitación. Pero miss Lambert lleva un vestido oscuro, que cae como una cascada desde el volante fruncido blanco como nieve, ahí sentada bajo una imagen de la reina Alejandra, apoyando sobre la página, con fuerza, un dedo blanco. Rezamos.

—Marchamos de dos en dos —dijo Louis—, de forma ordenada, en procesión, hacia la capilla. Me gusta la oscuridad que nos envuelve al entrar en el edificio sagrado. Me gusta avanzar con disciplina. Desfilamos, nos sentamos. Dejamos a un lado nuestras diferencias cuando entramos. Me gusta cuando, moviéndose pesadamente, por su propio impulso, el Dr. Crane sube al púlpito y lee un capítulo de la Biblia extendida sobre la espalda de un águila de bronce. Me alegro, mi corazón se ensancha ante su sólida presencia, ante su autoridad. Deposita nubes de polvo que se agita en mi trémula mente ignominiosamente agitada... cómo bailábamos dando vueltas en torno al árbol de Navidad cuando se olvidaron de mí al entregar los regalos, hasta que la gorda dijo: «Este niño no tiene regalo». Me alcanzó una bandera del Reino Unido de la cima del árbol; yo lloraba de rabia. En sus recuerdos tendrán lástima de mí. Ahora todo lo regula su autoridad, el crucifijo, siento que soy consciente de la tierra bajo mis pies y mis raíces que descienden cada vez más hasta que hallan algo duro en el centro. Recobro mi continuidad cuando lee. Me convierto en una figura en la procesión, uno de los radios de la rueda grande que da una vuelta, que me pone en pie, aquí y ahora. He estado en la oscuridad, he estado oculto, pero cuando la rueda gire (mientras él lee) me levantaré en esta oscura luz donde apenas veo a niños arrodillados, columnas y bronces conmemorativos. No hay asperezas aquí, no hay besos repentinos.

—Cuando reza —dijo Neville—, este animal amenaza mi libertad. Sin el calor de la imaginación, sus palabras descienden frías sobre mi cabeza, como adoquines, mientras la cruz de oropel late sobre su chaleco. Las palabras de la autoridad las corrompen quienes las pronuncian. Me río y me burlo de esta triste religión, de estas figuras trémulas, sacudidas por el dolor, que avanzan, cadavéricas y heridas, por un camino blanco a la sombra de las higueras, donde los niños se tumban en el polvo, niños desnudos; y se muestran odres hinchados de vino en las puertas de las tabernas. Estuve de viaje en Roma, con mi padre, durante la Pascua de Semana Santa; llevaban la temblorosa figura de la madre de Cristo dando bandazos por las calles, también llevaban la figura yacente de Cristo en una urna de cristal.

»Voy a agacharme, como si tuviera que rascarme la pierna, para ver a Percival. Está sentado ahí, entre los niños. Resopla por la recta nariz. Los ojos azules, extrañamente inexpresivos, están fijos con pagana indiferencia en la columna frente a él. Sería un sacristán admirable. Debería llevar una ramita de abedul para dar golpes a los niños que se portaran mal. Es el aliado de las frases en latín de los bronces fúnebres. No ve nada, no oye nada. Está lejos de todos nosotros, en un universo pagano. Ah, pero se lleva la mano a la cabeza. Por gestos como ese uno se enamora de alguien, irremisiblemente, para toda la vida. Dalton, Jones, Edgar y Bateman también se llevan la mano a la cabeza. Pero no les sale bien.

—Por fin —dijo Bernard—, han cesado los gruñidos. Ha terminado el sermón. Él ha desmenuzado la danza de las mariposas de la col ante la puerta y ha convertido la danza en polvo. La voz áspera y peluda es como una barbilla sin afeitar. Ahora se tambalea de regreso a su asiento, como un marinero borracho. Los demás profesores intentarán imitarlo, pero, siendo pusilánimes, acomodaticios, y con sus pantalones grises, solo conseguirán ponerse en ridículo. No los desprecio. Sus manías me parecen lamentables. Tomo nota del hecho, para futura referencia, como tantas otras cosas que hay en mi cuaderno. Cuando sea mayor llevaré un cuaderno, un cuaderno gordo, con muchas páginas, con índice. Allí anotaré mis frases. Bajo la E pondré: «Escamillas de las alas de la mariposa». Si en la novela describo el sol en el alféizar de la ventana, buscaré en la E, donde están las escamillas de las alas de la mariposa. Servirá. El árbol «da sombra a la ventana con verdes dedos». Servirá. Pero, ¡ay!, el problema es que todo me distrae al momento: un rizo como una nube de azúcar, el devocionario de Celia con tapas de marfil. Louis puede quedarse contemplando la naturaleza toda una hora, sin pestañear. Yo lo dejo, a menos que me hablen de ello. «El lago de mi mente, nunca interrumpido por remos, se agita plácidamente, pero al momento se hunde en una aceitosa somnolencia». Servirá.

—Nos movemos ahora fuera del frío templo, en los amarillos campos de juego —dijo Louis—. Ya que nos han dado medio día festivo (es el cumpleaños del duque), vamos a quedarnos entre las altas hierbas, mientras juegan al críquet. Yo preferiría ser «ellos»; me ataría los protectores e iría por el campo dando grandes zancadas hasta ponerme a la cabeza de los bateadores. Cómo siguen todos a Percival. Es grande. Camina con torpeza entre la alta hierba, hasta donde están los grandes olmos. Es magnífico, como un capitán de la Edad Media. Tras él parece quedar en el césped una estela de luz. Mira cómo vamos todos en tropel tras sus pasos, somos sus fieles criados, para que nos acribillen como si fuéramos ovejas, porque seguro que emprenderá alguna empresa imposible y morirá en la batalla. Mi corazón se endurece, me lija el pecho por las dos caras de la lima: adoro su magnificencia; desprecio su expresión desaliñada (soy muy superior a él), estoy celoso.

—Ahora —dijo Neville—, que empiece Bernard. Que empiece a parlotear, que nos cuente cuentos, mientras estemos aquí tumbados. Que describa lo que todos hemos visto hasta que se convierta en una secuencia. Bernard dice que siempre hay un cuento. Yo soy un cuento. Louis es un cuento. Está el cuento del limpiabotas, el cuento del tuerto, el cuento de la mujer que vende caracoles. Le dejaré que siga parloteando, mientras estoy aquí tumbado y miro, entre las altas hierbas, las figuras de piernas derechas de los bateadores con sus protectores. Parece como si el mundo fluyera y se curvara: sobre la tierra, los árboles; en el cielo, las nubes. Miro hacia arriba, a través de los árboles, al cielo. El partido parece que se jugara allí. Débilmente, entre las delicadas nubes blancas, oigo el grito: «¡Carrera!».

Oigo: «¡Árbitro!». Las nubes pierden mechones blancos, cuando la brisa las despeina. Si ese azul fuera eterno, si ese hueco permaneciera siempre, si este momento fuera eterno...

»Pero Bernard sigue hablando. Suben como burbujas, las imágenes. "Como un camello..." "como un buitre". El camello es un buitre; el buitre, un camello, porque Bernard es un cabo roto, sin fin, seductor. Sí, porque, cuando habla, cuando hace sus comparaciones tontas, una levedad se apodera de uno. Uno flota, también, como si fuera una burbuja; se siente uno libre; uno siente que se ha escapado. Incluso los niños gorditos (los Dalton, Larpent y Baker) sienten el mismo abandono. A ellos les gusta esto más que el críquet. Atrapan las frases a medida que suben como burbujas. Dejaron que las hierbas como plumas les hicieran cosquillas en las narices. Luego todos nos damos cuenta de que Percival está tumbado junto a nosotros. Su curiosa carcajada parece sancionar nuestra risa. Se da la vuelta entre las altas hierbas. Creo que tiene una hierba en la boca. Se aburre, también yo me aburro. Bernard se da cuenta al momento de que estamos aburridos. Detecto cierto esfuerzo, cierta extravagancia en sus frases, como si dijera: "¡Atención!", pero Percival dice: "No". Porque siempre es el primero en detectar la falta de sinceridad; y puede ser brutal. La frase se arrastra sin fuerza. Ha llegado ese momento terrible, en el que a Bernard le falla su poder y ya no hay ninguna secuencia y cede la tensión, y él enreda con una cuerda, y se calla, y se queda con la boca abierta, como si fuera a romper a llorar. Entre las torturas y desdichas de la vida está esta: que nuestros amigos no sepan acabar sus cuentos.

—Voy a tratar —dijo Louis—, antes de que nos levantemos, antes de que vayamos a tomar el té, de fijar este momento mediante un esfuerzo supremo. Esto durará. Nos despedimos, algunos van tomar el té; otros, al campo de juego; yo, a mostrar mi ensayo a Mr. Barker. Esto perdurará. Desde la discordia, desde el odio (desprecio a los diletantes de las imágenes, me molesta, profundamente, el poder de Percival), bruscamente, mediante una visión, mi estremecida mente se une. Pongo los árboles, las nubes, como testigos de mi completa integración. Yo, Louis, yo, que caminaré sobre la tierra hasta los setenta años, he nacido completo, sin odio ni discordia.

Aquí, en este anillo de hierba, hemos estado sentados juntos, unidos por el tremendo poder de alguna compulsión interna. Los árboles se mueven como olas, las nubes pasan. Llegará el momento en el que compartamos estos soliloquios. No siempre emitiremos un sonido como el de un gong al tañerlo, cuando a una sensación la sigue otra. En la infancia, nuestras vidas eran como gongs que tañían: clamor y jactancia, gritos de desesperación, un golpe en el cuello en los jardines.

»La hierba y los árboles, el viento viajero que vacía los espacios en el azul que luego los mismos espacios recuperan, que agita las hojas que luego se sustituyen a sí mismas, nuestro anillo aquí, sentados, abrazándonos las piernas, todo apunta hacia otro orden, un orden mejor, que se organizará eternamente mediante la razón. Veo todo esto durante un segundo, esta noche intentaré forjarlo mediante palabras, forjarlo en un anillo de acero, aunque Percival lo destruya, cuando se vaya caminando torpemente, aplastando la hierba, con el coro de donnadies obedientes que trota tras él. Es a Percival a quien necesito, porque es Percival quien inspira la poesía.

—¿Cuántos meses? —dijo Susan—, ¿cuántos años, tendré que subir estas escaleras, en los tristes días de invierno, en los días fríos de la primavera? Ahora es verano. Subimos para vestirnos de blanco, para jugar al tenis: Jinny y yo, con Rhoda, que viene después. Cuento cada paso que doy al subir, cuento cada paso como algo que ya hubiera hecho. Cada noche arranco el día pasado del calendario, lo estrujo en una bola. Hago esto vengativamente, mientras Betty y Clara están arrodilladas. No rezo. Me vengo del día. Castigo su imagen con mi desprecio. Estás muerto —digo—, día de colegio, día detestado. Así se han ido todos los días del mes de junio, hoy es 25, deslumbrantes y ordenados, con gongs, con lecciones, con órdenes para lavarse, para cambiarse, para trabajar, para comer. Escuchamos a los misioneros de China. Salimos en carruajes por la calzada de asfalto, para ir a salas de concierto. Nos muestran galerías de arte y cuadros.

»En casa el heno ondea en los prados. Mi padre se apoya en la portilla cuando fuma. En casa se oye un portazo, luego se oye otro; eso ocurre cuando el aire veraniego entra en bocanadas por los pasillos. Acaso se mueva en la pared un cuadro viejo. Se desprende un pétalo de la rosa del jarrón. Los carros de la casa se dejan mechones de heno en los setos. Lo que veo, cuando paso ante el espejo del rellano, lo veo siempre, Jinny delante y Rhoda detrás. Jinny baila. Jinny baila siempre sobre las feas baldosas encáusticas del salón. Da volteretas laterales en el patio, coge una flor prohibidamente, se la pone detrás de la oreja, para que los oscuros ojos de miss Perry brillen de admiración, por Jinny, no por mí. Miss Perry ama a Jinny; yo podría haberla amado, pero ahora no amo a nadie, excepto a mi padre, mi paloma y la ardilla que dejé en casa en una jaula para que la cuidara el mozo.

—Odio el espejito de la escalera —dijo Jinny—. Solo muestra las cabezas, nos corta la cabeza. Labios demasiado grandes, ojos demasiado juntos, se me ven demasiado las encías cuando me rio. La cabeza de Susan, con su aspecto formidable, anula la mía; tiene ojos de color verde hierba que amarán los poetas, como dijo Bernard, porque son ojos que se demoran en las ceñidas puntadas del bordado blanco; incluso la cara de Rhoda, como si estuviera en la luna, vacía, es completa, como los pétalos blancos que echaba a nadar en su vasija. Así que salto por las escaleras, antes que ellas, hasta el siguiente rellano, donde está el espejo grande, donde me veo de cuerpo entero. Veo el cuerpo y la cabeza unidos, porque, incluso con este vestido de sarga, cuerpo y cabeza son uno. Cuando muevo la cabeza, el estrecho cuerpo hace ondas, incluso mis delgadas piernas hacen ondas como un tallo al viento. Oscilo ante la cara definida de Susan, y ante la imprecisa de Rhoda, salto como una de esas llamas que brotan entre las fisuras de la tierra, me muevo, bailo, nunca dejo de moverme ni de bailar. Me muevo como la hoja que se movía en el seto cuando era niña y me asustaba. Bailo ante estas paredes, impersonales, pintadas al temple con rayas y con zócalos amarillos, como la luz de las lámparas baila sobre la tetera. Ardo incluso en los ojos fríos de algunas mujeres. Cuando leo, un borde púrpura rodea el borde negro del libro de texto. Sin embargo, no sé seguir las palabras a través de sus cambios. No puedo seguir los pensamientos del presente al pasado. No me quedo perdida, como Susan, los ojos llenos de lágrimas al acordarse de su casa, ni me quedo como Rhoda, encogida entre los helechos, manchando de verde el vestido de algodón de color rosa, mientras sueño con las plantas que florecen bajo el mar y las rocas entre las que nadan los peces lentamente. No sueño.

»Apresurémonos. Seré la primera en quitarse estos vulgares vestidos. He aquí mis limpias medias blancas. Los zapatos nuevos. Sujeto el pelo con una cinta blanca, de modo que, cuando salte en el patio, brille la cinta, pero que, a la vez, me recoja todo el cabello de la cabeza, todo perfectamente en su sitio. Ni un pelo fuera de lugar.

—Esa es mi cara —dijo Rhoda—, en el espejo, tras el hombro de Susan: esa cara es mi cara. Pero me esconderé tras Susan para que no se vea mi cara, porque no estoy aquí. No tengo cara. Otras personas sí tienen caras; Susan y Jinny tienen cara, ellas están aquí. Su mundo es el mundo real. Las cosas que levantan pesan. Dicen: «Sí«»; dicen: «No»; mientras que yo me muevo y cambio y nadie me ve más de un segundo. Si se encuentran con una criada, esta las mira sin reír. Pero de mí sí se ríe la criada. Saben qué decir cuando les hablan. Se ríen de verdad, se enfadan de verdad; y para hacer algo, yo primero tengo que ver qué han hecho otros.

»Mira con qué extraordinaria seguridad se sube las medias Jinny, y es solo para jugar al tenis. Admiro cosas como esa. Pero me gusta más cómo hace las cosas Susan, porque es más firme y no tiene tantos deseos de destacar como Jinny. Ambas me desprecian, porque las imito, pero Susan, a veces, me enseña a hacer cosas; por ejemplo, cómo atar un lazo; mientras que Jinny, que sabe sus cosas, se las guarda para sí. Tienen amigas y se sientan con ellas. Comparten cosas que se cuchichean por los rincones. Solo me apego a los nombres y las caras, los atesoro como amuletos contra la desdicha. Selecciono en la sala alguna cara desconocida, y apenas soy capaz de beber té cuando esa persona se sienta frente a mí. Me ahogo. Me zarandea la violencia de mis emociones. Me imagino que estos anónimos, estas personas inmaculadas, me espían desde los arbustos. Salto para provocar su admiración. Por la noche, en la cama, consigo que se queden admirados. A menudo muero atravesada por flechas para hacer que lloren. Si ellas dijeran que habían pasado sus vacaciones en Scarborough o si viera el nombre de ese lugar en las etiquetas de su equipaje, el pueblo me parecería de oro, las calles estarían iluminadas. Por tanto, odio los espejos que me muestran mi verdadera cara. Sola, a menudo caigo en la nada. Tengo que mover los pies con prudencia para no caer por el borde del mundo en la nada. Tengo que darme un golpe con la cabeza en una puerta para regresar a mi propio ser.

—Llegamos tarde —dijo Susan—. Si queremos jugar, tenemos que esperar nuestro turno. Nos quedaremos aquí, en la hierba, y fingiremos que vemos cómo juegan Jinny y Clara, Betty y Mavis. Pero no las veremos. Detesto ver jugar a la gente. Voy a hacer imágenes de todas las cosas que más detesto y voy a enterrarlas. Esta piedra brillante es madame Carlo, voy a enterrarla profundamente debido a sus modales serviles y lisonjeros, por la moneda de seis peniques que me dio por mantener los dedos rectos cuando ensayaba y repetía las escalas. Enterré sus seis peniques. Me gustaría enterrar toda la escuela: el gimnasio, el aula, el comedor, que siempre huele a carne, y la capilla. Me gustaría enterrar las tejas de color pardo rojizo, los retratos al óleo de ancianos: benefactores, fundadores de escuelas. Me gustan algunos árboles, el cerezo con gotas de goma clara sobre la corteza, y la vista de las lejanas colinas desde el ático. Excepto esto, enterraría todo, como entierro estas feas piedras siempre esparcidas por la costa, con sus embarcaderos y sus ociosos. En casa, las olas miden una milla de longitud. En las noches de invierno, oímos cómo retumban. La Navidad pasada se ahogó un hombre que conducía un carro.

—Cuando pasa miss Lambert —dijo Rhoda—, hablando con un clérigo, las otras se ríen e imitan su chepa a sus espaldas, sin embargo todo cambia y es luminoso. Jinny salta más alto también cuando pasa miss Lambert. Imagínate que viera esa margarita, cambiaría. Donde quiera que vaya, las cosas cambian ante sus ojos; cuando se ha ido, sin embargo, ¿no vuelve a ser lo mismo todo otra vez? Miss Lambert guía al clérigo por la puerta hasta su jardín particular, cuando llegue al estanque, cuando vea una rana sobre una hoja, todo cambiará. Todo es solemne, todo está claro donde ella está, como una estatua en un bosque. Deja caer la capa de seda con borlas, solo su anillo de color púrpura aún brilla, el anillo vinoso, como de amatista. Está el misterio de la gente cuando nos deja. Cuando nos dejan, puedo acompañarlos hasta el estanque y hacer que sean señoriales. Cuando miss Lambert pasa, hace que cambie la margarita; todo se mueve como líneas de fuego cuando corta la carne. Mes tras mes, las cosas pierden su dureza, incluso mi cuerpo ahora deja pasar la luz, mi columna vertebral es suave como la cera cuando está cerca de la llama de la vela. Sueño, sueño.

—He ganado el juego —dijo Jinny—. Siguiente turno. Tengo que tumbarme en el suelo a jadear. Me he quedado sin aliento de tanto correr, por el triunfo. Todo en mi cuerpo parece más delgado de tanto correr y por el triunfo. Mi sangre debe de ser de color rojo brillante, está alborotada, golpea contra las costillas. Me cosquillean las plantas de los pies, como si se abrieran y cerraran anillos de alambre en los pies. Veo con claridad cada brizna de hierba. Pero noto el latido del pulso tras la frente, como un tambor, detrás de los ojos; todo baila: la red, la hierba. Vuestras caras saltan como mariposas. Parece como si los árboles dieran saltos. No hay nada permanente, no hay nada definitivo en este universo. Todo hace ondas, todo es baile, todo es rapidez y triunfo. Solo cuando haya permanecido tendida sobre el duro suelo, viendo cómo jugáis, empezaré a sentir el deseo de que me señalen, de que me convoquen, de que me reclame alguien que haya venido a buscarme, que se sienta atraído por mí, que no puede mantenerse alejado de mí, que venga donde estoy sentada en un sillón dorado, con mi vestido ondeando a mi alrededor, como una flor. Nos retiraremos a un cenador, nos sentaremos solos, charlaremos en un balcón.

»Refluye la marea. Ahora los árboles bajan a tierra, las rápidas olas que batían mis costillas se mueven con más delicadeza, mi corazón echa el ancla, como un velero que navegara y arriara velas lentamente sobre la blanca cubierta. El juego ha terminado. Ahora nos vamos a tomar el té.

—Los fanfarrones —dijo Louis— han desaparecido, se han ido a formar un gran equipo para jugar al críquet. Se han ido en el carruaje grande cantando a coro. Sus cabezas se giran al mismo tiempo en la esquina junto a los arbustos de laurel. Se jactan. El hermano de Larpent jugaba al fútbol en Oxford, el padre de Smith marcó cien puntos en Lords.[1] Archie y Hugh,

1 Lords o también Lord's es el campo de críquet de St. John's Wood, en Londres. Es el más famoso campo de críquet de Inglaterra.

Parker y Dalton, Larpent y Smith, y luego otra vez Archie y Hugh, Parker y Dalton, Larpent y Smith... Los nombres se repiten, son siempre los mismos nombres. Son los voluntarios, los jugadores de críquet, los miembros de la Sociedad de Historia Natural. Siempre forman de cuatro en fondo y marchan, como soldados, con insignias en los gorros; saludan a la vez al pasar frente a su general. ¡Cuán majestuoso es su orden, qué hermosa es su disciplina! Si yo pudiera seguirlos, si pudiera estar con ellos, sacrificaría todo lo que sé. Pero también dejan mariposas que se estremecen con las alas arrancadas, arrojan sucios pañuelos arrugados con sangre coagulada por los rincones. Hacen que los niños pequeños lloren en los pasillos oscuros. Tienen grandes orejas rojas que salen debajo de sus gorras. Sin embargo, eso es lo que queremos ser, Neville y yo. Los veo irse con envidia. Espío tras una cortina, advierto con alegría la simultaneidad de sus movimientos. Si sus piernas reforzaran las mías, ¡cómo correría! Si yo hubiera estado con ellos, si hubiera ganado partidos, si hubiera remado en las grandes competiciones, si hubiera cabalgado durante todo el día, ¡cómo atronarían mis canciones a medianoche! ¡Cuán torrencialmente se agolparían las palabras en mi garganta!

—Percival se ha ido —dijo Neville—. Solo piensa en el partido. No saludó con la mano cuando el carruaje daba la vuelta a la esquina junto al laurel. Me desprecia porque soy demasiado débil para jugar (sin embargo, siempre es amable con mi debilidad). Me desprecia por no importarme si ganan o pierden, salvo si a él le preocupa. Acepta mi devoción, acepta mi trémula, abyecta ofrenda, que mezclo con desprecio, porque es para su mente. No sabe leer. Pero cuando leo en voz alta a Shakespeare o a Catulo, tumbado sobre las altas hierbas, entiende más que Louis. No las palabras... pero ¿qué son las palabras? ¿No sé rimar? ¿Acaso no sé imitar a Pope, a Dryden, incluso a Shakespeare? Pero no puedo estar de pie todo el día al sol siguiendo la pelota con la mirada, no puedo sentir el vuelo de la pelota en mi cuerpo y pensar solo en la pelota. Seré un merodeador de las palabras toda mi vida. Sin embargo, no podría vivir con él y soportar su estupidez. Será más basto y roncará. Se casará y habrá escenas de ternura durante el desayuno. Pero ahora es joven. Ni un hilo, ni una hoja de papel se interpone entre él y el sol, entre él y la lluvia, entre él y la luna cuando yace desnudo, tumbado, caliente, en la cama. Ahora, cuando van por la calle mayor en el carruaje, su cara está moteada de rojo y amarillo. Se quitará el abrigo y se pondrá en pie con las piernas separadas, con las manos preparadas, mirando la portería. Rezará: «Señor, haz que ganemos». Solo pensará en una cosa, en ganar.

»¿Cómo podría yo ir con ellos en el carruaje a jugar al críquet? Solo Bernard podría ir con ellos, pero para Bernard siempre es demasiado tarde para ir con ellos. Siempre llega tarde. Su incorregible mal humor le impide ir con ellos. Cuando se lava las manos, se detiene para decir: "Hay una mosca en la telaraña. ¿La rescato?, ¿dejo que se la coma la araña?". Se ciernen sobre él incontables perplejidades; si no fuera así, iría a jugar al críquet con ellos y se tumbaría en la hierba, se quedaría mirando el cielo y se asustaría cuando dieran un golpe a la pelota. Pero le perdonarían, porque les contaría un cuento.

—Se han ido en el carruaje —dijo Bernard—, ya es tarde para ir con ellos. Los niñitos insoportables, que, a la vez, son tan hermosos, a quienes tú, Neville, y Louis tanto envidiáis, se han ido en el carruaje, todos con idéntico gesto. Pero no soy consciente de estas profundas distinciones. Mis dedos se deslizan sobre el teclado sin distinguir lo negro de lo blanco. Archie hace fácilmente cien; yo, con mucha suerte, a veces, hago quince. Pero ¿cuál es la diferencia entre nosotros? Neville, espera, déjame explicarme. Suben las burbujas desde el fondo del cazo, una imagen tras otra. No puedo sentarme a leer, como hace Louis, con feroz tenacidad. Tengo que abrir la trampilla y permitir que escapen estas frases unidas unas a otras y que corran juntas, pase lo que pase, de forma que en lugar de incoherencia se perciba un hilo errante, que junte con delicadeza una cosa a otra. Te contaré el cuento del doctor.

»Cuando el Dr. Crane pasa tambaleándose entre las puertas batientes, después de las oraciones, está convencido, al parecer, de su inmensa superioridad; a decir verdad, Neville, no podemos negar que su marcha nos deja no solo con una sensación de alivio, sino también con la sensación de que nos hubieran quitado algo, una muela. Sigámoslo en su ascenso desde las puertas batientes hasta sus propios apartamentos. Imaginémoslo en su habitación, sobre los establos, en el acto de desvestirse. Se quita las ligas de los calcetines (seamos triviales, íntimos). Luego, con un gesto típico (qué difícil es evitar estas frases hechas, en este caso, incluso, de algún modo, son las frases adecuadas), saca la calderilla, plata y cobre, de los bolsillos del pantalón y la coloca aquí y allá sobre la cómoda. Con ambos brazos extendidos sobre los brazos del sillón reflexiona (este es su momento de intimidad, ahora es cuando debemos intentar atraparlo): ¿caminará por el puente de color rosa que lo separa de su dormitorio o no lo hará? Las dos habitaciones están unidas por un puente de luz rosada de la lámpara de la mesilla, donde Mrs. Crane está tumbada en la cama, con la cabeza en la almohada, mientras lee unas memorias de un autor francés. Mientras sigue leyendo, se lleva la mano a la frente con un gesto de abandono y suspira: "¿Esto es todo?". Compara su situación con la de alguna duquesa francesa. El doctor dice: "En dos años me habré retirado. Me dedicaré a recortar los setos de tejo en algún jardín al oeste del país. Podría haber sido un almirante, un juez, pero no un profesor. ¿Qué fuerzas —se pregunta, mientras mira la llama de gas en el fuego, con los hombros encogidos—, más poderosas de lo que nos imaginamos (está en mangas de camisa, recordémoslo), me han traído a esta situación? ¿Qué poderosas fuerzas?" —se dice, caminando con el paso de sus frases majestuosas mientras mira, por encima del hombro, por la ventana. Es una noche de tormenta, las ramas de los castaños abren surcos a un lado y a otro. Brillan entre ellas las estrellas. "¿Qué poderosas fuerzas del bien y del mal me han traído hasta aquí?" —se pregunta, y ve con pena que el sillón ha hecho un agujerito en el pelo de la alfombra púrpura. Así que ahí está sentado, con los tirantes en la mano. Pero los cuentos que siguen a las personas hasta la intimidad de sus habitaciones son difíciles. No puedo seguir con este cuento. Enredo con un trozo de cuerda. Introduzco cuatro o cinco monedas en el bolsillo del pantalón.

—Los cuentos de Bernard —dijo Neville— me divierten al principio. Pero cuando concluyen de forma absurda y se queda con la boca abierta, mientras enreda con un trozo de cuerda, siento mi propia soledad. Todo lo ve con bordes borrosos. Por tanto, no puedo hablar con él de Percival. No puedo exponer mi pasión absurda y violenta para que me muestre su amable comprensión. También yo me convertiría en un «cuento». Necesitaría a alguien cuya mente cayera como un hacha sobre el tajo, para quien el tono de lo absurdo fuera sublime; un cordón de zapatos, adorable. ¿Ante quién puedo exponer la urgencia de mi propia pasión? Louis es demasiado frío, demasiado universal. No hay nadie bajo los arcos grises, las palomas que zurean, los alegres juegos, la tradición, la emulación... todo está diestramente organizado para evitar sentirse solo. Sin embargo, todavía me sorprende, mientras paseo, la repentina premonición del futuro. Ayer, al pasar ante la puerta abierta que conduce al jardín privado, vi a Fenwick con el mazo levantado. En medio del césped, salía vapor de un calentador de agua para el té, el calentador parecía una urna. Había bancos de flores azules. Entonces, de repente, descendió sobre mí el oscuro sentido, un sentido místico, de la adoración, de lo que es completo y vence al caos. Nadie vio mi cuerpo, allí puesto, atento, mientras estaba ante la puerta abierta. Nadie adivinó la necesidad que tenía de ofrecer mi ser a un dios, de perecer y de desaparecer. El mazo descendió, la visión se deshizo.

»¿Debo buscar un árbol? ¿Debería desertar de estas aulas, de estas bibliotecas, de las anchas hojas de color amarillo en las que leía a Catulo?, ¿debería dirigirme a los bosques y a los campos? ¿Debo pasear por los hayedos o por la orilla del río, donde los árboles se reúnen en el agua como amantes? Pero la naturaleza es demasiado vegetal, es demasiado insípida. Solo posee sublimidades y vastedades de agua y hojas. Empiezo a desear la luz del fuego, la privacidad y los miembros de alguna persona.

—Empiezo a desear —dijo Louis— que anochezca. Aquí, con la mano sobre el panel de madera de roble de la puerta de Mr. Wickham, creo ser un amigo de Richelieu o el duque de Saint Simon, quien ofrece una caja de rapé al propio rey. Es mi privilegio. Mis ingeniosas ocurrencias «corren como un reguero de pólvora por la corte». Las duquesas se arrancan las esmeraldas de los aretes, como prueba de admiración, pero estos cohetes se elevan mucho mejor en la oscuridad, en mi dormitorio, por la noche. Ahora soy un niño con acento de las colonias que acerca los nudillos a la puerta de roble de Mr. Wickham. El día ha estado lleno de ignominias y de triunfos ocultados por miedo a la risa. Soy el mejor alumno en la escuela. Pero cuando la oscuridad llega, me desprendo de este cuerpo poco envidiable: las grandes narices, los finos labios, el acento de las colonias; ya habito en mi espacio. En esos momentos soy compañero de Virgilio y de Platón. A continuación, soy el último vástago de una de las grandes casas de Francia. Pero también soy quien se obligará a abandonar esos territorios ventosos a la luz de la luna, este vagabundear a medianoche, lo de enfrentarse con las puertas de roble. Conseguiré en mi vida —quiera el cielo que no tarde mucho tiempo— una fusión gigantesca entre las dos discrepancias tan horriblemente evidentes en mí. Lo haré a costa de mi sufrimiento. Voy a llamar. Voy a entrar.

—He arrancado todo mayo, todo junio —dijo Susan— y veinte días de julio. Los he arrancado y los he arrugado en forma de bola para que no existan, salvo como un peso en el bolsillo. Han sido días tullidos, como mariposas nocturnas con alas arrugadas, incapaces de volar. Solo quedan ocho días. En ocho días saldré del tren y me quedaré de pie en el andén a las seis y veinticinco. Entonces se desplegará mi libertad y todas estas restricciones que arrugan y encogen (horas de orden y de disciplina, de estar aquí o allí, exactamente en el momento preciso) se romperán en pedazos. Nacerá un día nuevo, cuando salga del tren y vea a mi padre con el sombrero de siempre y las polainas. Me estremeceré. Me echaré a llorar. A la mañana siguiente me levantaré de madrugada. Saldré sola por la puerta de atrás. Pasearé por el páramo. Los grandes caballos de jinetes fantasmales atronarán detrás de mí y dejarán de oírse de repente. Veré la golondrina rozar la hierba. Me tumbaré a la orilla del río y veré los peces deslizándose por el agua entre los juncos. Las palmas de mis manos tendrán la huella impresa de las agujas de pino. Allí desplegaré todo lo que sea que yo haya hecho aquí, algo sólido. Porque algo ha crecido en mi interior aquí, durante inviernos y veranos, en las escaleras, en las habitaciones. A diferencia de Jinny, no quiero que me admiren. No quiero que me mire la gente con admiración cuando aparezco en algún lugar. Quiero dar, quiero recibir y quiero soledad para desplegar mis posesiones.

»Después volveré por los trémulos caminos bajo bóvedas de hojas de nogales. Pasaré junto a una anciana que empujará un cochecito de niño lleno de leña, pasaré junto a un pastor. Pero no hablaré. Volveré por el huerto que hay detrás de la casa, veré las hojas curvas de las coles empedradas de rocío, y la caseta del jardín, ciega, con las ventanas y sus cortinas. Subiré a mi habitación, revisaré mis cosas, cuidadosamente guardadas en el armario: conchas, huevos, raras hierbas. Daré de comer a las palomas y a la ardilla. Iré a la caseta del perro y peinaré a mi spaniel. Así, poco a poco, disolveré esta dureza que se ha adueñado de mi pecho. Porque aquí siempre suenan timbres, y hay pies que se arrastran siempre.

—Detesto la oscuridad, el sueño y la noche —dijo Jinny—; me quedo tumbada esperando a que llegue un día nuevo. Me gustaría que la semana fuera un solo día sin divisiones. Cuando me despierto temprano —y me despiertan los pájaros—, me quedo tumbada y espero a que se vean claramente los tiradores de metal del armario; después, la palangana; después, la borriqueta con las toallas. Al verse con claridad cada cosa en la habitación, mi corazón late más rápido. Siento que mi cuerpo gana fuerza, se vuelve rosa, amarillo, castaño. Paso las manos por las piernas y por el cuerpo. Palpo sus huecos, su delgadez. Me encanta oír el ruido del gong en casa, y me encanta el comienzo de la actividad: primero un ruido sordo, luego un golpeteo. Hay portazos, rumor de agua. Otro día. Otro día, exclamo al tocar el suelo con los pies. Puede que sea un día dolorido, un día imperfecto. A menudo me riñen. A menudo caigo en desgracia por ser perezosa, por reírme, pero, incluso cuando miss Mathews se queja, porque tengo la cabeza a pájaros y soy descuidada, me fijo en algo que se mueve: tal vez una huella de sol en un cuadro, o el burro que tira de la segadora en el césped, o una vela que pasa entre las hojas de laurel, de forma que nunca estoy triste. Nadie puede impedir que haga piruetas detrás de miss Mathews cuando vamos a rezar.

»Ya se acerca el momento en que dejemos la escuela y llevemos faldas largas. Me pondré collares y un vestido blanco sin mangas por la noche. Habrá fiestas en salas deslumbrantes, y un hombre se dirigirá a mí y me dirá lo que nunca había dicho a nadie. Le gustaré más que Susan o que Rhoda. Encontrará en mí cierta calidad, algo peculiar. Pero no voy a atarme a una sola persona. No quiero quedarme fija, maniatada. Tiemblo, me estremezco como una hoja en el seto, me siento en el borde de la cama y dejo los pies colgando, con cada nuevo día que amanece. Dispongo de cincuenta, de sesenta años. Todavía no he abierto mi tesoro. Esto es el comienzo.

—Hay horas y más horas —dijo Rhoda—, antes de que apague la luz y me cueste, tendida en la cama sobre el mundo, antes de dejar caer un día más, antes de dejar que mi árbol crezca, que agite sus verdes pabellones sobre mi cabeza. Aquí no puedo hacer que crezca. Alguien lo agujerea. Preguntan, interrumpen, lo derriban.

»Ahora iré al baño, me quitaré los zapatos y me lavaré, pero, al lavarme, al inclinar la cabeza sobre la palangana, dejaré que caiga sobre mis hombros el velo de la emperatriz de Rusia. Brillan en mi frente los diamantes de la corona imperial. Oigo los gritos de la multitud hostil cuando salgo al balcón. Me seco las manos, con fuerza, para que miss como se llame no sospeche que movía el puño ante una muchedumbre enfurecida. "Pueblo, soy vuestra emperatriz". Mi actitud es de desafío. Soy valiente. Venzo.

»Pero es un sueño frágil. Es un árbol de papel. Miss Lambert lo derriba de un soplido. Incluso verla desaparecer por el pasillo lo pulveriza en átomos. No es sólido, no me da ninguna satisfacción este sueño de la emperatriz. Me abandona. Una vez desaparecido, me deja aquí en el pasillo, temblando. Las cosas parecen más claras. Voy a ir ahora a la biblioteca a sacar un libro y a leer y a mirar, y a leer más y a volver a mirar. He aquí un poema sobre un seto. Pasearé por él y cortaré flores, nueza verde y flor del espino blanco del color de la luna, rosas silvestres y serpentina hiedra. Las tomaré en las manos y las pondré sobre la superficie brillante del pupitre. Me sentaré a la temblorosa orilla del río y miraré los nenúfares, anchos y luminosos, que dan luz al roble que colgaba sobre el seto bajo la luz lunar de su propia luz acuosa. Haré con flores una guirnalda, y la llevaré y la regalaré a... ¡ay!, ¿a quién? Hay una suerte de obstáculo en el fluir de mi ser. Una corriente muy profunda tropieza con un obstáculo, empuja, tira, se resiste un nudo en el centro. ¡Ay, qué dolor, qué angustia! Me desmayo, fracaso. Ahora mi cuerpo se derrite, estoy abierta, estoy incandescente. Ahora, la corriente fluye en una corriente profunda que fertiliza, se abre la válvula, forzando lo cerrado, desbordante de libertad. ¿A quién daré todo lo que ahora fluye a través de mí, de mi cuerpo caliente, poroso? Recogeré las flores y se las regalaré, ¡ay! ¿a quién?[2]

»Los marineros pasean el día del desfile, y los amantes. Los transportes colectivos se mueven ruidosamente por el paseo que va desde la costa a la ciudad. Daré, enriqueceré, devolveré al mundo esta belleza. Tejeré mis flores en una guirnalda y con el brazo extendido se la regalaré a... ¡ay!, ¿a quién?

—Ya tenemos todo —dijo Louis—, hoy es el último día del último trimestre (de Neville, de Bernard, mi último día), tenemos todo lo que nuestros maestros hayan querido darnos. La introducción se ha cumplido: nos han presentado al mundo. Se quedan, partimos. El gran doctor, quien entre todos los hombres es a quien más reverencio, tambaleándose un poco entre las mesas, ha distribuido los volúmenes encuadernados, ha repartido Horacio, Tennyson, las obras completas de Keats y Matthew Arnold, debidamente dedicadas. Respeto la mano que los entregó. Habla con completa convicción. Para él, sus palabras son verdaderas, aunque no lo sean para nosotros. Habla con la voz ronca de la emoción profunda, con fiereza, con ternura; nos ha dicho que estamos a punto de partir. Nos ha dado una orden: «Conducíos como varones».[3] (En sus labios citas de la Biblia o de *The Times* parecen igualmente magníficas). Algunos harán una cosa; otros, otra. Algunos no volverán a verse. Neville, Bernard y yo no volveremos a vernos aquí nunca más. La vida nos separará. Pero hemos forjado ciertos lazos. Han concluido los años de infancia e irresponsabilidad. Pero hemos forjado ciertos lazos. Por encima de todo, hemos heredado las tradiciones. Hace seiscientos años que se desgastan estas losas de piedra. Sobre estos muros están inscritos los nombres de militares, de estadistas, de algunos poetas desdichados (el mío

---

2 Se caracteriza en esta ocasión a Rhoda mediante ecos de poemas de Shelley: «Tejeré las flores en una guirnalda y las cogeré y las regalaré a... ¡Ay!, ¿a quién?». Estas preguntas que se hace Rhoda traen recuerdos del último verso del poema de Shelley «The Question», en el que el personaje reúne flores y se pregunta al final a quién se las regalará: «I hastened to the spot whence I had come,/ That I might there present it—Oh, to whom?». La descripción «nueza verde y flor del espino blanco del color de la luna, rosas silvestres y serpentina hiedra», un poco antes, recoge versos anteriores del mismo poema: «And in the warm hedge grew lush eglantine, / Green cowbind and the moonlight-coloured May, / And cherry-blossoms, and white cups, whose wine / Was the bright dew, yet drained not by the day; / And wild roses, and ivy serpentine».

3 I Cor. 16,13. También I Samuel 4,9.

estará entre ellos). ¡Benditas sean todas las tradiciones, todas las salvaguardias y límites! Estoy muy agradecido a todos vosotros, hombres de negros trajes académicos; a vosotros, los muertos, por vuestra guía, por vuestro celo. Pero, después de todo, el problema sigue ahí. Las diferencias no están del todo resueltas. Las flores yerguen la cabeza al otro lado de la ventana. Veo las aves libres, e impulsos más alborotados que los de los pájaros más libres laten en mi libre corazón. Mis ojos miran con libertad, tengo los labios apretados. El pájaro vuela, la flor baila, pero no dejo de oír el hosco ruido de las olas y la bestia encadenada que patea en la playa. Patea y vuelve a patear.

—Esta es la ceremonia de despedida —dijo Bernard—. Es la última de las ceremonias. Nos sentimos superados por sensaciones extrañas. El jefe de estación, con el banderín, está a punto de hacer sonar el silbato; el tren, que espira vapor, está a punto de arrancar. Uno quisiera decir algo, sentir algo absolutamente apropiado para la ocasión. La mente está dispuesta; los labios, apretados. Luego llega volando una abeja que revolotea en torno a las flores del ramo de la esposa del general, lady Hampton, quien sigue oliéndolas, para mostrar su agradecimiento por el regalo. La abeja, ¿le picará la nariz? Todos estamos profundamente conmovidos, pero somos irreverentes y, sin embargo, nos sentimos penitentes; queremos que todo acabe, pero nos vamos con desgana. La abeja nos distrae, su vuelo al azar casi parece burlarse de nuestra intensidad. Revoletea aquí y allá, se entretiene en todas partes, ahora se ha posado sobre un clavel. Muchos de nosotros no volveremos a vernos nunca. Hay ciertos placeres que no volveremos a compartir, cuando podamos acostarnos a la hora que queramos o cuando queramos trasnochar; no será necesario que pasemos de contrabando cabos de velas o literatura inmoral. La abeja zumba ahora alrededor de la cabeza del gran doctor. Larpent, John, Archie, Percival, Baker y Smith: me han gustado enormemente. Solo he conocido a un loco. Solo he detestado a un niño mezquino. Al recordarlos, me gustan hasta mis torpes desayunos en la mesa del director, con sus tostadas y su mermelada. Él es el único que no se ha fijado en la abeja. Si se posara en su nariz, se desharía de ella de un golpe, con un gesto magnífico. Ya ha contado su chiste, ya ha estado a punto de quebrársele la voz. Ya nos han dicho adiós: a Louis, a Neville, a mí,

para siempre. Tomamos nuestros libros bellamente encuadernados, con su escolástica dedicatoria de irregular caligrafía. Nos levantamos, nos separamos, la opresión desaparece. La abeja se ha convertido en un insecto insignificante al que nadie presta atención, que sale volando por una ventana y se pierde en la oscuridad. Mañana nos vamos.

—Estamos a punto de irnos —dijo Neville—. Aquí están las maletas, ahí están los taxis. Ahí está Percival con su sombrero hongo. Me olvidará. Dejará mis cartas sin abrir, entre armas y perros; no responderá. Le enviaré mis poemas y quizá me responda con una tarjeta postal. Por eso lo amo. Le propondré que nos reunamos bajo algún reloj, junto a alguna cruz; esperaré, no aparecerá. Por eso lo amo. Olvidadizo, saldrá de mi vida sin darse cuenta. Por increíble que parezca, participaré de las vidas de otros; esto es solo una aventura, tal vez, es solo un preludio. Ya siento, aunque no pueda soportar la mojiganga pomposa del doctor y sus emociones postizas, que las cosas que apenas hemos entrevisto se acercan. Podré entrar en el jardín en que Fenwick levanta el mazo. Quienes me han despreciado reconocerán mi dominio. Pero por alguna ley inescrutable de mi ser ni el dominio ni la posesión del poder serán suficientes; tendré que abrirme paso entre cortinas para conseguir la intimidad, necesitaré palabras susurradas en soledad. Me voy lleno de dudas, pero relajado; con temor a los dolores insoportables; pero obligado, creo, a una aventura de conquista, tras haber padecido grandes sufrimientos; obligado, ciertamente, a descubrir mi deseo al final. Allí, por última vez, veo la estatua de nuestro piadoso fundador con las palomas sobre la cabeza. Que siempre revolotearán sobre su cabeza y la teñirán de blanco, mientras el órgano gime en la capilla. Ocupo mi asiento; y cuando esté en mi rincón en el compartimento reservado, ocultaré los ojos con un libro para que no se vea una lágrima; ocultaré los ojos para observar, para examinar una cara. Es el primer día de las vacaciones de verano.

***

—Hoy es el primer día de las vacaciones de verano —dijo Susan—. Pero el día aún no ha despuntado. No lo examinaré hasta que no haya bajado al andén por la tarde. Ni tan siquiera lo oleré hasta que no haya olido el verde aire frío de los campos. Pero estos ya no son los campos de la escuela, no son los setos de la escuela, los hombres en estos campos hacen cosas de verdad, llenan los carros de heno real, aquellas vacas son de verdad, no son vacas de la escuela. Pero todavía tengo en las narices el olor a ácido fénico de los pasillos y el olor a tiza de las aulas. Todavía tengo en los ojos el aspecto de vidrio, reluciente, del machihembrado del zócalo. Debo esperar campos y setos y bosques y campos y taludes del tren, salpicados de arbustos de retama, y camiones estacionados y túneles y jardines de las afueras con mujeres que salen a lavar y, a continuación, más campos y niños que se columpian en las verjas, para cubrir todo, para enterrar profundamente esta escuela que tanto he odiado.

»Ni enviaré a mis hijos a la escuela ni pasaré una sola noche de mi vida en Londres. Aquí, en esta vasta estación, todo es eco y retumbante oquedad. La luz es como luz amarilla bajo un toldo. Jinny vive aquí. Jinny saca su perro a pasear por estas calles. En silencio, la gente recorre aprisa las calles. Solo miran a los escaparates. Las cabezas suben y bajan todas a la misma altura. Las calles están entretejidas con los hilos del telégrafo. Las casas son todo cristal, todo molduras y brillo, ahora son todo puertas y cortinas de encaje, todo columnas y peldaños blancos. Pero sigo, ya estoy fuera de Londres de nuevo; comienzan de nuevo los campos, y hay casas y mujeres que tienden la ropa, y hay árboles y campos. Londres está bajo un velo, desaparece, se derrumba, cae. El ácido fénico y el aguarrás empiezan a perder su sabor. Huelo el maíz y los nabos. Deshago un paquete atado con un hilo de algodón blanco. Las cáscaras de huevo se deslizan por el hueco entre mis rodillas. Paramos en una estación tras otra. Sacan rodando cántaras de leche. Las mujeres se besan y se ayudan a llevar las cestas. Me asomaré por la ventanilla. El aire entra aprisa por mi nariz y mi garganta: el aire frío, el aire salado con el olor de los campos de nabos. Ahí está mi padre, de espaldas, hablando con un campesino. Tiemblo, lloro. Ahí está mi padre con sus polainas. Ahí está mi padre.

—Me siento cómoda en este rincón, rumbo al norte —dijo Jinny—, en este expreso trepidante que es, sin embargo, tan suave que aplana los setos, alarga las colinas. Las casetas de cambios de agujas desaparecen rápidamente. Hacemos que la tierra se meza delicadamente de un lado a otro. La distancia se cierra perpetuamente en un punto; hacemos que la distancia se abra para siempre de par en par. Los postes de telégrafo suben y bajan sin cesar: se tala uno, otro se yergue. Nos precipitamos rugiendo en un túnel. El caballero sube la ventanilla. Veo reflejos en el cristal brillante que recubre el túnel. Veo cómo baja el periódico. Sonríe a mi reflejo en el túnel. Mi cuerpo, al instante, por propia voluntad, propone un adorno a su mirada. Mi cuerpo vive una vida propia. Ahora el negro cristal es verde de nuevo. Hemos salido del túnel. El caballero lee el periódico. Pero hemos intercambiado la aprobación de nuestros cuerpos. Hay, pues, una gran sociedad de los cuerpos, en la que acaba de ingresar el mío. Ha entrado en la habitación de los sillones dorados. Mira: todas las ventanas de las mansiones bailan al igual que las cortinas blancas como tiendas de campaña. Los hombres, sentados sobre las tapias de los campos de maíz con pañuelos azules anudados son conscientes también, como yo misma, del calor y del éxtasis. Uno saluda con la mano cuando pasamos. Hay glorietas y emparrados en los jardines de estas mansiones, y hay jóvenes en mangas de camisa que cortan rosas subidos a escaleras. Un hombre a caballo galopa por el campo. El caballo se hunde cuando pasamos. El jinete se vuelve para mirarnos. Rugimos de nuevo en medio de la oscuridad. Me reclino, me entrego al éxtasis. Creo que al otro extremo del túnel entro en una habitación iluminada con sillones, en uno de las cuales me dejo caer, admirada, con el vestido ondeando a mi alrededor. Pero he aquí que al levantar la mirada me encuentro con la mirada de una mujer agria, que intuye mi éxtasis. Mi cuerpo se cierra en su cara, impertinente, como una sombrilla. Abro mi cuerpo y lo cierro según mi voluntad. La vida empieza. Abro el tesoro de la vida.

—Es el primer día de las vacaciones de verano —dijo Rhoda—. Ahora, mientras el tren pasa junto a estas rocas de color rojo, junto a este mar azul, el trimestre, concluido, adquiere forma definida detrás de mí. Veo el color. Junio era blanco. Veo los campos blancos de margaritas, blancos de vestidos, con canchas de tenis con líneas blancas. Entonces había viento y sonoros truenos. Había una estrella, una noche, que cabalgaba sobre las nubes, y le dije a la estrella: «Consúmeme». Eso era a mediados del verano, después de la fiesta en el jardín y de mi humillación en la fiesta en el jardín. El viento y la tormenta dieron color a julio. Además, allí en medio, cadavérico, terrible, estaba el charco gris del patio, cuando, con un sobre en la mano, llevé un mensaje. Llegué al charco. No podía pasar. Me falló la identidad. No somos nada, me dije, y me caí. Volé como una pluma, flotaba en los túneles. Luego, muy cautelosamente, moví un pie. Puse la mano contra una tapia de ladrillos. Regresé muy dolorosamente, me reuní con mi cuerpo, sobre el espacio gris y cadavérico del charco. Esta es, pues, la vida con la que me he comprometido.

»De forma que excluyo el verano. Con sustos intermitentes, súbita como el salto de un tigre, la vida emerge alzando su oscura cresta en el mar. Es a esto a lo que estamos unidos, es esto lo que nos obliga, como cuerpos unidos a caballos salvajes. Pero he aquí que hemos inventado formas de rellenar las grietas y de disimular las fisuras. Aquí llega el revisor. Ahí hay dos hombres, tres mujeres, hay un gato en una cesta, estoy yo con el codo apoyado en la ventanilla: esto es aquí y ahora. Nos acercamos, nos alejamos, a través de susurrantes campos de trigo dorado. Las mujeres en los campos se quedan sorprendidas al quedarse atrás, cavando. Ahora el tren patea con fuerza, respira de forma fatigosa, porque sube cada vez más alto. Por fin, hemos llegado a la cima del páramo. Solo unas pocas ovejas salvajes viven aquí, unos pocos ponis peludos, sin embargo nosotros gozamos de todas las comodidades, con mesas para apoyar los periódicos, con los anillos para sostener los vasos. Llegamos con todos estos recursos a la cima del páramo. Ahora estamos en la cumbre. El silencio se cerrará detrás de nosotros. Si miro hacia atrás, más allá de esa cabeza calva, puedo ver cómo se cierra el silencio y las sombras de las nubes que se persiguen unas a otras sobre el páramo vacío; el silencio se cierra tras nuestro paso fugitivo. Esto que digo es el momento presente, es el primer día de las vacaciones de verano. Esto que emerge es parte del monstruo al que estamos unidos.

—Ya hemos terminado —dijo Louis—. Floto sin ataduras. Estamos en ninguna parte. Cruzamos Inglaterra en tren. Inglaterra viaja ante la ventana, cambiando siempre, de colina a bosque; viaja desde los ríos y sauces, de nuevo a las ciudades. No tengo tierra firme a la que dirigirme. Bernard y Neville, Percival, Archie, Larpent y Baker irán a Oxford o a Cambridge, Edimburgo, Roma, París, Berlín o a alguna universidad americana. Vagamente, yo voy a ganar dinero, vagamente. De forma que hay una sombra turbadora, un acento agudo, que cae sobre estos tallos dorados, sobre estos campos rojos de amapolas, sobre este trigo que fluye y que nunca se desborda de sus límites, sino que hace ondas hasta el borde mismo. Es el primer día de una nueva vida, otro radio de la rueda que gira. Pero mi cuerpo pasa nómada como la sombra de un pájaro. Debería de ser transitorio como sombra en la pradera, que desaparece al poco tiempo, que es oscura, y muere allí donde se encuentra con un bosque, si no fuera porque obligo a mi mente a trabajar tras la frente. Me obligo a enunciar, aunque solo sea mediante un verso, que no escribiré, este momento, para dejar huella de esta pulgada de la larga, larga historia que comenzó en Egipto, en la época de los faraones, cuando las mujeres llevaban cántaros rojos hasta el Nilo. Parece como si hubiera vivido miles de años. Pero si ahora cierro los ojos, si no soy consciente de este lugar en el que se reúnen el pasado y el presente, que estoy sentado en un vagón de tercera del tren, lleno de muchachos que se van a casa a pasar las vacaciones, a la historia de la humanidad se le roba la visión de un momento. Sus ojos, que verían a través de mí, se cerrarían... si me durmiera ahora, por descuido, por cobardía, y me enterrara en el pasado, en la oscuridad, o si me mostrara complaciente, como se muestra complaciente Bernard, que cuenta cuentos, o si presumiera, como presumen Percival, Archie, John, Walter, Lathom, Larpent, Roper, Smith: los nombres son siempre los mismos, son los nombres de los muchachos que presumen. Todos se jactan de algo, todos hablan, excepto Neville, que deja caer una mirada de forma ocasional sobre el borde de una novela francesa, de la misma forma en que se dejará caer sobre los cojines de habitaciones con fuego en el hogar, con muchos libros y un amigo, mientras que yo estaré inclinado en una silla de oficina tras un mostrador. Seré un amargado, y me burlaré de ellos. Les envidiaré la continuidad de la tradicional seguridad a la sombra de los viejos tejos mientras que yo tendré que relacionarme con castizos londinenses y oficinistas, y pasearé el bastón por las calles de la ciudad.

»Pero ahora, incorpóreo, mientras paseo por campos inhóspitos (hay un río, un hombre pesca; hay un campanario, una calle de un pueblo, una posada con ventanales), todo esto es onírico para mí, oscuro. Estos pensamientos huraños, esta envidia, esta amargura, no son permanentes en mí. Soy el fantasma de Louis, un efímero transeúnte, en cuya mente tienen poder los sueños, y los sonidos del jardín cuando en la madrugada los pétalos flotan sobre profundidades insondables y los pájaros cantan. Me zambullo y chapoteo en las aguas espléndidas de la infancia. Tiembla el fino velo. Pero el animal encadenado patea y patea en la orilla.

—Louis y Neville —dijo Bernard— se sientan en silencio. Ambos están absortos. Ambos sienten la presencia de otras personas como un muro de separación. Pero cuando yo me hallo en compañía de otras personas, las palabras se convierten en anillos de humo: veo cómo las palabras se contorsionan al momento y salen de mis labios. Parece como si se acercara una cerilla a un fuego. Algo arde. Entra un hombre de edad avanzada y, evidentemente, próspero: un viajante. Al momento, deseo acercarme a él. De forma instintiva me disgusta la idea de su presencia fría, sin asimilar, entre nosotros. No creo en la separación. No estamos solos. Además quiero incrementar mi colección de valiosas observaciones sobre la verdadera naturaleza de la vida humana. Mi libro, sin duda, alcanzará muchos volúmenes, abarcará toda la variedad conocida del hombre y de la mujer. Llenaré mi mente con el contenido de una habitación, sea el que sea, o el de un vagón de ferrocarril, como se llena una pluma estilográfica en un tintero. Tengo una insaciable sed constante. Advierto, mediante imperceptibles signos, que todavía no sé interpretar, pero los interpretaré más tarde, que el hombre está a punto de ceder. Hay señales de que se resquebraja su soledad. Ha hecho una observación sobre una casa de campo. De mis labios brota un anillo de humo (sobre las cosechas) y lo rodea, para iniciar el contacto. La voz humana tiene una calidad que desarma (no somos únicos, somos todos el mismo). Mientras intercambiamos estas pocas pero amables frases sobre casas de campo, lo hago revivir y lo hago concreto. Como marido es comprensivo, pero no es fiel. Es un constructor modesto, que tiene unos pocos empleados. Es importante en su localidad, ya es concejal, acaso con el tiempo llegue a ser alcalde. Lleva un adorno grande, como un molar con dos raíces, hecho de coral, colgando en la cadena del reloj. Walter J. Trumble es la clase de nombre que le sentaría bien. Ha estado en Estados Unidos, en viaje de negocios, junto a su esposa; y una habitación doble en un hotel más bien pequeño le costó el salario de un mes entero. Tiene un incisivo con una funda de oro.

»Lo cierto es que tengo poco talento para la reflexión. Necesito lo concreto en todo. Solo así puedo asir el mundo. Sin embargo, me parece que una buena frase tiene una existencia independiente. Pero creo que tal vez las mejores frases se hagan en soledad. Requieren una refrigeración final que yo no sé darles, porque siempre me entretengo con cálidas palabras solubles. Mi método, sin embargo, tiene ciertas ventajas sobre el de ellos. A Neville le repelería la vulgaridad de Trumble. Louis, miraría de reojo, tropezaría, caminaría con el paso torpe de una grulla desdeñosa, cogería las palabras como con las pinzas de azúcar. Es cierto que sus ojos —salvajes, risueños, pero desesperados— expresan algo que no hemos calibrado. Hay en Neville y Louis una precisión, una exactitud, que admiro y que nunca poseeré. Ahora empiezo a ser consciente de que la acción es necesaria. Nos acercamos a un cruce, en el cruce tengo que cambiar. Tengo que subir a un tren de Edimburgo. No puedo tocar con los dedos este hecho: se aloja cómodamente entre mis pensamientos, como un botón, como una moneda de poco valor. Aquí está el alegre revisor que recoge los billetes. Tenía uno... tenía uno, sin duda. Pero no importa. Lo hallaré o no lo hallaré. Examino la cartera. Busco en los bolsillos. Estas son las cosas que detienen para siempre el proceso con el que estoy eternamente comprometido, el de hallar una frase que se ajuste a este mismo momento con toda exactitud.

—Bernard se ha ido sin el billete —dijo Neville—. Se nos ha escapado, haciendo una frase, saludando con la mano. Hablaba con la misma facilidad con el tratante de caballos, que con el fontanero, que con nosotros. El fontanero lo aceptó con devoción. «Si tuviera un hijo así —pensaba—, se las arreglaría para enviarlo a Oxford». Pero ¿qué es lo que sentía Bernard por el fontanero? ¿No querría seguir contando siempre el cuento que nunca deja de contarse a sí mismo? Empezó a contar cuentos siendo niño, cuando hacía figuritas con el pan. Una pieza era un hombre; otra, una mujer. Todos éramos figuritas. Todos somos frases en los relatos de Bernard, cosas que él escribe en su cuaderno, en la A o en la B. Cuenta nuestros cuentos con extraordinaria comprensión, excepto que no cuenta aquello que más hondamente sentimos. Porque no nos necesita. Nunca está a nuestra merced. Ahí está, saludando con los brazos en el andén. El tren se ha ido sin él. Ha perdido el transbordo. Ha perdido el billete. Pero eso no importa. Hablará con la camarera sobre el destino humano. Nos hemos ido, ya nos ha olvidado, deja de vernos, seguimos, llenos de sensaciones duraderas, amargas, dulces. En cierta forma es digno de lástima, cuando se enfrenta con el mundo con frases medio acabadas, después de haber perdido el billete. Hay que quererlo.

»Ahora vuelvo a fingir que estoy leyendo. Levanto el libro, hasta que casi me cubre los ojos. Pero no puedo leer en presencia de tratantes de ganado equino y de fontaneros. Carezco del poder de caer bien. No admiro a ese hombre, él no me admira a mí. Al menos, seamos honrados. Quiero denunciar este mundo trivial, insignificante, satisfecho de sí mismo: los asientos de las sillas rellenos de pelo de caballo, las fotografías de color de puertos y desfiles. Podría chillar ante la petulante autocomplacencia, ante la mediocridad de este mundo, que contiene tratantes de ganado con adornos de coral que cuelgan de cadenas de reloj. Hay algo en mí que los aniquilaría. Mi risa los haría retorcerse en sus asientos, los haría correr aullando ante mí. No, son inmortales. Triunfan. Harán que sea imposible para mí leer a Catulo en un vagón de tercera. Me obligarán a refugiarme en octubre en una de esas universidades, en la que seré profesor. Iré con maestros de escuela a Grecia y les daré conferencias sobre las ruinas del Partenón. Mejor sería criar caballos y vivir en una de esas residencias de ladrillo rojo, que entrar y salir continuamente de los cráneos de Sófocles y Eurípides, como un gusano. Me casaré con una buena mujer, una de esas mujeres de ideales elevados típicas de la universidad. Ese, sin embargo, será mi destino. Sufriré. A los dieciocho años soy capaz de tanto desprecio que los criadores de caballos me odian. Este es mi triunfo: no transijo. No soy tímido, no tengo acento. No hago aspavientos ante quienes hablan de "mi padre, que es banquero en Brisbane", como Louis.

»Nos acercamos al centro del mundo civilizado. Ahí están los familiares gasómetros. Ahí están los jardines públicos atravesados por caminos asfaltados. Ahí están los amantes tumbados sin vergüenza, boca con boca, sobre la hierba quemada. Percival casi habrá llegado ya a Escocia, cruza los páramos de color rojo, ve la larga fila de las colinas de la frontera y la muralla romana. Lee una novela de detectives, pero entiende todo.

»El tren disminuye la velocidad y se alarga al acercarnos a Londres, al centro, y mi corazón se siente atraído también por el miedo, la alegría. Estoy a punto de encontrarme, ¿con qué? ¿Qué extraordinaria aventura me espera, entre estos furgones de correo, mozos de cuerda, enjambres de gente que piden taxis? Me siento insignificante, perdido, pero exultante. Con un golpe suave, nos detenemos. Voy a dejar que los demás salgan antes que yo. Voy a permanecer sentado un momento, antes de aparecer entre el caos, el tumulto. No voy a anticipar lo que tenga que venir. El escándalo es enorme en mis oídos. Suena y resuena, bajo este techo de cristal, como las olas del mar. Nos arrojan al andén con las bolsas de viaje. El torbellino nos separa. Mi sentido de identidad casi perece, mi desdén. Me arrastran, tiran de mí, me arrojan al aire. Salgo al andén, agarro con fuerza lo único que poseo: una bolsa de viaje.

El sol se elevó. Descendían sobre la orilla barras de luz de color amarillo y verde, que doraban las costillas de la barca carcomida y hacían que brillase el cardo de mar y sus hojas como cotas de malla azules semejantes al acero. La luz casi atravesaba las olas finas y rápidas que se abrían en forma de abanico sobre la playa. La muchacha que había sacudido la cabeza y había hecho danzar todas las joyas, el topacio, el aguamarina, las joyas de color de agua con chispas de fuego, ahora, al descubierto las cejas y con los ojos muy abiertos, abrió un camino recto sobre las olas. El chispear de las temblorosas caballas se oscureció. Se adensaron las olas. Los huecos eran más verdes y más hondos y los atravesaban cardúmenes de peces errantes. A medida que las olas rompían y se retiraban, dejaban un borde negro de ramas y corcho en la orilla, y paja y palos, como si una endeble chalupa se hubiera ido a pique, y hubieran estallado sus costados, y el marinero se hubiera acercado nadando a tierra, y hubiera trepado por el acantilado, y hubiera dejado su pobre carga para que las olas la empujaran a tierra.

En el jardín, los pájaros, que habían estado cantando de forma errática y espasmódica en la madrugada sobre ese árbol, sobre aquel arbusto, cantaban ahora juntos, a coro, estridentes y agudos, como si fueran conscientes de la compañía; luego cantaban solos, como si se dirigieran al cielo azul pálido. Hacían quiebros todos juntos, cuando el gato negro se movía entre los arbustos, cuando los asustaba la cocinera al lanzar las ascuas sobre el montón de cenizas. En la canción había miedo y aprensión ante el dolor, y había alegría que había que disfrutar rápidamente, ahora, al momento. También cantaban para competir entre ellos en el claro aire de la mañana, desviándose bruscamente cuando se hallaban sobre el olmo, cantando juntos, mientras se perseguían unos a otros, se escapaban, se perseguían de nuevo, se besaban mientras giraban en el aire. A continuación, cansados de perseguirse y de huir cariñosamente, descendían, se acercaban con delicadeza, se posaban y se quedaban callados en el árbol, sobre la tapia, con sus brillantes ojos mirando de reojo, moviendo los picos en esta, en aquella dirección; conscientes, despiertos; intensamente conscientes de algo, de algún objeto particular.

Tal vez se trataba de una concha de caracol, moviéndose entre la hierba como una catedral de color gris, un gran edificio del color verde como la sombra de la hierba, con anillos negros grabados a fuego. O quizá vieron el esplendor de las flores que arrojaban una luz morada sobre el parterre, a través del cual túneles oscuros de color morado se entretejían entre los tallos. O fijaban la mirada en las brillantes hojitas del manzano, que bailaban de forma contenida, destellando con intensidad entre las flores de botón rosa. O veían cómo la gota de lluvia caía sobre el seto, se quedaba colgando, no caía, con toda una casa que se curvaba sobre ella y con olmos como torres; o se quedaban mirando al sol, hasta que los ojos se convertían en cuentas de oro.

Miraban a un lado, miraban al otro, miraban más allá, bajo las flores, hacia las oscuras avenidas en el mundo sin luz donde descansa la hoja y donde ha caído la flor. Entonces, uno de ellos, lanzándose hermosamente, posándose con precisión, picaba en el cuerpo blando, monstruoso, del indefenso gusano, picaba una y otra vez y dejaba que allí se pudriera. Allá abajo, entre las raíces, donde se hallaban las flores podridas, donde llegaban ráfagas de olores muertos, se formaban gotas en los costados hinchados de cosas que reventaban, se rompía la piel de la fruta podrida, y de ella exudaba una materia demasiado sólida para fluir. Excreciones amarillas se desprendían de las babosas y, en ocasiones, un cuerpo amorfo con una cabeza en cada extremo se movía lentamente de un lado a otro. Como dardos entre las hojas, los pájaros de ojos de oro observaban con curiosidad la purulencia, la humedad. Una vez tras otra hundían con furia los picos en la masa pegajosa.

Ahora, el sol naciente llegaba también a la ventana, tocaba la cortina cuyo borde inferior era de color rojo, y empezaba a sacar a la luz círculos y líneas. Ahora, en la luz creciente, su blancura se asentaba en el plato, la hoja del cuchillo condensaba su brillo. Sillas y armarios se alzaban detrás, de modo que, si cada uno era independiente, parecían inextricablemente juntos. El espejo aclaraba su estanque en la pared. La flor de verdad en el alféizar de la ventana contó con la presencia de una flor fantasma. Sin embargo, el fantasma era parte de la flor, porque cuando un capullo brotaba en la flor más pálida, también en el espejo brotaba un capullo.

Se levantó viento. Las olas tocaban el tambor en la orilla, como guerreros con turbante con azagayas envenenadas que, agitando los brazos sobre las cabezas, avanzaran contra los rebaños que pastaban, las blancas ovejas.

—Aquí, en la universidad —dijo Bernard—, donde son tan extremas la agitación y la presión de la vida, donde la emoción del sencillo vivir es más apremiante cada día, la complejidad de las cosas se vuelve más inmediata. Cada hora, algo nuevo se exhuma del gran bizcocho de las sorpresas. ¿Qué soy?, me pregunto. ¿Soy esto? No, soy eso otro. Sobre todo ahora, cuando acabo de salir de la habitación, donde había personas que hablaban; las baldosas de piedra resuenan con mis pasos solitarios; he aquí la luna, que sale, sublime, indiferente, por detrás de la antigua capilla... de forma que es evidente que no soy uno y sencillo, sino complejo y múltiple. En público, Bernard es locuaz; en privado, lacónico. Eso es lo que no entienden, porque, sin duda, están hablando de mí ahora, y dicen que los eludo, que huyo. No entienden que tengo que entregarme a dos transiciones diferentes; tengo que ocultar las entradas y salidas de diferentes personajes que, de forma alternativa, representan los papeles de Bernard. Soy anormalmente consciente de ellas. No puedo leer un libro en un vagón del tren sin hacerme preguntas: ¿es un contratista de obras? Y ella, ¿es desdichada? Hoy fui agudamente consciente de que el pobre Simes, con su grano, se sentía amargado al darse cuenta de que sus posibilidades de impresionar favorablemente a Billy Jackson eran remotas. Al ser dolorosamente consciente de ello, lo invité a cenar con entusiasmo. Lo atribuirá a una admiración que no poseo. Eso es cierto. Pero, «junto con una sensibilidad femenina (cito aquí mi propio biógrafo), Bernard poseía la sobriedad lógica de un varón». Ahora bien, quienes hacen una sola impresión, y esta es, en general, buena (porque parece que hay virtud en lo sencillo), son los que mantienen el equilibrio en medio de la corriente. (Yo veo al momento los peces con la nariz en una dirección, mientras que la corriente se precipita hacia otro lugar). Canon, Licett, Peters, Hawkins, Larpent, Neville: todos son peces que se mantienen en medio de la corriente. Pero tú sí que entiendes, tú, mi yo, el que siempre acude a la llamada (sería una experiencia desgarradora que llamara y nadie acudiera, eso abriría un hueco en la noche, explicaría esa expresión de los ancianos en los clubes: han dejado de llamar a un yo que no acude), tú sabes que yo me representaba solo superficialmente en lo que dije esta noche. Por debajo, incluso cuando soy más disperso, también soy uno. Soy efusivamente amable; pero también sé quedarme sentado como un sapo en su agujero, que con perfecta indiferencia recibe lo que venga. Pocos de ustedes, quienes hablan de mí ahora, tienen la capacidad doble de sentir y razonar. Licett, por ejemplo, cree en la caza de la liebre. Hawkins ha pasado una tarde más que laboriosa en la biblioteca. Peters tiene a su dama trabajando en la biblioteca circulante. Todos ustedes están comprometidos, implicados, atraídos y absolutamente dedicados hasta el límite de su esfuerzo... todos excepto Neville, cuya mente es demasiado compleja para moverse por una sola actividad. También yo soy demasiado complejo. En mi caso, algo permanece flotando, desvinculado.

»Ahora, como prueba de mi susceptibilidad al ambiente, aquí, al entrar en la habitación y encender la luz, al ver la hoja de papel, la mesa, el traje académico dejado al descuido sobre el respaldo de la silla, me doy cuenta de que soy un hombre impetuoso, pero reflexivo, esa figura atrevida pero peligrosa que se quita la capa con desenfado y coge la pluma y al momento se precipita a redactar una carta a la muchacha de la que está apasionadamente enamorado.

»Todo invita a ello, sí. Disfruto del estado de ánimo adecuado. Soy capaz de escribir de una vez la carta que he comenzado varias veces. Acabo de entrar; me he quitado el sombrero y he dejado el bastón; escribo lo primero que me viene a la cabeza sin preocuparme de colocar el papel en posición correcta. Va a ser un borrador brillante que, pensará ella, se escribió sin pausa, sin borrar ni una sola vez. Qué espontáneas parecen las letras: aquí hay un borrón, un descuido. Todo debe sacrificarse a la rapidez y a la falta de cuidado. Escribiré con caligrafía apresurada, letra pequeña, exagerando el trazo inferior de la "y" y el trazo superior de la "t". La fecha será solo martes, día 17, a continuación un signo de interrogación. Pero también debo darle la impresión de que a pesar de que él, porque no es mi yo verdadero, escriba de esta manera tan informal, tan descuidada, hay indicios sutiles de intimidad y respeto. Debo aludir a conversaciones que hemos mantenido, debo dejar constancia de alguna escena recordada. Pero debo darle la impresión a ella (esto es muy importante) de que paso de una cosa a otra con la mayor facilidad del mundo. Pasaré del funeral por el hombre que se ahogó (tengo una frase para eso) a la señora Moffat y sus dichos (los tengo anotados), y luego haré algunas reflexiones evidentemente fortuitas, pero profundas (la crítica más profunda a menudo se escribe por casualidad), acerca de algún libro que haya leído, algún libro muy poco común. Quiero que diga, al cepillarse el cabello o al apagar la luz: "¿Dónde he leído eso? Ah, sí, en la carta de Bernard". Es la velocidad, el efecto caliente, moldeable, el desbordarse la frase como lava lo que necesito. ¿En quién estoy pensando? En Byron, por supuesto. Soy, en cierto modo, como Byron. Tal vez un trago de Byron me ayudaría a meterme en la escena. Voy a leer una página. No, esto es aburrido, es rudimentario. Esto es demasiado formal. Ahora sí veo el estilo. Ahora vibra su ritmo en mi mente (el ritmo es lo más importante en la escritura). Ahora, sin pensarlo, voy a empezar, con la cadencia del trazo...

»Pero no sale bien. El impulso desaparece. Carezco de la energía suficiente para llevar a cabo la transición. Mi verdadero yo se separa de mi yo ficticio. Si empezara a reescribir, se daría cuenta: "Está fingiendo que es un hombre de letras, piensa en su biógrafo". (Lo cual es cierto). No, mejor escribiré la carta mañana, inmediatamente después del desayuno.

»Ahora llenaré la mente con imágenes irreales. Supongamos que me piden que me quede en Restover, King's Laughton, a tres millas de la estación de Langley. Llego de noche. En el patio de esta triste, pero distinguida, casa, hay dos o tres perros de largas patas. Los perros se escabullen. Hay desgastadas alfombras en el pasillo, un caballero con aspecto de militar fuma en pipa mientras pasea por la terraza. Dominan dos notas: la pobreza digna y las relaciones militares. Sobre la mesa de trabajo, el casco de un caballo favorito. "¿Monta a caballo?". "Sí, señor, me encanta montar a caballo". "Mi hija nos espera en el salón". Mi corazón late con fuerza. Está junto a una mesa baja. Ha estado cazando; come emparedados como un muchachote. Le causo una buena impresión al coronel. No soy demasiado inteligente —piensa—, tampoco soy nada grosero. Además sé jugar al billar. Entra la criada, que lleva treinta años con la familia. El dibujo de los platos representa unos pájaros orientales de largas colas. Sobre la chimenea se ve el retrato de su madre, vestida de muselina. Puedo describir hasta cierto punto lo que me rodea con extraordinaria facilidad. Pero ¿puedo hacer que funcione? ¿Puedo escuchar su voz, el tono exacto con el que, cuando estamos solos, ella dice: "Bernard"? Y a continuación, ¿qué?

»Lo cierto es que necesito el estímulo de otras personas. Solo, junto a la chimenea apagada, tiendo a ver los fallos de mis propios cuentos. El novelista de verdad, el ser humano perfectamente sencillo, podría continuar, indefinidamente, creando imágenes. No integraría, como hago yo. No tendría esta sensación devastadora de las cenizas grises tras la rejilla. Una persiana se agita en mis ojos. Todo se vuelve impenetrable. Dejo de inventar.

»Recapitulo. En conjunto, ha sido un buen día. La gota que se forma en el techo del alma al caer la noche es redonda, multicolor. La mañana, bien;

la tarde, de paseo. Me gustan las vistas de los campanarios en los campos grises. Me gusta lo que vislumbro entre los hombros de la gente. Las cosas seguían apareciendo en mi cabeza. Fui imaginativo, sutil. Después de la cena, fui dramático. Hice concretas muchas de las cosas que habíamos entrevisto acerca de nuestros amigos comunes. Hice mis transiciones con facilidad. Pero ahora me hago la pregunta final, sentado ante este fuego gris, con sus desnudos promontorios de carbón negro, ¿quién de todos ellos soy yo? Mucho depende de la habitación. Cuando me digo: "Bernard", ¿quién viene? Un hombre leal, sardónico, desilusionado, pero no amargado. Un hombre sin edad ni profesión concretas. Sencillamente, yo. El que toma ahora el atizador y revuelve las ascuas para que caigan a puñados a través de la rejilla. "Señor —se dice a sí mismo, mientras las ve caer—, ¡qué desastre!". Luego añade, lúgubre, pero, en cierta forma, consolándose: "Mrs. Moffat vendrá luego a limpiarlo todo...". Me imagino que me repetiré a menudo esa frase, mientras revuelvo en la vida tropezando en todas partes, dando un golpe a este lado del vehículo; luego, al otro. "¡Ah!, sí, Mrs. Moffat vendrá a limpiarlo todo". A continuación, me acuesto.

—En un mundo que contiene el momento presente —dijo Neville—, ¿por qué discriminar? Nada debe ser nombrado por temor a que, al hacerlo, lo cambiemos. Que existamos este banco, esta belleza y yo, inmersos en el placer un instante. El sol calienta. Veo el río. Veo árboles moteados y quemados a la luz del sol de otoño. Se deslizan las barcas, entre colores rojos, verdes. A lo lejos, doblan las campanas, pero no tocan a muerto. Hay campanas que llaman a la vida. Cae una hoja, de alegría. ¡Ah, estoy enamorado de la vida! ¡Mira cómo el sauce eleva sus surtidores en el aire! Mira cómo entre los surtidores pasa una barca, llena de jóvenes indolentes, inconscientes, vigorosos. Escuchan el gramófono, comen fruta que han llevado en bolsas de papel. Arrojan las pieles de los plátanos, las pieles que luego se hunden como anguilas en el río. Todo lo que hacen es hermoso. Tras ellos hay vinagreras y adornos, sus habitaciones están llenas de remos y oleografías, pero han conseguido que todo sea hermoso. La barca pasa bajo un puente. Llega otra. Luego llega otra. He ahí Percival, descansando entre cojines, monolítico, reposando de forma gigantesca. No, no es él, es solo uno de sus satélites, que imita su reposo gigantesco, monolítico. Solo él es inconsciente de los trucos con que lo imitan; cuando se da cuenta, abofetea a los imitadores con un golpe cariñoso de su zarpa. Ellos también han pasado bajo el puente, entre «los surtidores de los árboles que cuelgan», entre los finos trazos de colores amarillo y de color ciruela. La brisa sopla, tiembla la cortina, veo tras las hojas los solemnes edificios, aunque eternamente alegres, que parecen porosos, ingrávidos, leves, aunque firmemente asentados de forma inmemorial sobre el antiguo césped. Ahora empieza a manifestarse en mí el ritmo familiar; las palabras que han permanecido en estado latente ahora se elevan, ahora alzan sus crestas; suben y bajan; suben y bajan de nuevo. Soy un poeta, sí. Sin duda, soy un gran poeta. Pasan las barcas y la juventud y los árboles distantes, «los surtidores que impulsan los árboles que cuelgan». Lo veo todo. Todo lo siento. Me siento inspirado. Se me llenan de lágrimas los ojos. Sin embargo, aun cuando me sienta así, azuzo mi frenesí más y más. Se convierte en espuma. Llega a ser artificial, insincero. Palabras y palabras y palabras, ¡cómo galopan!, ¡cómo mueven las largas crines y las colas!, pero, por algún defecto, no cabalgo sobre ellas, no puedo volar con ellas, para ahuyentar a las mujeres y sus bolsas. Tengo un defecto: una duda funesta que, si no la tengo en cuenta, se convierte en espuma y falsedad. Pero sería increíble que no fuera un gran poeta. ¿Qué es lo que escribí ayer por la noche si no era buena poesía? ¿Soy demasiado rápido?, ¿demasiado fácil? No lo sé. A veces ni me conozco ni sé cómo medirme, nombrarme o contar las partículas que me convierten en lo que soy.

»Ahora me abandona algo, algo se va de mí para reunirse con esa figura que viene y que, antes de que vea quién es, afirma que lo conozco. ¡Qué curiosamente cambia uno mediante la adición, incluso a distancia, de un amigo! ¡Qué servicio tan útil el que nos prestan los amigos cuando nos recuerdan! Pero, ¡qué doloroso es que nos recuerden, ser mitigado, que nos adulteren, que nos confundan, que seamos parte de otro! Cuando se acerca, no soy yo, sino Neville mezclado con... ¿con quién?, ¿con Bernard? Sí, es Bernard, y es a Bernard a quien voy a hacerle la pregunta: ¿quién soy?

—Cuando lo vemos juntos —dijo Bernard—, qué extraño es el sauce. Yo era Byron, y el árbol era el árbol de Byron, lacrimoso, descendente,

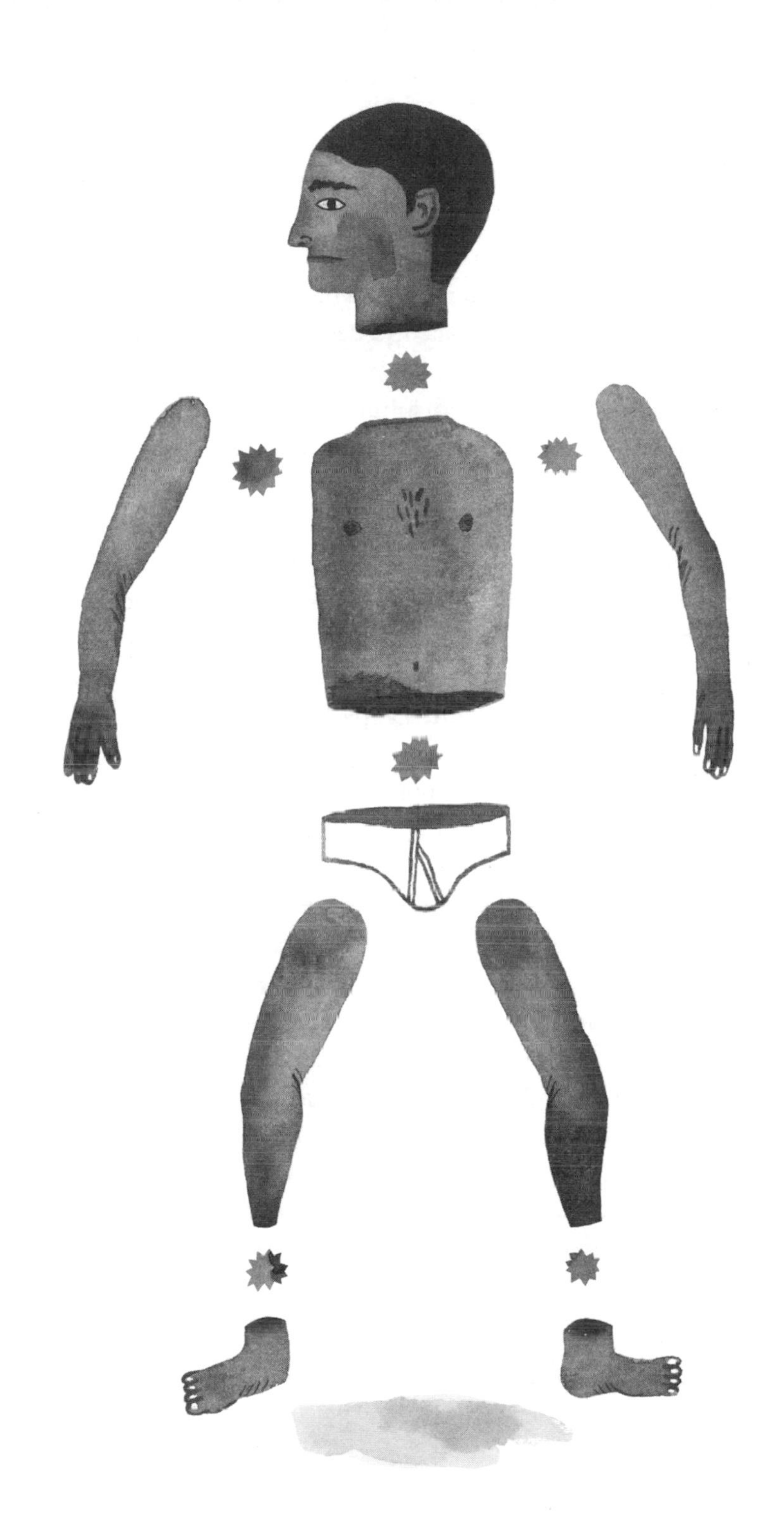

quejumbroso. Ahora que vemos juntos el árbol, tiene aspecto de estar recién peinado, cada rama en su lugar, y quiero decirte lo que pienso, bajo la compulsión de tu claridad.

»Siento tu rechazo, tu fuerza. Contigo soy alguien desordenado, impulsivo, cuya chalina está indeleblemente manchada de grasa de bollos. Sí, llevo la *Elegía* de Gray[4] en la mano, con la otra despego la parte inferior del bollo, que ha absorbido toda la mantequilla y se pega al plato. Esto te ofende, me doy cuenta de cuánto te molesta. Inspirado por esto y deseoso de recuperar tu buena opinión, procedo a decirte que acabo de sacar a Percival de la cama; puedo describir sus zapatillas, la mesa de estudio, la vela casi consumida, la voz quejumbrosa y hosca al retirar las mantas, mientras él se ovilla hasta parecer un capullo. Describo todo esto de forma tal que, preocupado como estás por alguna pena personal (una figura encapuchada preside nuestro encuentro), cedes y te ríes y te entretienes conmigo. Mi encanto y el fluir de las palabras, inesperado y espontáneo, como lo es, también me encanta a mí. Cuando desvelo las cosas mediante las palabras, hasta yo me asombro de cuán infinitamente más es lo que he observado que lo que puedo decir. Más y más burbujas me vienen a la mente cuando hablo; imágenes y más imágenes. Esto es lo que necesito, me digo a mí mismo, ¿por qué —me pregunto— no puedo terminar la carta que estoy escribiendo? La habitación está siempre sembrada de cartas inacabadas. Cuando estoy con vosotros, sospecho que estoy entre los hombres de más talento. Me llenan la alegría de la juventud, las posibilidades, el sentido de lo que está por venir. Torpe, pero ferviente, me veo a mí mismo revoloteando en torno a las flores, zumbando en torno a una copa de color escarlata, haciendo que resuenen las bocinas azules con mis ruidos prodigiosos. Cuán plenamente disfrutaré de la juventud (así me lo haces sentir tú), de Londres, de la libertad. Pero me detengo. No me escuchas. Protestas, mientras pasas la mano por la rodilla, con un gesto indeciblemente familiar. Por signos como este diagnosticamos las enfermedades de nuestros amigos. "En tu riqueza y abundancia —pareces decir— no me olvides". Espera —dices—, pregúntame cuánto sufro".

---

4 La «Elegía escrita en el cementerio de la iglesia de un pueblo», de Thomas Gray, es uno de los poemas canónicos de la poesía británica setecentista.

»Permíteme crearte. (Tú has hecho otro tanto por mí). Te tumbas sobre esta ardiente orilla, en este crepuscular, pero todavía luminoso, día de octubre, mirando cómo barca tras barca tras barca pasan entre las peinadas ramas del sauce. Quieres ser poeta, quieres ser amante. Sin embargo, la espléndida claridad de tu inteligencia, la inflexible honradez de tu inteligencia (estas palabras en latín que te debo, estas cualidades tuyas me hacen cambiar y me permiten ver los remiendos ajados, el delgado cordel de mi equipaje) te hacen detenerte. No te engañas. No habitas en la niebla de las nubes de color rosa o amarillo.

»¿Acierto? ¿He leído correctamente el gesto mínimo de la mano izquierda? Si es así, dame tus poemas; entrégame las hojas que escribiste anoche con tal fervor de inspiración que ahora te sientes un poco avergonzado. Porque desconfías de la inspiración, de la tuya o de la mía. Volvamos juntos, por el puente, bajo los olmos, a mi habitación, donde, con las paredes a nuestro alrededor y las cortinas de sarga roja cerradas, podamos dejar fuera estas voces que nos distraen, aromas y sabores de los tilos y de otras vidas. Estas dependientas impertinentes, tropezando con desdén; estas ancianas cargadas que arrastran los pies; estos destellos furtivos de una figura que vagamente desaparece... podría ser Jinny, podría ser Susan, ¿era Rhoda quien desaparecía calle abajo? Una vez más, por un leve gesto, supongo en qué estas pensando. He huido de ti. Me he ido zumbando, como un enjambre de abejas, eternamente errantes, sin tu poder de ocuparme siempre de una sola cosa. Pero volveré.

—Ante edificios como estos —dijo Neville—, no puedo soportar que haya dependientas. Sus risitas, sus chismes, me ofenden. Irrumpen en mi quietud y, en momentos de pura alegría, me dan un codazo para recordar nuestra degradación.

»Pero ya hemos recuperado nuestro territorio, después de la carrera sobre las bicicletas y del aroma de los tilos y de las figuras que desaparecen en la agitada calle. Aquí somos dueños de la tranquilidad y del orden, herederos de una tradición orgullosa. Las luces están empezando a cortar rendijas verticales en la plaza. Estos espacios antiguos se llenan de nieblas del río. Las nieblas se aferran, con suavidad, a la piedra venerable. Los caminos rurales se espesan de hojas caídas, tosen las ovejas en los húmedos campos, pero aquí, en tu habitación, estamos secos. Hablemos en privado. El fuego sube y baja, danza, ilumina algunos tiradores.

»Has estado leyendo a Byron. Has señalado los pasajes que parecen aprobar tu propio carácter. Encuentro señales en todas esas frases que parecen expresar un carácter irónico y apasionado, el ímpetu de una mosca que se arrojara con violencia contra el duro vidrio. Pensabas, al subrayar esto con el lapicero, "también yo dejo el abrigo así. También yo sé hacerle una castañeta al destino". Pero Byron nunca hizo el té como tú lo haces, que llenas la tetera de forma que, cuando pones la tapa, el té se derrama. Hay un charco de color castaño sobre la mesa: discurre entre los libros y los papeles. Lo limpias, con torpeza, con el pañuelo: eso no es Byron, así eres tú, eres tú de forma tan fundamental que si te imaginara dentro de veinte años, cuando ambos seamos famosos, estemos gotosos y seamos intratables, te recordaré por esta escena. Si para entonces estuvieras muerto, lloraré. En una ocasión fuiste un joven tosltoiano, ahora eres un joven byroniano, tal vez algún día seas un joven meredithiano. Después irás a visitar París en las vacaciones de Pascua de Semana Santa y lucirás al regresar un lazo negro, como algún francés detestable del que nadie habrá oído hablar nunca. Entonces ya no me interesarás.

»Yo solo soy uno: yo. No suplanto a Catulo, a quien adoro. Soy el más trabajador de los estudiantes: aquí tengo el diccionario; ahí, el cuaderno en el que anoto los usos poco comunes del participio pasado. Pero no puedo pasar la vida tallando estas inscripciones con el cuchillo para hacerlas más claras. ¿Correré siempre la cortina de sarga roja para ver mi libro, expuesto como una pieza de mármol, pálido bajo la lámpara? ¡Qué vida más gloriosa!, ser esclavo de la perfección, seguir la curva de la frase adonde quiera que te lleve, por desiertos, bajo tormentas de arena, ajeno a las seducciones, siempre pobre y descuidado, hacer el ridículo en Piccadilly.

»Pero soy demasiado nervioso para ser capaz de terminar mi frase correctamente. Hablo con rapidez, mientras camino de un lado a otro, para ocultar mi agitación. Odio tus chalinas manchadas de grasa: mancharás tu ejemplar de *Don Juan*. No me escuchas. Haces frases sobre Byron. Mientras gesticulas, con tu capa, tu bastón, intento exponer un secreto que nadie conoce; te pido (mientras estoy aquí de espaldas a ti) que tomes mi vida en tus manos y me digas si estoy condenado siempre a causar repulsión en quienes amo.

»Me muevo nervioso, de espaldas a ti. No, mis manos están ahora completamente inmóviles. Con precisión, abro un hueco en el estante, inserto *Don Juan,* ahí está. Prefiero ser amado, prefiero ser famoso antes que buscar la perfección por la arena del desierto. Pero, ¿estoy condenado a causar repugnancia? ¿Soy un poeta? Toma. El deseo que se carga detrás de mis labios, frío como el plomo, destructivo como un proyectil, aquello que es objeto de mi atención, las dependientas, las mujeres, lo pretencioso, la vulgaridad de la vida (porque me encanta) dispara contra ti cuando te arrojo —toma— mi poema.

—Ha salido de la habitación disparado como una flecha —dijo Bernard—. Me ha dejado su poema. ¡Ay!, la amistad, también yo secaré flores entre las páginas de los sonetos de Shakespeare. ¡Ay!, la amistad, ¡cuán hondo se clavan tus dardos! Aquí, allá y también más allá. Me miró, se volvió para mirarme, y me dio el poema. Todas las nieblas se encrespan en el techo de mi ser. Esa confianza la recordaré hasta el día de mi muerte. Pasó sobre mí como una larga ola, como una tromba de agua, su presencia devastadora me arrastró al espacio abierto, dejando al descubierto los cantos rodados en la orilla de mi alma. Fue humillante, me convertí en piedras minúsculas. Se anularon los parecidos. «Tú no eres Byron, eres tú». Que alguien te obligue a ser una sola persona... qué extraño.

»Qué extraño darse cuenta de que hay un hilo de nosotros mismos que une finamente los espacios nebulosos del mundo que se interpone. Se ha ido, yo estoy aquí, con su poema en la mano. Nos une un hilo. Pero, ahora, ¡qué cómodo, qué tranquilizador, sentir que la presencia extraña ha desaparecido, que ha desaparecido el escrutinio oscuro y encapuchado! Cómo agradezco poder bajar las persianas y no admitir a nadie, para sentir que regresan de los rincones oscuros en los que se refugiaron mis pobres inquilinos, los familiares, a quienes, con su fuerza superior, obligó a ocultarse. Los espíritus atentos, burlones, que, en la crisis y la puñalada del momento, vigilaban en mi nombre, vuelven de nuevo todos ellos a casa.

Con un añadido: soy Bernard, soy Byron, soy este, ese y aquel. Oscurecen el aire y me enriquecen a mí, como antiguamente, con sus travesuras, sus comentarios; y nublan la fina sencillez de mi momento de emoción. Porque yo soy más yoes de lo que Neville piensa. No somos sencillos, como quieren hacernos creer nuestros amigos para acomodarnos a sus necesidades. Pero el amor sí es sencillo.

»Ya han regresado mis inquilinos, mis familiares. Ahora la puñalada, el desgarro de las defensas que hizo Neville, con su estoque, ya está reparado. Casi estoy completo de nuevo. Y hay que ver lo exultante que estoy al poner en juego todo lo que Neville ignora de mí. Siento que, al mirar por la ventana, al apartar las cortinas, "eso no le traerá ningún placer, pero a mí me alegra". (Utilizamos a los amigos para medir nuestra estatura). Mi ángulo de visión abarca todo aquello adonde Neville nunca llega. Gritan canciones de caza en su marcha. Celebran alguna cacería con los sabuesos. Los muchachos de las gorras que siempre volvían las cabezas a la vez cuando el carruaje daba la vuelta a la esquina se dan palmadas en la espalda y se jactan de algo. Pero Neville, evitando con delicadeza las interferencias, sigilosamente, como un conspirador, se apresura a regresar a su habitación. Lo veo hundido en su sillón bajo, mientras mira el fuego que, por un momento, ha adquirido una solidez arquitectónica. "Si la vida —piensa— pudiera soportar esa permanencia, si la vida pudiera tener ese orden"; muy por encima de todo, lo que desea es orden y detesta mi desorden byroniano, por ese motivo cierra las cortinas y cierra la puerta con llave. Sus ojos (porque está enamorado, la siniestra figura del amor presidió nuestra reunión) se llenan de nostalgia, se llenan de lágrimas. Toma el atizador y de un golpe destruye la momentánea apariencia de solidez de las brasas que arden. Todo cambia. La juventud y el amor. La barca ha pasado flotando bajo el arco de los sauces y ahora se halla bajo el puente. Percival, Tony, Archie o algún otro se van a la India. No nos volveremos a ver. Luego alarga la mano para coger el cuaderno (un bonito volumen encuadernado con cubiertas jaspeadas), y escribe febrilmente largos versos, a la manera de quien más admire en ese momento.

»Pero quiero detenerme, quiero asomarme a la ventana, quiero escuchar. Vuelve de nuevo el alegre coro. Ahora están rompiendo los platos:

también eso es una tradición. El coro, como un torrente que saltara sobre las rocas, ataca con brutalidad árboles viejos, se vierte con espléndido abandono de cabeza por los precipicios. Ruedan, galopan, tras los perros, tras los balones, se mueven adelante y atrás unidos a los remos, como sacos de harina. Todas las diferencias desaparecen: se mueven como un solo hombre. El viento racheado de octubre trae el explosivo alboroto a través de los patios silenciosos. Vuelven a romper platos: esa es la tradición. Una anciana, frágil, insegura, con una bolsa, trota hacia su casa bajo las ventanas de color rojo fuego. Teme que la atropellen y le hagan caer al arroyo. Pero se detiene, como para calentarse las manos nudosas, reumáticas, en la hoguera de vivas llamas que despide chispas y trozos de papel quemado. La anciana se detiene frente a la ventana iluminada. Es un contraste. Que yo sí veo y Neville no ve, que yo sí siento y que Neville no siente. De aquí que él alcanzará la perfección, pero yo fracasaré y no dejaré nada detrás de mí excepto frases imperfectas manchadas de arena.

»Me acuerdo de Louis. ¿Qué luz malévola, pero penetrante arrojaría Louis sobre esta tarde otoñal que se acaba?, ¿sobre lo de romper los platos?, ¿sobre el vaivén de las canciones de caza?, ¿sobre Neville?, ¿sobre Byron y la vida aquí? Con los finos labios apretados, con sus pálidas mejillas, mientras examina con cuidado en la oficina algún oscuro documento comercial. "Mi padre, banquero de Brisbane —se avergüenza de él, pero no deja de hablar de él—, se arruinó". Así que Louis, el mejor alumno de la escuela, trabaja en una oficina. Pero a veces cuando busco contrastes siento su mirada fija en nosotros, su mirada risueña, sus ojos satíricos nos suman como piezas insignificantes en algún total, que es lo que aspira a hacer en la oficina. Un día, tomará una pluma y la mojará en tinta roja y habrá terminado la suma. Se sabrá el total que somos, pero no será suficiente.

»¡Bum! Acaban de arrojar una silla contra la pared. Estamos condenados. Mi caso es dudoso. ¿No me complazco en emociones injustificadas? Sí, me asomo a la ventana y dejo caer el cigarrillo, para que baje dando vueltas hasta posarse con delicadeza sobre el suelo; me doy cuenta de que Louis observa incluso mi cigarrillo. Louis dice: "Eso quiere decir algo, pero, ¿qué?".

—La gente sigue pasando —dijo Louis—. Pasan de forma incesante ante la ventana de esta casa de comidas. Los automóviles, las camionetas, los autobuses y, de nuevo, los autobuses, las furgonetas, los automóviles, todos pasan ante la ventana. En el fondo, veo tiendas y casas, también veo los campanarios grises de una iglesia de la ciudad. En primer plano, están los estantes de cristal, con platos de bollos y emparedados de jamón. Todo está un poco oscurecido por el vapor de un calentador, como una urna, de agua para el té. Cuelga como una red húmeda en el centro de la casa de comidas el olor vaporoso de la carne de ternera, de la carne de cordero, de las salchichas y el puré. Apoyo el libro contra una botella de salsa Worcester, e intento parecerme a los demás.

»Pero no puedo. (Siguen pasando, siguen pasando en desordenada procesión). No puedo leer el libro ni pedir la carne con convicción. Me lo repito: "Soy un inglés común, soy un empleado común", pero miro a los hombrecillos de la mesa de al lado para asegurarme de que hago lo que ellos hacen. Con caras dúctiles, con pieles que se estremecen, que se contraen con la multiplicidad de sus sensaciones, prensiles como monos, lubricados para este momento concreto, discuten con los gestos apropiados sobre la venta de un piano. "Estorba en el salón, de modo que aceptaría diez libras". La gente sigue pasando, sigue pasando contra las torres de la iglesia y los platos de emparedados de jamón. Las banderolas al viento de mi conciencia se mueven y se desgarran perpetuamente por este desorden. Por tanto, no puedo concentrarme en la cena. "Aceptaría diez libras, la caja es bonita, pero estorba en el salón". Descienden en picado como araos con plumaje resbaladizo por el aceite. Todos los excesos más allá de esa norma son vanidad. Esa es la media, el promedio. Mientras tanto, los sombreros suben y bajan, la puerta se abre y se cierra constantemente. Soy consciente del fluir, del desorden, de la aniquilación y de la desesperación. Si esto es todo, esto es inútil. Sin embargo, también yo siento el ritmo de la casa de comidas. Es como una melodía de vals, remolinos que vienen y van, vueltas y más vueltas. Las camareras, el equilibrio de las bandejas, el vaivén de entrada y salida, vueltas y más vueltas, con platos de verduras, de albaricoque y natillas, llevándolos, en el momento oportuno, a los clientes adecuados.

El hombre medio, que incluye el ritmo de ella en su ritmo ("Aceptaría diez libras, porque estorba en el salón"), toma sus verduras, toma sus albaricoques y las natillas. ¿Cuándo se interrumpe lo continuo? ¿Cuál es esa fisura a través de la cual puede verse el desastre? El círculo está intacto, la armonía es completa. Aquí se halla el ritmo central, el resorte común. Veo cómo se expande, se contrae, vuelve a expandirse. Sin embargo, yo no estoy incluido. Si hablo, imitando su acento, mueven las orejas, esperan a que hable de nuevo, para poder ponerme en mi lugar: Canadá o Australia; a mí, que deseo por encima de todo que me abracen con amor, me consideran extranjero, ajeno. Yo, que desearía que se cerraran sobre mí las olas protectoras de lo ordinario, que capto con el rabillo del ojo algún horizonte lejano, soy consciente de los sombreros que suben y bajan en desorden perpetuo. A mí se dirige la queja del espíritu errante y distraído (una mujer con mala dentadura se tambalea ante el mostrador), "condúcenos de nuevo al redil, a nosotros, que pasamos tan desunidos, subiendo y bajando, más allá de las ventanas en las que se exhiben platos y emparedados de jamón". Sí, os reduciré al orden.

»Voy a leer el libro que he apoyado en la botella de salsa Worcester. Contiene algunos anillos de forja, algunas declaraciones perfectas, unas pocas palabras, poesía. Ustedes, todos ustedes, lo ignoran. Han olvidado las palabras del poeta muerto. No puedo traducirlo para que su fuerza vinculante los una a ustedes y les haga saber con claridad que están ustedes perdidos, que su ritmo es barato, que no vale nada, para que así puedan extirpar esa degradación que, si desconocen el hecho de que están perdidos, que todo lo invade, los hará seniles, aunque sean jóvenes. Mi empeño será el de traducir el poema para que sea fácil de leer. Yo, compañero de Platón, de Virgilio, llegaré ante la puerta de roble y llamaré. Opondré a todo esto que ocurre mi baqueta de acero templado. No me someteré a este errante pasar de bombines y sombreros hongo y toda la variedad de plumas y tocados de los sombreros de mujeres. (Susan, a quien respeto, llevaría un sombrero de paja normal un día de verano). La molienda y el vapor que corren en gotas desiguales por el cristal del escaparate, la detención y el brusco arrancar con una sacudida del autobús, las vacilaciones ante el mostrador y las palabras que se arrastran tristemente sin sentido humano, todo lo reduciré al orden.

»Mis raíces descienden a través de las venas de plomo y plata, a través de lugares húmedos y pantanosos que exhalan olores, hasta un nudo hecho de raíces de roble unidas en el centro. Encerrado y ciego, con la tierra taponando mis oídos, he oído rumores de guerra, he escuchado al ruiseñor, he sentido el apresurarse de las tropas de hombres que acudían de aquí para allá en busca de la civilización, como bandadas de aves migratorias que buscaran el verano, he visto mujeres que llevaban cántaros de color rojo a las orillas del Nilo. Me desperté en un jardín, con un golpe en el cuello, un beso apasionado, de Jinny. Recuerdo todo esto como se recuerdan los gritos confusos y el derribar de las columnas y resplandores rojos y negros en un incendio nocturno. Estoy eternamente dormido y despierto. Duermo, me despierto. Veo el calentador del agua del té, como una urna, las vitrinas llenas de emparedados de color amarillo pálido, los hombres sobre los altos taburetes ante el mostrador; tras ellos, la eternidad. Es un estigma que grabó a fuego sobre mi carne temblorosa un hombre encapuchado con un hierro al rojo vivo. Veo esta casa de comidas ante el pasado con sus plegadas alas agitadas y densas de plumas. Por tanto, cuando vuelvo mi cara llena de odio y amargura hacia Bernard y Neville, que pasean bajo los tejos, que heredan sillones, que echan las cortinas, de modo que la luz de la lámpara caiga sobre sus libros, mis labios se contraen, mi palidez es enfermiza; mi aspecto, desagradable, poco atractivo.

»Respeto a Susan, porque ella se sienta a coser. Cose bajo una silenciosa lámpara en una casa donde el trigo suspira cerca de la ventana, y me da seguridad. Porque soy el más débil, el más joven de todos ellos. Soy un niño que mira a sus pies, y los arroyuelos que la corriente ha hecho en la grava. Eso es un caracol, digo, es una hoja. Me encantan los caracoles, me encantan las hojas, soy siempre el más joven, el más inocente, en quien más se puede confiar. Todos vosotros estáis protegidos. Yo estoy desnudo. Cuando la camarera con sus trenzas pasa de largo, os trae el albaricoque y la crema sin vacilar, como una hermana. Sois sus hermanos. Cuando me levanto y sacudo las migas del chaleco, le dejo una propina muy alta, un chelín, bajo el borde del plato, para que no pueda encontrarlo hasta que yo me haya ido, y el desdén de ella, al recogerla, cuando se ría, no me golpee hasta que esté al otro lado de la puerta.

—El viento levanta la persiana —dijo Susan—; se ven ahora, de forma nítida, jarras, cuencos, esterillas y el ajado sillón con el agujero. Las desvaídas cintas de siempre salpican el papel de las paredes. El coro de aves se halla en lo alto, solo un pájaro canta ahora cerca de la ventana del dormitorio. Voy a estirar las medias e iré en silencio más allá de la puertas de los dormitorios, por la cocina, por el jardín, más allá del invernadero, al campo. Todavía es temprano. En los pantanos hay niebla. El día es duro y rígido como un sudario. Sin embargo, se ablandará, se calentará. A esta hora, una hora aún temprana, creo que soy el campo, soy el granero, soy de los árboles, mías son las bandadas de pájaros y este lebrato que salta, en el último momento, casi cuando paso sobre él. Mía es la garza, que extiende sus vastas alas perezosamente, y la vaca que resopla, mientras, una pata tras otra, avanza rumiando, y la salvaje golondrina, que desciende en picado, y el rojo tenue en el cielo y el verde cuando el rojo se esfuma; el silencio y la campana, el grito del hombre al ir a buscar los caballos de tiro al campo: todo es mío.

»No puedo dividirme ni alejarme. Me enviaron a la escuela, me enviaron a Suiza para terminar mi educación. Odio el linóleo. Odio los abetos y las montañas. Me tenderé ahora en este suelo llano bajo un cielo pálido por el que las nubes cruzan con ritmo lento. El carro se hace cada vez más grande al acercarse por la carretera. Las ovejas se juntan en el centro del campo. Las aves se reúnen en el centro de la carretera: todavía no necesitan volar. Se eleva el humo de la leña. La rigidez de la mañana se diluye. El día se mueve. Vuelve el color. El día hace olas de color amarillo con las cosechas en el campo. Debajo de mí, la tierra tira con fuerza.

»Pero, ¿quién soy yo, apoyada en esta verja, viendo a mi setter moverse en círculos mientras olfatea? A veces creo (aún no tengo veinte años) que no soy una mujer, sino la luz que cae sobre esta verja, sobre la tierra. Soy la estación del año, creo, a veces soy enero, mayo, noviembre, el barro, la niebla, el alba. No se me puede zarandear ni sé dejarme ir con delicadeza ni me relaciono con otras personas. Ahora, apoyada en la verja, hasta que se grabe el dibujo de esta en mi brazo, siento el peso que se ha formado en mi pecho. Algo se ha formado, en la escuela, en Suiza, algo duro. Nada de suspiros y risas, nada de circunloquios y frases ingeniosas ni las extrañas comunicaciones de Rhoda, cuando al pasar mira más allá de nosotros, por encima de nuestros hombros, ni las piruetas de Jinny, de una sola pieza el tronco y las extremidades. Lo que quiero dar es pasión. No puedo dejarme ir suavemente, mezclándome con otras personas. Me gusta más la mirada de los pastores que me encontraba por la carretera, la mirada de las gitanas que en una zanja junto al carro daban de mamar a sus hijos, como yo daré de mamar a los míos. Porque muy pronto, cuando las abejas zumben en torno a las malvas, aparecerá mi amor. Estará en pie bajo un cedro. Su única palabra hallará respuesta en mi única palabra. Le daré lo que se haya formado en mí. Tendré hijos, tendré criadas con delantales, hombres con horcas; tendré una cocina, a la que traerán en cestos los corderos enfermos para calentarse, donde los jamones cuelguen y las cebollas brillen. Seré como mi madre, callada, llevaré un delantal azul y revisaré los armarios.

»Tengo hambre. Voy a llamar a mi setter. Creo en el pan con su corteza y mantequilla, en los platos, en las habitaciones soleadas. Iré a campo traviesa. Iré con pasos largos y firmes por este camino entre la hierba, me desviaré para evitar el charco, saltaré para evitar un obstáculo. Se forman en mi basta falda gotas de humedad, los zapatos se vuelven flexibles y se oscurecen. El día ya no es rígido, hay matices del verde, del gris y del ámbar. Las aves no se posan en el camino.

»Regreso, como un gato o un zorro que regresaran, cuya piel hubiera vuelto gris la escarcha, cuya patas se hubieran endurecido con la áspera tierra. Me abro camino entre las coles, hago que chillen sus hojas y que derramen gotas de agua. Me siento a esperar el ruido de los pasos de mi padre, que arrastra los pies por el pasillo y sujeta una hierba entre los dedos. Sirvo una taza tras otra, mientras que las flores sin abrir se yerguen en la mesa entre los tarros de mermelada, el pan y la mantequilla. No hablamos.

»Iré a continuación a la alacena y cogeré las húmedas bolsas de las ricas pasas de Corinto; subiré las pesadas bolsas de harina a la bien fregada mesa de la cocina. Amaso, estiro, aprieto, hundo las manos en el interior de la masa caliente. Dejo que el agua discurra en forma de abanico entre mis dedos. El fuego ruge, las moscas revolotean y zumban. Todas mis pasas y arroces, las bolsas de plata y las bolsas de color azul, se encerrarán de nuevo en la alacena. La carne está en el horno, el pan se eleva en una cúpula blanda bajo el limpio paño. Por la tarde, paseo hasta el río. Todo crece. Las moscas van de hierba en hierba. Las flores están llenas de polen. Por el agua se deslizan los cisnes en fila. Las nubes, ya calientes, adornadas con lunares del sol, barren las colinas, dejando oro en el agua y oro en los cuellos de los cisnes. Una pata tras otra, las vacas avanzan rumiando por el campo. Con la mano, busco entre las hierbas el champiñón de blanca cúpula y rompo su tallo y arranco la morada orquídea que crece junto al champiñón y los pongo juntos con tierra en la raíz y me voy a casa para poner a hervir el cazo para mi padre, entre las rosas que acaban de enrojecer en la mesa del té.

»Cae la noche y se encienden las luces. Y cuando cae la noche y se encienden las luces, se ve un fuego amarillo en la hiedra. Me siento con mi labor junto a la mesa. Pienso en Jinny, en Rhoda, oigo el traqueteo de las ruedas sobre el pavimento cuando los caballos de la granja regresan cansinamente, oigo el tráfico que ruge en el viento de la tarde. Miro las hojas que tiemblan en el oscuro jardín, y pienso: "Están bailando en Londres. Jinny besa a Louis".

—Qué extraño —dijo Jinny—, que la gente tenga que dormir, que la gente tenga que apagar las luces y subir las escaleras. Se desvisten y luego se ponen camisones blancos. No hay luces en ninguna de estas casas. Se dibuja en el cielo un horizonte de chimeneas, hay una o dos farolas encendidas, porque las farolas siempre están encendidas cuando no hacen falta. En las calles solo hay pobres que pasan aprisa. Nadie va o viene por esta calle, el día ha terminado. Hay unos pocos policías de pie en las esquinas. Sin embargo, la noche está comenzando. Me doy cuenta de que brillo en la oscuridad. Mis rodillas las cubre la seda. Mis piernas de seda se frotan entre sí con suavidad. En el cuello siento el frío de las piedras del collar. Lo zapatos me aprietan los pies. Me siento con la espalda recta, para que el cabello no toque el respaldo. Estoy vestida, estoy preparada. Es una breve pausa, un momento oscuro. Los violinistas han levantado los arcos.

»El carruaje sigue rodando, se detiene. Se ilumina una franja de la calzada. La puerta se abre y se cierra. Llega gente, no hablan, entran aprisa. En el recibidor hay un sisear de las capas al colocarlas. Es el preludio, el comienzo. Echo un vistazo, miro, me empolvo la nariz. Todo es exacto, todo está bien. Mi cabello describe una onda. Mis labios son, precisamente, de color rojo. Ahora estoy lista para unirme a los hombres y mujeres de las escaleras, mis compañeros. Paso junto a ellos, expuesta a sus miradas; al igual que ellos, a la mía. Las miradas son como rayos, pero no ceden ni muestran señales de reconocer a alguien. Nuestros cuerpos comunican. Esta es mi vocación. Este es mi mundo. Todo está decidido y preparado, los criados, que están aquí y allí de nuevo, toman mi nombre, mi dulce, mi desconocido nombre y lo lanzan ante mí. Entro.

»He aquí los sillones dorados en las habitaciones vacías, expectantes, y las flores, más tranquilas, más majestuosas, que las flores que crecen, que extienden su verde o su blanco ante las tapias. En una mesa hay un libro encuadernado. Esto es lo que he soñado, esto es lo que he profetizado. Soy de aquí. Camino con naturalidad sobre alfombras de tupido pelo. Me deslizo con facilidad sobre suelos lisos, pulidos; comienzo a desplegarme, en este perfume, en este resplandor, como un helecho cuando sus rizadas hojas se despliegan. Me detengo. Hago balance de este mundo. Miro entre los grupos de gente desconocida. Entre el verde brillante, el rosa, el gris perla de las mujeres se yerguen los cuerpos de los hombres. Ellos son de color blanco y negro, debajo de la ropa tienen surcos profundos. Se repite el reflejo de la ventana del túnel, se mueve. Las figuras de blanco y negro de hombres desconocidos miran cómo me inclino hacia adelante, cómo me dirijo a un lado para mirar un cuadro, que también ellos miran. Las manos revolotean en torno a las corbatas. Estiran los chalecos, arreglan los pañuelos de bolsillo. Son muy jóvenes. Están ansiosos por causar una buena impresión. Siento como si un millar de posibilidades se despertara en mí. Me siento traviesa, alegre, lánguida y melancólica por turnos. Estoy arraigada, pero soy voluble. Soy toda oro, me aparto a un lado, digo a este: “Ven”. Con ondas negras, le digo a aquel: “No”. Uno se separa de la vitrina. Se acerca. Se dirige hacia mí. Este es el momento más emocionante que jamás haya vivido. Vuelo.

Me estremezco en ondas. Me muevo como una planta en el río, hacia un sitio, hacia otro, pero estoy arraigada, para que pueda venir a mí. "Ven —le digo—, ven". Pálido, con cabello oscuro, el que se acerca es melancólico, romántico. Me siento traviesa, mudable, caprichosa, porque él es melancólico, romántico. Está aquí, está junto a mí.

»Ahora me separo con un golpe seco, como lapa arrancada de la roca. Me quedo con él, me dejo llevar. Nos sometemos a este lento fluir. Entramos y salimos de esta música que titubea. Las piedras interrumpen la corriente del baile. La música es discordante, se rompe en fragmentos. Dentro y fuera, nos arrastra esta gran figura, nos mantiene unidos, no podemos salir de sus paredes sinuosas, indecisas, abruptas, que forman un círculo perfecto. Nuestros cuerpos, duro el suyo, fluido el mío, se unen con fuerza dentro de esa figura, nos mantiene unidos; luego, prolongándose, mediante pliegues sinuosos, nos incluye cada vez más en su discurrir. Bruscamente se interrumpe la música. Mi sangre sigue circulando, pero mi cuerpo se queda quieto. La sala da vueltas ante mis ojos. Se detiene.

»Vayamos, pues, demos vueltas entre los sillones dorados. El cuerpo es más fuerte de lo que pensaba. Estoy más mareada de lo que suponía. No me importa nada en el mundo. No me importa nadie, salvo este hombre cuyo nombre ignoro. ¿No somos aceptables, luna? ¿No somos adorables, aquí sentados, de raso yo, él de blanco y negro? Mis compañeros pueden mirarme ahora. Miro hacia atrás, a vosotros, hombres y mujeres. Soy una de vosotros. Este es mi mundo. Ahora tomo esta copa de cristal de fino pie y doy un sorbo. El vino tiene un sabor drástico, astringente. No puedo evitar un gesto de desagrado al beber. Aromas y flores, resplandor y calor, se destilan aquí en un ardiente líquido amarillo. Justo detrás de mis omóplatos, algo seco, con los ojos muy abiertos, se cierra suavemente, poco a poco, se arrulla hasta el sueño. Esto es el éxtasis, un alivio. Se disuelve el nudo de la garganta. Las palabras se reúnen, se arraciman y se empujan unas a otras. No importa cuáles. Se empujan y se suben a los hombros de otras. Las únicas y solitarias tropiezan y se convierten en muchas. No importa lo que digo. A rastras, como pájaro que revoloteara, una frase cruza el espacio vacío entre nosotros. Se instala en sus labios. Lleno mi vaso de nuevo. Bebo.

El velo cae entre nosotros. Se me admite en la cálida intimidad de otra alma. Estamos juntos, en lo alto, en algún puerto alpino. Él está triste, está en lo alto de la carretera. Me inclino. Recojo una flor azul y, poniéndome de puntillas para alcanzar, la coloco en su abrigo. ¡Ya está! Ese es mi momento de éxtasis. Ya ha terminado.

»La pereza y la indiferencia nos invaden. Pasan aprisa otras personas. Hemos perdido la conciencia de nuestros cuerpos unidos bajo la mesa. También me gustan los hombres rubios de ojos azules. La puerta se abre. La puerta se abre sin cesar. Pienso que la próxima vez que se abra mi vida cambiará por completo. ¿Quién viene? Es solo un criado que trae más vasos. Este otro es un anciano: parecería su hija junto a él. Esta es una gran dama: con ella habría que disimular. Estas chicas son de mi edad: desenvaino la espada del respetuoso antagonismo. Porque son mis iguales. Soy de este mundo. Aquí están mi riesgo y mi aventura. La puerta se abre. "Ven", le digo a este, vibrando en oro de los pies a la cabeza. "Ven", le digo, y viene hacia mí.

—Pasaré por detrás de ellos —dijo Rhoda—, como si estuviera viendo a alguien a quien conozco. Pero no conozco a nadie. Apartaré la cortina y miraré a la luna. El soplo del olvido apaga mi agitación. Se abre la puerta, salta el tigre. Se abre la puerta, se precipita el terror. Me persiguen más y más terrores. Visitaré furtivamente los tesoros que he puesto aparte. Hay estanques al otro lado del mundo que reflejan columnas de mármol. La golondrina toca con el extremo del ala oscuros estanques. Pero aquí se abre la puerta y entran las personas, se dirigen hacia mí. Sonríen apenas para disimular su crueldad, su indiferencia. Se apoderan de mí. La golondrina toca con el ala... La luna sigue su curso solitario por mares azules. Tengo que darle la mano, tengo que contestar. Pero, ¿qué respuesta he de dar? Se me hace regresar de golpe, incandescente, a este cuerpo torpe, mal ajustado, para recibir los rayos de su indiferencia y de su desprecio, hacia mí, que añoro las columnas de mármol y los estanques al otro lado del mundo donde la golondrina toca con el ala...

»La noche ha seguido rodando sobre las chimeneas. Veo por la ventana, por encima de su hombro, un gato desvergonzado, al que no ahoga la luz, ni envuelve la seda, libre para detenerse, para estirarse y para volver a moverse.

Odio todos los detalles de la vida individual. Pero estoy aquí quieta con la intención de escuchar. Hay sobre mí una enorme presión. No puedo moverme sin desplazar el peso de los siglos. Me atraviesa un millón de flechas. Me taladran el desprecio y el ridículo. Yo, que podría hacer frente a la tormenta con el pecho descubierto, que podría dejar con alegría que el granizo me ahogara, estoy aquí, clavada, exhibida. El tigre salta. Sobre mí descienden las lenguas con sus látigos. Móviles, incesantes, vibran sobre mí. Debo apartarme del buen camino y defenderme de ellos con mentiras. ¿Qué amuleto hay contra esta tragedia? ¿Qué rostro puedo convocar que permanezca fresco con este calor? Pienso en los nombres en las etiquetas del equipaje, en las madres cuyas anchas rodillas cubren las faldas, en los valles en los que se reúnen las bases de empinadas cuestas. Ocultadme —grito, protegedme, porque soy la más pequeña, la más desnuda de todos vosotros. Jinny cabalga sobre la ola como una gaviota, arreglándose aquí y allá, diciendo esto, diciendo aquello, diciendo la verdad. Pero yo miento, me aparto del buen camino.

»Sola, balanceo los cuencos, soy dueña de una flota de barcos. Pero aquí, enredando con las borlas de esta cortina de brocado en la ventana de mi anfitriona, me rompo en pedazos, ya no soy una. ¿Cuál es, pues, el conocimiento de Jinny cuando baila?, ¿de dónde la seguridad con la que Susan, bajo la lámpara, se inclina en silencio sobre sus labores y enhebra el hilo blanco en la aguja? Dicen: "Sí"; dicen: "No"; dan un puñetazo sobre la mesa. Pero yo dudo, tiemblo, veo el espino silvestre agitar su sombra en el desierto.

»Caminaré, como si fuera a hacer algo. Atravesaré la sala hasta la terraza del toldo. Veo el cielo, delicadamente alado con la refulgencia repentina de la luna. Veo también las rejas de la plaza, y veo dos personas sin rostro, inclinadas como estatuas contra el cielo. Hay, pues, un mundo inmune al cambio. Cuando haya pasado por este salón que hierve con lenguas que me cortan como cuchillos, que me hacen tartamudear, que me hacen mentir, habré visto caras que carezcan de rasgos, envueltas en belleza. Los amantes se sientan bajo el plátano. El policía está de guardia en la esquina. Pasa un hombre. Hay, pues, un mundo inmune al cambio. Pero, de puntillas, al borde del fuego, casi quemada por el aliento caliente, con miedo a que se abra la puerta y salte el tigre, no soy lo suficientemente templada ni siquiera para hacer una frase. Lo que digo se contradice perpetuamente. Cada vez que se abre la puerta, se me interrumpe. Todavía no tengo veintiún años. Me romperán. Se reirán de mí durante toda la vida. Me arrojarán entre estos hombres y mujeres, con sus caras cambiantes, con sus lenguas mentirosas, seré como un corcho en un mar agitado. Como una cinta, vuelo lejos cada vez que se abre la puerta. Soy espuma que lame las rocas y las corona de blanco, pero también soy una niña, aquí, en esta sala.

El sol, que ya había salido, no yacía ahora sobre el colchón verde mientras lanzaba una mirada furtiva a través de joyas llorosas; descubrió su rostro y miró directamente sobre las olas. Caían estas con un ruido sordo y regular. Caían con el sonido de los cascos de los caballos sobre la pista de carreras. La espuma se elevaba como lanzas y azagayas que se arrojaran por encima de las cabezas de los jinetes. Barrían la playa y la dejaban de color azul acerado y con charcos de agua como diamantes. Iban y venían con la energía, con la musculatura de un motor que mostrara con regularidad su fuerza: dentro, fuera. El sol caía sobre trigales y bosques, los ríos eran azules y se trenzaban entre sí, el césped que bajaba a la orilla del agua se convirtió en verde, como si fuera plumas de ave que se movieran con delicadeza. Las colinas, curvas y controladas, parecían sujetas por correas, como a un miembro lo sujetan los músculos, y los bosques que erizaban sus faldas eran como la recortada crin del cuello de un caballo.

En el jardín, donde los árboles se espesaban sobre arriates, estanques e invernaderos, los pájaros cantaban, cada uno por su parte, al calor del sol. Uno cantaba bajo la ventana del dormitorio; otro, en la más alta rama del lilo; otro, sobre la tapia. Cada uno cantaba de forma estridente, con pasión, con vehemencia, como si la canción hubiera explosionado en su interior; sin importarles que su canción, con áspera discordia, hiciera pedazos la de otro pájaro. Brillaban los redondos ojos saltones, se agarraban con fuerza a las ramas o a la verja. Cantaban expuestos, sin refugio, al aire y al sol, hermosos en su nuevo plumaje, con nervaduras como conchas o con brillantes cotas de malla, rayados de azules pálidos o salpicados de oro o con el trazo de una pluma brillante. Cantaban como si la urgencia les obligara a expulsar la canción. Cantaban como si el extremo del ser fuera afilado y cortara, como si fuera a cortar, como si debiera cortar en dos la suave luz verdiazul, la humedad de la tierra mojada, los humos y vapores de la grasienta nube de la cocina, el aliento caliente de corderos y terneras, el sabroso hojaldre y las frutas, los residuos húmedos y mondaduras del cubo de la cocina, de los que rezumaba un vapor lento en el montón de basura. Sobre lo empapado, las manchas húmedas, lo crespo de humedad, descendían con el pico limpio, implacables, bruscamente. Se abalanzaban repentinamente desde la rama del lilo o desde la tapia. Se fijaban en un caracol y golpeaban la concha contra una piedra. Picoteaban con furia, tenazmente, hasta que la concha se rompía y del agujero fluía algo viscoso. Se movían aprisa y se elevaban volando hasta lo alto, emitiendo notas cortas y agudas, y se encaramaban en las ramas más altas de algún árbol, y miraban hacia abajo, hacia las copas de los árboles y los campanarios y hacia los campos blancos de flores, de hierba en movimiento, y hacia el mar que resonaba como un tambor que batiera un regimiento de soldados adornados con plumas o que llevaran turbantes. Una vez tras otra, las canciones se unían en rápidas escalas, como se entrelazan las aguas de un arroyo de montaña, cuyas aguas, primero hacen espuma al chocar y luego se mezclan y bajan cada vez más aprisa por un solo canal, salpicando las mismas anchas hojas. Pero aparece una roca, se separan.

El sol caía como afiladas cuñas en la habitación. Lo que tocaba la luz adquiría una existencia fanática. Un plato era como un lago blanco. Un cuchillo parecía un puñal de hielo. De pronto, se revelaron unos vasos sostenidos por rayos de luz. Mesas y sillas subieron a la superficie, como si hubieran estado hundidas bajo el agua y emergieran envueltas en una película roja, naranja, púrpura como el rubor de la piel de la fruta madura. Las venas en el vidriado de la porcelana, el grano de la madera, los hilos de la alfombra se grababan de forma cada vez más minuciosa. Todo carecía de sombra. Un jarrón era tan verde que, por su intensidad, parecía que el ojo hubiera sido aspirado a través de un embudo y se hubiera adherido a él como una lapa. Luego, las sombras adquirían volumen y bordes. Aquí se veían el adorno de una silla; allí, el volumen de un armario. Al incrementar la luz, esta hacía retroceder bandadas de sombras, que se agolpaban al fondo con sus muchos pliegues.

—¡Qué hermosa!, ¡qué extraña! —dijo Bernard—; qué deslumbrante, con sus muchos campanarios, sus muchas cúpulas. Londres yace ante mí entre la niebla. Vigilada por gasómetros, por chimeneas de las fábricas, duerme cuando nos acercamos. Abraza contra su pecho el hormiguero. Todos los gritos, el estruendo, se envuelven delicadamente en silencio. Ni Roma parecería más majestuosa. Pero nos dirigimos a ella. Ya hay intranquilidad en su somnolencia maternal. Se alzan en la niebla hileras de casas. Se erigen a sí mismas las fábricas, las catedrales, las cúpulas de cristal, las instituciones y los teatros. El primer tren del norte se arroja contra ella como un proyectil. Corremos una cortina al pasar. Al pasar con rapidez por la estaciones, nos miran caras expectantes e inexpresivas. Los hombres se aferran aún más a sus periódicos al recibir el viento que arrastramos; prevén la muerte. Pasamos rugiendo. Estamos a punto de explosionar en el costado de la ciudad como una granada en el costado de algún animal majestuoso, maternal, poderoso. Tararea y canta, nos espera.

»Mientras tanto, mientras miro por la ventanilla del tren, siento extraña, convincentemente, que, debido a mi gran felicidad (me he comprometido en matrimonio), me he convertido en parte de esta velocidad, de este misil arrojado contra la ciudad. Me siento insensible a la tolerancia y la aquiescencia. Mi querido señor —podría decir—, ¿por qué inquietarse?, ¿por qué baja la maleta y mete en ella el gorro de dormir que ha usado durante la noche? Nada de lo que hagamos servirá de nada. Sobre todos nosotros se cierne una unanimidad espléndida. Nos hace grandes y solemnes y nos apresura a la uniformidad el ala gris de un enorme ganso (es una bonita mañana, aunque incolora), porque solo tenemos un deseo: llegar a la estación. No quiero que el tren se detenga con un ruido sordo. No quiero que el vínculo que nos ha unido aquí sentados uno frente al otro durante toda la noche se rompa. No quiero sentir que el odio y la rivalidad hayan reanudado su dominio, que vuelvan los deseos diferentes. Nuestra comunidad en el tren rápido, sentados juntos con el único deseo de llegar a Euston, fue muy bien recibida. Pero, ¡cuidado!, ya se ha deshecho. Hemos logrado nuestro deseo. Ya estamos en el andén. Se afianzan entre nosotros la prisa, la confusión y el deseo de ser los primeros ante la puerta del ascensor. Pero no quiero ser el primero que cruce la puerta, que se eche sobre sí la carga de la vida individual. Yo, que desde el lunes, cuando ella me dijo sí, he saturado todos mis nervios con el sentido de la identidad, que no puedo ver el cepillo de dientes en el vaso sin decir: "*Mi* cepillo de dientes", deseo desunir ahora las manos y dejar caer mis posesiones y, sencillamente, quiero quedarme aquí en la calle, ajeno, quiero ver los autobuses, sin deseo, sin envidia, con lo que sería la curiosidad sin límites sobre el destino humano si mi mente estuviera todavía dispuesta a ello. Pero no lo está. He llegado. Soy aceptado. No pido nada.

»Después de bajar, como el niño que, satisfecho, deja el pecho de su madre, tengo la libertad de poder hundirme, hondo, en lo que ocurre, en esta vida omnipresente, general. (¡Cuánto, permítaseme señalar, depende de los pantalones! A una cabeza inteligente la perjudican mucho unos pantalones en mal estado). Se observan curiosas dudas a la puerta del ascensor. ¿Hacia aquí?, ¿hacia allá?, ¿hacia aquel otro lugar? A continuación, se impone la individualidad. No saben. Los impele alguna necesidad. Separa a estos hermosos seres humanos, que tan unidos estuvieron, algún triste asunto: asistir a una cita, comprar un sombrero. En cuanto a mí, no tengo ningún objetivo. Carezco de ambiciones. Me dejo llevar por el impulso general. La superficie de mi mente se desliza como una corriente de color gris pálido que reflejara lo que se asoma a ella. No puedo recordar mi pasado, mi nariz, el color de mis ojos o la opinión general que hay de mí mismo. Solo en momentos de peligro, en un cruce, en una acera, se alza el deseo de conservar mi cuerpo y se adueña de mí y me detiene, aquí, ante este autobús. Insistimos, al parecer, en seguir viviendo. Después, la indiferencia desciende de nuevo. El rugido del tráfico, el pasar de las caras indiferenciadas, hacia aquí o hacia allá, es una droga que me hace soñar; borra los rasgos distintivos de las caras. La gente puede caminar a través de mí. Ay, ¿qué es este momento, este día concreto en el que me veo atrapado? El rugido del tráfico puede ser cualquier estruendo: los bosques con sus árboles o el rugido de las fieras. El tiempo ha retrocedido silbando una o dos pulgadas en su carrete, nuestro breve progreso se ha cancelado. Creo también que nuestros cuerpos, a decir verdad, están desnudos. Solo muy superficialmente nos cubren unas telas abotonadas; debajo de la calzada hay conchas, huesos y silencio.

»Sin embargo, es cierto que en mi sueño, mi indeciso progreso, como si se llevara a cabo bajo la superficie de un arroyo, se interrumpe, desgarrado, pinchado y arrastrado por sensaciones espontáneas e irrelevantes, de curiosidad, de codicia, de deseo, irresponsables como en el sueño. (Quiero aquella bolsa de viaje...) No, quiero sumergirme, para visitar alguna vez las grandes profundidades, para ejercer mi prerrogativa de no siempre actuar, sino de explorar; para oír los sonidos vagos, antiguos, del crujir de las ramas, de los mamuts; para complacer los deseos imposibles de abarcar todo el mundo con los brazos de la comprensión: imposible para quienes actúan. Cuando camino, ¿no tiemblo con extrañas oscilaciones y vibraciones de simpatía, que, libre, como estoy, de ser un individuo, me ordena que abarque estas muchedumbres, a estos mirones y excursionistas, a estos niños de los recados y muchachas furtivas y fugitivas que ignoran su destino y se quedan mirando los escaparates? Pero soy consciente de nuestro paso efímero.

»Sin embargo, cierto, no puedo negar la sensación de que la vida, para mí, se prolonga de forma misteriosa. ¿Será por poder tener hijos?, ¿por poder arrojar más lejos al voleo las semillas, más allá de esta generación, de esta población cercada por su destino, que eternamente compite entre sí de forma confusa a lo largo de la vida? Mis hijas vendrán aquí, en otros veranos, mis hijos roturarán nuevos campos. De aquí que no seamos como gotas de lluvia, pronto secas por el viento; hacemos que los jardines florezcan, que la selva retumbe; nos diferenciamos, para siempre jamás. Esto sirve, pues, para expresar mi confianza (la estabilidad que me define), si no fuera así, sería monstruosamente absurdo que todo fuera nadar a contracorriente en las pobladas calles, aprovechando la oportunidad para cruzar con seguridad entre los cuerpos de la gente. No es vanidad, porque carezco de ambiciones; no recuerdo qué dones poseo ni recuerdo mis características idiosincrásicas ni las señales que llevo sobre el cuerpo: ojos, nariz o boca. En este momento, yo no soy yo.

»Cuidado, vuelve. No puede extinguirse ese olor persistente. Entra deslizándose por alguna grieta en la estructura: es la propia identidad. No soy parte de la calle... no, la observo. Por tanto, soy uno que se separa. Por ejemplo, en esa calle de atrás una muchacha espera, ¿a quién? Un cuento romántico. En la pared de esa tienda hay una pequeña grúa, ¿por qué razón, me pregunto, hay una grúa ahí? Me invento una señora que revienta de color púrpura, desbordante, transportada desde el landó por un sudoroso marido sesentón. Un cuento grotesco. Es decir, soy un acuñador natural de palabras, soy quien al soplar hace que las burbujas vayan de un lado a otro. Al arrancar estas observaciones de forma espontánea me creo a mí mismo, me diferencio, y, al escuchar una voz que me dice: "¡Mira!, ¡anota eso!", me imagino que se me convoca para que ofrezca, una noche de invierno, un sentido para todas mis observaciones... una línea que relacione unas cosas con otras, una suma que complete todo. Pero los soliloquios en calles apartadas pronto palidecen. Necesito una audiencia. Esa es mi perdición. Es eso lo que siempre frustra la perspicacia del enunciado final e impide que este se forme. No puedo sentarme en cualquier sórdida casa de comidas y pedir un día tras otro el mismo vaso y saturarme del mismo líquido: la vida. Hago una frase y salgo corriendo con ella a alguna habitación amueblada en la que será iluminada por decenas de velas. Necesito ojos que me contemplen para crear estos volantes y fruncidos. Para ser yo mismo (tomo nota), necesito que me iluminen los ojos de otras personas y por tanto no puedo estar completamente seguro de quién soy yo. Los auténticos, como Louis o Rhoda, existen más completamente cuando están solos. Les molesta la iluminación, la reduplicación. Arrojan al suelo los retratos, una vez concluidos, cara abajo. Con palabras de Louis, el hielo se espesa. Sus palabras son compactas, densas, duraderas.

»Deseo, por tanto, después de esta somnolencia, brillar, con muchas facetas a la luz de las caras de mis amigos. He estado recorriendo la tierra sin sol de la no-identidad. Una tierra extranjera. He oído, en mi momento de paz, en mi momento de borrar la satisfacción, el suspiro, que viene y va, de la marea que late más allá de este círculo de luz brillante, ese golpear de furia insensata. He tenido un momento de enorme paz. Acaso sea eso la felicidad. Ahora me atraen sensaciones punzantes: la curiosidad, la glotonería (tengo hambre) y el irresistible deseo de ser yo mismo. Pienso en personas a quienes podría decir cosas: Louis, Neville, Susan, Jinny y Rhoda. Con ellos soy polifacético. Me sacan de la oscuridad. Gracias a Dios, nos reuniremos esta noche. Gracias a Dios, no tendré que estar solo. Cenaremos juntos. Diremos adiós a Percival, que se va a la India. Todavía falta tiempo, pero creo que veo ya los heraldos, los batidores, de las figuras de los amigos ausentes. Veo a Louis, como piedra tallada, escultórico; Neville, cortante como una tijera, exacto; Susan, con ojos como trozos de cristal; Jinny, bailando como una llama, febril, caliente, sobre la tierra seca; Rhoda, la siempre húmeda ninfa de la fuente. Son imágenes fantásticas, son fantasías, estas visiones de amigos ausentes, grotescas, hidropésicas, que desaparecerían con el primer golpe de la punta de una bota de verdad. Pero su redoble de tambor me hace vivir. Apartan estos vapores. Empieza a impacientarme la soledad... empiezo a sentir en torno a mí sus cortinas que cuelgan sofocantes, insalubres. ¡Ah, las apartaré y me pondré a trabajar! Alguien lo hará. No soy exigente. El barrendero lo hará, el cartero, el camarero del restaurante francés, mejor aún, su amable propietario, cuya amabilidad parece reservada para uno mismo. Mezcla la ensalada con sus propias manos para algunos clientes privilegiados. ¿Quién es ese cliente privilegiado?, me pregunto, y ¿por qué? ¿Qué le estará diciendo al oído a la señora de los pendientes?, ¿amiga o cliente? Siento, al sentarme a la mesa, el delicioso bullicio de la confusión, de la incertidumbre, de la posibilidad, de la conjetura. Al momento brotan las imágenes. Me avergüenza mi propia fecundidad. Podría describir cada silla, cada mesa, cada comensal, de forma prolija, con libertad. Mi mente vibra de aquí para allá con su oportuno velo de palabras. Hablar, aunque sea sobre el vino con el camarero, es provocar una explosión. Se eleva el cohete. Caen las doradas chispas, fertilizantes, sobre el rico suelo de mi imaginación. Es de naturaleza totalmente inesperada esta explosión: el placer de las relaciones. Hablo con un desconocido camarero italiano, ¿quién soy? No hay estabilidad en este mundo. ¿Quién puede decir qué es lo que quiere decir nada? ¿Quién sabría pronosticar el vuelo de una palabra? Se trata de un globo que se eleva sobre las copas de los árboles. Es inútil hablar de conocimiento. Todo es experimentar y aventurarse. Siempre nos mezclamos en cantidades desconocidas. ¿Qué traerá el futuro? No lo sé. Pero al posar el vaso, lo recuerdo: me he comprometido para casarme. Esta noche cenaré con mis amigos. Soy Bernard, soy yo.

—Son las ocho menos cinco —dijo Neville—. He llegado demasiado pronto. He ocupado mi lugar en la mesa, diez minutos antes de la hora, con el fin de saborear cada momento de anticipación, para ver cómo se abre la puerta y para decir: «¿Es Percival? No, no es Percival». Hay un placer morboso en decir: «No, no es Percival». He visto cómo la puerta se abría y se cerraba veinte veces ya, cada vez es más intranquila la espera... Viene aquí. Esta es la mesa a la que se sentará. Aquí, por increíble que parezca, estará su propio cuerpo. Esta mesa, estas sillas, este jarrón de metal con sus tres flores rojas están a punto de sufrir una transformación extraordinaria. Ya la propia sala, con las puertas batientes, las mesas repletas de frutas, con su carne fiambre, posee la apariencia indecisa e irreal de un lugar donde se espera que suceda algo. Las cosas tiemblan como si aún no fueran. La blancura del blanco mantel deslumbra. La hostilidad, la indiferencia de los demás comensales que aquí cenan son opresivas. Nos miramos, vemos que no nos conocemos, nos quedamos mirándonos fijamente, nos vamos. Esas miradas son latigazos. Percibo a través de ellas toda la crueldad y la indiferencia del mundo. Si él no viniera, no podría soportarlas. Debería irme. Sin embargo, alguien debe de estar viéndolo ahora. Debe de estar en algún taxi, debe de estar pasando ante alguna tienda. A cada momento parece como si fuera a irrumpir en esta sala con esa luz punzante, esa intensidad de ser, que es como si las cosas hubieran olvidado sus usos normales: la hoja de este cuchillo es solo un destello de luz, no es algo con lo que cortas. Se ha abolido lo normal.

»Se abre la puerta, pero no es él. Ese que duda es Louis. Esa es su extraña mezcla de aplomo y timidez. Se mira en el espejo al entrar, se toca el pelo, no está satisfecho con su aspecto. Se dice: "Soy un duque... el último de una antigua estirpe". Es agrio, sospecha, es dominante, difícil (estoy comparándolo con Percival). Al mismo tiempo, es formidable, sus ojos son risueños. Me ha visto. Aquí está.

Es Susan —dijo Louis—. No nos ha visto. No se ha vestido para la ocasión, porque desprecia la futilidad de Londres. Se detiene durante un momento ante las puertas batientes, mira en torno a sí como una criatura a la que hubiera deslumbrado la luz. Se mueve. Posee los movimientos sigilosos pero seguros (incluso entre mesas y sillas) de una alimaña. Parece hallar el camino por instinto, entre estas mesas, sin tocar a nadie, sin tener en cuenta a los camareros, pero se dirige sin dudar a nuestra mesa en el rincón. Cuando nos ve (a Neville, a mí mismo), la cara asume una certeza alarmante, como si ya tuviera lo que quería. Ser amado por Susan sería como ser empalado por el afilado pico de un pájaro, que te claven sobre la puerta de un corral. Sin embargo, hay momentos en los que nada me importaría ser atravesado por un pico, que me clavaran sobre una puerta en un corral, sí, de una vez por todas.

»Ahora llega Rhoda, de la nada, después de haberse deslizado entre nosotros cuando no mirábamos. Debe de haber seguido un camino tortuoso, oculta tras un camarero, tras unas columnas ornamentales, para posponer el mayor tiempo posible el choque del reconocimiento, para conservar unos momentos más, para balancear los pétalos en el cuenco. La despertamos. La torturamos. Nos teme, nos desprecia, pero viene servil a nuestro lado, porque, a pesar de nuestra crueldad, siempre hay un nombre, un rostro, que resplandece, que ilumina las aceras y hace posible que pueda seguir soñando.

—Se abre la puerta, sigue abriéndose la puerta —dijo Neville—, pero él no llega.

—Ahí está Jinny —dijo Susan—. Junto a la puerta. Todo parece detenerse. El camarero se queda quieto. Los comensales en la mesa junto a la puerta se quedan mirando. Parece el centro de todo: a su alrededor las mesas, las líneas de las puertas, las ventanas, los techos, los mismos rayos de luz son como las líneas en torno a una estrella en el cristal roto de una ventana. Lleva las cosas a su punto, al orden. Nos ve, se mueve, todos los rayos y ondas se alteran y vacilan sobre nosotros, nos traen una nueva marea de sensaciones. Cambiamos. Louis se acerca la mano a la corbata. Neville, que espera sentado con agónica intensidad, nervioso, coloca ante él los tenedores. Rhoda mira a Jinny con sorpresa, como quien viera un fuego repentino en el lejano horizonte. Yo, aunque acumulo en mi mente hierba húmeda, campos húmedos, ruido de la lluvia sobre el tejado y ráfagas de viento que azotan la casa en invierno, protejo así mi alma contra ella, siento que su desprecio me rodea, siento que sus risas erizan sus lenguas de fuego en torno a mí y que sacará a la luz, sin piedad, mi vestido andrajoso, las uñas, que al momento escondo bajo el mantel, rotas como las de un jornalero.

—No llega. La puerta se abre y no llega —dijo Neville—. Ahí está Bernard. Al quitarse el abrigo muestra, por supuesto, la camisa azul bajo las axilas. A continuación, a diferencia de los demás, entra sin empujar una puerta, sin darse cuenta de que entra en una sala llena de desconocidos. No se mira en el espejo. Tiene el pelo alborotado, pero no lo sabe. No percibe en qué diferimos ni que esta mesa es su meta. Duda al venir hacia aquí. ¿Quién será?, se pregunta, casi reconociendo a una mujer con una capa de ópera. Casi conoce a casi todo el mundo, pero no conoce a nadie (lo comparo con Percival). Ahora, al darse cuenta de que estamos aquí, nos saluda, benévolo, con la mano; soporta todo con tal benignidad, con tanto amor a la humanidad (mezclado con humor con la inutilidad de «amar a la humanidad»), que, si no fuera por Percival, que hace que todo esto sea aire, se sentiría uno como se sienten ya los demás: es nuestro festival, estamos juntos. Pero sin Percival nada es sólido. Somos siluetas, fantasmas huecos que se movieran de forma confusa en la niebla.

—Las puertas siguen abriéndose —dijo Rhoda—. Siguen llegando desconocidos, gentes a quienes nunca volveremos a ver, gentes cuya familiaridad nos roza de forma desagradable, como nos roza su indiferencia y la sensación de que el mundo sigue sin nosotros. No podemos hundirnos, no podemos olvidar nuestras caras. Incluso yo, que no tengo rostro, que nadie nota si vengo (Susan y Jinny cambian de cuerpo y cara), aleteo sin ataduras, sin anclaje en ningún lugar, sin consolidar, incapaz de ofrecer ningún vacío o continuidad o muro contra estos cuerpos que se mueven. Es por culpa de Neville y de su desdicha. El aliento poderoso de su desdicha dispersa mi ser. Nada puede resolverse, nada puede remitir. Cada vez que la puerta se abre, mira fijamente a la mesa (no se atreve a levantar la mirada). A continuación levanta la mirada un segundo y dice: «No ha venido». Pero aquí está.

—Mi árbol ha florecido —dijo Neville—. Mi corazón se alborota. Toda opresión cede. Desaparecen todos los obstáculos. El reinado del caos se ha terminado. Se ha impuesto el orden. Los cuchillos vuelven a cortar.

—Aquí está Percival —dijo Jinny—. No se ha vestido para la ocasión.

—Aquí está Percival —dijo Bernard—; se arregla el cabello, no por vanidad (no se mira en el espejo), sino para propiciar la buena voluntad del dios del decoro. Es convencional, es un héroe. En los campos de deporte, llevaba una tropa de niños pequeños tras él. Se sonaban las narices, si él se sonaba la nariz, pero lo hacían sin éxito, porque solo él es Percival. Ahora, a punto de irse a la India, todas estas menudencias se unen. Es un héroe. Sí, no se puede negar; y cuando se sienta junto a Susan, a quien ama, el momento es perfecto. Nosotros, que gritábamos como chacales que se mordieran las patas unos a otros, ahora mostramos el aire sobrio y seguro de los soldados ante su capitán. Nosotros, a quienes ha separado la juventud (el mayor de nosotros aún no ha cumplido veinticinco), que hemos cantado como pájaros ansiosos, cada uno su propia canción, y hemos golpeado con egoísmo despiadado y violento nuestra propia concha de jóvenes caracoles hasta que se rompió (estoy comprometido) o nos hemos posado solitarios junto a alguna ventana de la habitación mientras cantábamos al amor, a la fama y a otras experiencias individuales tan queridas para el inexperto pájaro del penacho de plumas amarillas sobre el pico, ahora venimos a reunirnos a este restaurante, donde los intereses de todos están en desacuerdo, donde el paso incesante del tráfico nos irrita con distracciones, donde la apertura permanente de la puerta en su jaula de cristal nos solicita con tentaciones innumerables, nos brinda insultos y hiere nuestra confianza: sentados aquí juntos nos amamos y creemos en nuestra propia resistencia.

—Salgamos de la oscuridad de la soledad —dijo Louis.

—Digamos, brutal, directamente, lo que pensamos —dijo Neville—. El aislamiento, la preparación, han concluido. Días furtivos de secreto y clandestinidad, revelaciones en las escaleras, momentos de terror y éxtasis.

—La buena de Mrs. Constable levantó la esponja y el calor se derramó sobre nosotros —dijo Bernard—. Ese cambio nos vistió con esta prenda sensible de carne.

—El mozo le hacía el amor a la criada en el huerto de casa —dijo Susan—, entre la ropa tendida que movía el viento.

—El soplo del viento era como el jadeo de un tigre —dijo Rhoda.

—El hombre estaba de color cárdeno, en la cuneta, con la garganta cortada —dijo Neville—. Al subir las escaleras no podía levantar el pie ante el manzano inconsolable con sus rígidas hojas plateadas.

—La hoja baila en el seto sin que nadie sople —dijo Jinny.

—En un rincón soleado —dijo Louis—, nadaban los pétalos sobre intensos verdes.

—En Elvedon los jardineros barrían y volvían a barrer con sus escobones; la mujer se sentó a un escritorio —dijo Bernard.

—Cuando nos reunimos, ahora, sacamos todos los cabos de estas apretadas bolas de hilos —dijo Louis—, los recuerdos.

—Entonces —dijo Bernard—, llegó el taxi a la puerta y, calándonos los nuevos bombines hasta los ojos, para ocultar las lágrimas impropias de hombres, nos fuimos por calles en las que incluso las criadas nos miraban, con los nombres escritos con letras blancas en el equipaje proclamando a todo el mundo que nos íbamos a la escuela, con el número de registro en los calcetines y calzoncillos, sobre los que nuestras madres, unas noches antes, habían cosido nuestras iniciales, como en el equipaje. La segunda separación del cuerpo de nuestra madre.

—Presidían, miss Lambert, miss Cutting y miss Bard —dijo Jinny—, damas monumentales, cuellos blancos, morenas, enigmáticas, con anillos de amatista, que se movían como cirios virginales, tenues luciérnagas sobre páginas escritas en lengua francesa, geografía y aritmética; además había mapas, zócalos verdes, filas de zapatos en un estante.

—Los timbres sonaban puntualmente —dijo Susan—, las criadas discutían y se reían. Había movimiento de sillas sobre el linóleo. Pero desde un altillo se veía un paisaje azul, un paisaje lejano de un campo sin mancha de corrupción de esta vida organizada, irreal.

—Descendían los velos desde nuestras cabezas —dijo Rhoda—. Nos aferramos a las flores con sus hojas verdes que susurraban en las guirnaldas.

—Hemos cambiado, nos hemos vuelto irreconocibles —dijo Louis—. Expuestos a todas estas diferentes luces, lo que había en nosotros (porque somos todos tan diferentes) llegaba de forma intermitente a la superficie, con violenta intensidad, espaciado por huecos, como si se hubiera derramado de forma irregular un ácido sobre la lámina. Yo era esto; Neville, aquello; Rhoda, otra cosa; y también Bernard.

—Las canoas se deslizaban entonces entre ramas teñidas de color amarillo pálido —dijo Neville—, y Bernard, avanzando a su manera informal contra espacios de color verde, frente a casas de muy antigua fundación, se dejó caer a mi lado, informe. En un acceso de emoción (los vientos no son más fuertes ni el rayo es más repentino), lo llevé a mi poema, le arrojé mi poema, di un portazo al irme.

—Sin embargo —dijo Louis—, yo os perdí de vista; sentado en mi oficina, arrancaba las hojas del calendario y anunciaba a las consignatarias de buques, a los mayoristas de trigo, a los actuarios, que el viernes día 10 o el martes 18 habían amanecido en la ciudad de Londres.

—Luego Rhoda y yo —dijo Jinny— nos exhibíamos con brillantes vestidos, con algunas piedras preciosas que descansan en un frío círculo en torno a la garganta, hacíamos reverencias, y con una sonrisa tomábamos de un plato un emparedado.

—Saltó el tigre, la golondrina tocaba con el extremo de las alas las aguas de oscuros estanques al otro lado del mundo —dijo Rhoda.

—Pero aquí y ahora estamos todos juntos —dijo Bernard—. Nos hemos reunido, en un momento determinado, en este punto en particular. Nos ha traído a esta profunda comunión alguna emoción común. ¿La llamaremos, convenientemente, «amor»? ¿La llamaremos «amor a Percival», porque Percival se va a la India?

»No, eso es demasiado pequeño, es un nombre demasiado concreto. No podemos fijar la amplitud y extensión de nuestros sentimientos en un punto tan pequeño. Hemos venido a reunirnos (desde el norte, desde el sur, desde los campos de Susan, desde la casa comercial de Louis) para hacer una cosa, algo no permanente (pero, ¿qué es lo que dura?), algo visto por muchos ojos de manera simultánea. Hay un clavel rojo en ese florero. Era una sola flor, cuando nos sentamos aquí a esperar, pero ahora es una flor de siete caras, con muchos pétalos, de color rojo, pardo-púrpura, con sombras púrpura, con rígidas hojas argentinas... toda una flor a la que cada par de ojos aporta algo.

—Después de los fuegos caprichosos, de la abismal estupidez de la juventud —dijo Neville—, la luz ilumina objetos reales ahora. Aquí hay cuchillos y tenedores. El mundo se muestra; y nosotros también, para que podamos hablar.

—Somos diferentes, acaso demasiado radicalmente diferentes —dijo Louis—, para poder explicarlo. Pero voy a intentarlo. Me peiné al entrar, con la esperanza de parecerme al resto de vosotros. Pero no sé hacerlo, porque no soy uno y completo como vosotros. He vivido ya un millar de vidas. Exhumo todos los días, excavo. Hallo reliquias de mí mismo en el barro que las mujeres manipulaban hace miles de años, cuando oía canciones a la orilla del Nilo y el animal encadenado pateaba. Lo que veis junto a vosotros, el hombre, Louis, son solo rescoldos y cenizas de algo que fue espléndido. Fui un príncipe árabe, fijaos en la libertad de mis gestos. Fui un gran poeta isabelino. Fui un duque en la corte de Luis XIV. Soy muy vanidoso, estoy muy seguro de mí, deseo intensamente que las mujeres suspiren por mí. Hoy no he almorzado, para que Susan pueda pensar que estoy demacrado, para que Jinny pueda extender hacia mí el bálsamo exquisito de su simpatía. Sin embargo, aunque admiro a Susan y a Percival, odio a los demás, porque es para ellos para quienes hago estas payasadas: peinarme, ocultar mi acento. Soy el monito que parlotea para pedir una nuez; vosotras sois las mujeres vulgares con bolsas desgastadas en las que lleváis bollos rancios; también soy el tigre enjaulado; vosotros sois los guardias con barras al rojo vivo. Es decir, soy más feroz y más fuerte que vosotros; sin embargo, la visión que aparece sobre el suelo después del tiempo de no existir se consumirá por miedo a que os riais de mí, se consumirá en la lucha contra el viento que trae tormentas de hollín, en el esfuerzo por hacer un anillo de acero de clara poesía que contenga gaviotas y mujeres con la dentadura en mal estado, el campanario de la iglesia y los sombreros hongo que suben y bajan cuando almuerzo y apoyo a mi poeta (¿Lucrecio?) contra las vinagreras y la carta manchada de salsa.

—Nunca me odiaréis —dijo Jinny—. Nunca me veréis, ni siquiera cuando cruce por una sala llena de sillones dorados y embajadores, sin sentir que queréis llegar al otro lado de la habitación para solicitar mi simpatía.

Cuando llegué, todo formó un diseño. Los camareros se detuvieron, los comensales se quedaron quietos con los tenedores en la mano. Tenía el aire de estar preparada para lo que iba a suceder. Cuando me senté, os arreglasteis las corbatas o escondisteis las manos bajo el mantel. Yo no escondo nada. Estoy preparada. Cada vez que la puerta se abre, grito: «¡Más!». Pero mi imaginación son los cuerpos. No sé imaginar nada más allá de la circunferencia que mide mi cuerpo. Mi cuerpo va antes que yo, como una linterna por una calle oscura; trae bajo el anillo de luz una cosa tras otra. Os deslumbro, os hago creer que esto es todo.

—Cuando estás junto a la puerta —dijo Neville—, infundes tranquilidad, exiges admiración, y eso es un gran impedimento para la libertad de las relaciones. En la puerta, nos obligas a que nos fijemos en ti. Ninguno de vosotros vio cómo me acercaba. Llegué temprano, rápido, derecho, ¡justo aquí!, para sentarme junto a la persona a quien amo. Mi vida posee una rapidez de la que carecen las vuestras. Soy como un perro tras una pista. Cazo del amanecer al anochecer. Nada, ni la búsqueda de la perfección en el barro, ni la fama, ni el dinero, significan nada para mí. Seré rico, famoso. Pero nunca tendré lo que quiero, porque me falta la gracia del cuerpo y el valor que la acompaña. La rapidez de mi mente es demasiado fuerte para mi cuerpo. Fracasaré antes de llegar al final y caeré ovillado, húmedo, acaso repugnante. Despierto compasión en las crisis de la vida, no inspiro amor. Por eso sufro horriblemente. Pero no sufro como Louis, para convertirme en un espectáculo. Tengo un sentido muy fino de los hechos para permitirme esos trucos, esas imposturas. Veo todo (excepto una cosa) con completa claridad. Esa es mi salvación. Eso es lo que proporciona a mi sufrimiento un atractivo incesante. Eso es lo que me hace hablar, aunque esté callado. Puesto que, en un aspecto, me engaño, porque la persona cambia, pero no el deseo, nunca sé por la mañana con quién me sentaré por la noche, no me estanco, me levanto tras mis peores derrotas, me muevo, cambio. Los cantos rodados rebotan en mi musculoso cuerpo tendido. Envejeceré buscando.

—Si pudiera creer —dijo Rhoda— que envejeceré buscando y cambiando, podría olvidar mis miedos: nada persiste. Un momento no conduce a otro. Se abre la puerta, salta el tigre. Vosotros no me visteis llegar. Rodeé las

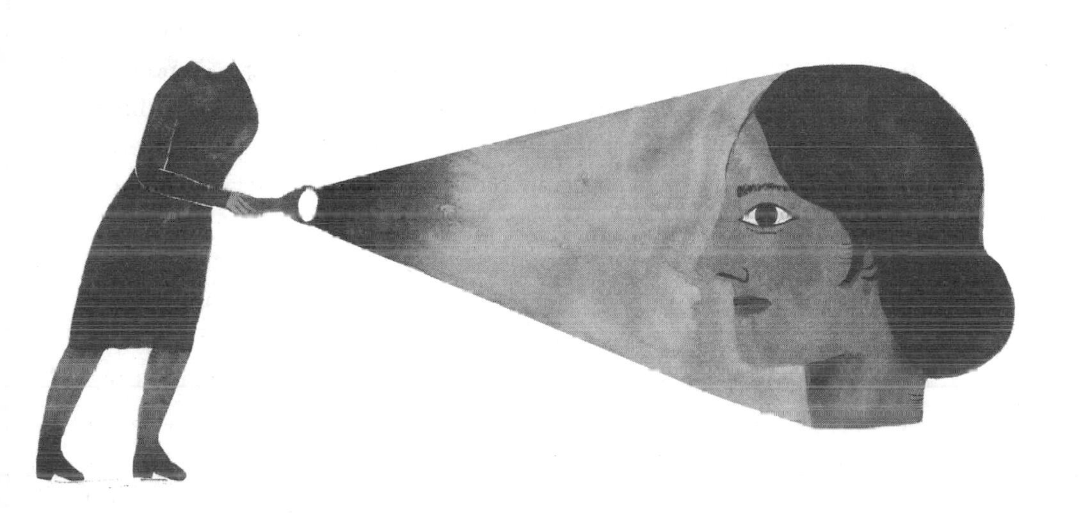

sillas para evitar el horror del salto. Os temo a todos. Me da miedo el golpe de la sensación que se abalanza sobre mí, porque no puedo tratar con ella como vosotros: no sé hacer que un momento se funda en el siguiente. Para mí, todos los momentos son violentos, se separan; si cediera bajo el golpe del salto del momento, caeríais sobre mí, me haríais pedazos. No deseo alcanzar ninguna meta. No sé cómo sigue el minuto al minuto, la hora a la hora, cómo se funden mediante alguna fuerza natural y se convierten en esa masa indivisible que llamáis vida. Porque queréis alcanzar alguna meta: una persona, para sentarse junto a ella, ¿es eso?, una idea, ¿es eso?, la belleza, ¿es eso? No lo sé: vuestros días y horas pasan como ramas de árboles y como el delicado verde de los paseos por los bosques para un perro que siguiera una pista. Pero no hay pista ni cuerpo que yo siga. No tengo cara. Soy como espuma que recorre la playa o luz de luna, que cae como flecha aquí sobre una lata; allí, sobre una espina del cardo de mar; allá, sobre un hueso o sobre una barca medio carcomida. Giro perdida en las cavernas, golpeo como papel contra interminables pasillos, debo apoyar la mano en la pared para volver en mí.

»Pero como, por encima de todo, deseo tener un lugar propio, finjo, cuando subo por las escaleras, tras Jinny y Susan, que deseo alcanzar una meta. Me pongo las medias como veo que ellas lo hacen. Espero a que habléis para hablar como vosotros. Atravieso Londres para llegar a este lugar, a este punto, no para verte a ti o a ti, sino para encender mi fuego con las brasas de la hoguera de quienes vivís plena, indivisiblemente, sin cuidados.

—Cuando he entrado en la habitación esta noche —dijo Susan—, me he detenido, he mirado en torno a mí, como un animal que nunca levantara los ojos del suelo. El olor de las alfombras y el aroma de los muebles me repugna. Me gusta caminar sola por los campos húmedos o pararme junto a una portilla y ver a mi setter dar vueltas y olfatear y preguntar: «¿Dónde está la liebre?» Me gusta estar con gente que coge hierbas y escupe en el fuego y camina arrastrando las zapatillas por largos pasillos, como mi padre. Las únicas palabras que entiendo son gritos de amor, odio, rabia y dolor. Esta conversación consiste en desnudar a una anciana cuyo vestido parecía que fuera parte de ella, pero ahora, mientras hablamos, resulta ser rosada, sus muslos están arrugados; sus senos, caídos. Cuando os calláis, volvéis a ser hermosos. Nunca tendré nada, excepto mi felicidad natural. Bastará para estar casi contenta. Me acostaré cansada. Yaceré como campo sometido a la rotación de cultivos; el calor del verano bailará sobre mí; en el invierno me agrietará el frío. Pero el calor seguirá al frío, de forma natural, sin que intervenga mi voluntad. Mis hijos me harán seguir, los dientes, los llantos, la escuela y volver de ella serán como las olas del mar debajo de mí. No hay día sin su movimiento. Llegaré más alto que ninguna de vosotras, sobre el lomo de las estaciones. Cuando fallezca, tendré más que Jinny, más que Rhoda. Pero, por otra parte, mientras sois varios y sonreís un millón de veces ante las ideas y las risas de los demás, yo seré huraña, del color de las borrascas, toda morada. Decaeré, mi piel envejecerá por la pasión bestial y hermosa de la maternidad. Impulsaré la fortuna de mis hijos, sin escrúpulos. Detestaré a quienes vean sus faltas. Mentiré vilmente para ayudarlos. Dejaré que me separen de ti, de ti y de ti. Además, me desgarran los celos. Odio a Jinny, porque demuestra que mis manos son rojas, que tengo las uñas rotas. Amo con tal ferocidad, que me muero cuando el objeto de mi amor demuestra mediante una frase que puede escaparse. Se escapa, y yo me quedo aferrada a una cadena que se mueve entre las hojas en la copa de los árboles. No entiendo las frases.

—Habiendo nacido —dijo Bernard— sin saber que una palabra sigue a otra, podría haber sido, quién sabe, tal vez cualquier cosa. Tal como son las cosas, encontrándome con secuencias por todas partes, no puedo soportar la presión de la soledad. Cuando no puedo ver las palabras que se encrespan como anillos de humo, estoy en la oscuridad, no soy nada. Cuando estoy solo, me aletargo y me digo, con tristeza, mientras revuelvo las brasas a través de las barras de la rejilla: «Vendrá Mrs. Moffat. Vendrá y barrerá todo». Cuando Louis se queda solo, ve con una intensidad asombrosa y escribe unas palabras que puede que nos sobrevivan a todos nosotros. A Rhoda le gusta estar sola. Nos teme, porque rompemos el sentido de ser que es tan extremo en la soledad… mira cómo agarra el tenedor: su arma contra nosotros. Pero yo solo existo cuando llega el fontanero o el tratante de ganado equino o quienquiera que sea que diga algo que me ilumine. En esos momentos, qué adorable es el humo de mi frase, que sube y baja, que se alza con brillo y cae, sobre rojas langostas y sobre frutas amarillas, envolviéndolas en la guirnalda de una sola belleza. Pero fijémonos en su carácter meretriz: está hecho de falta de compromiso y de mentiras viejas. Por tanto, mi personalidad, en parte, la constituyen estímulos que ofrecen otras personas, no es mía, como sí lo es la suya. Algo debilita mi personalidad, un rasgo funesto, una vena errante e irregular de plata. Esto es lo que enfurecía a Neville cuando estábamos en la escuela: que lo abandonaba. Me iba con los chicos fanfarrones, con sus gorras y escarapelas, en los grandes carruajes... algunos están aquí esta noche, cenan juntos, correctamente vestidos, antes de irse, en perfecto orden, al unísono, al *music-hall;* yo los amaba. Para que me hagan vivir tan ciertamente como lo haces tú. De aquí también que cuando te digo adiós y se va el tren, tú no piensas que es el tren el que se va, sino yo, Bernard, ajeno, despreocupado, sin billete, pues acaso ha perdido la cartera. Susan, mirando fijamente la cadena que se mueve entre las hojas de las hayas, grita: «¡Se ha ido!, ¡se me ha escapado!». No hay nada a lo que agarrarse. Me hago y me rehago continuamente. Diferentes personas extraen de mí diferentes palabras.

»De aquí que no haya una sola persona, sino cincuenta personas junto a las cuales me gustaría sentarme esta noche. Soy el único de vosotros que se siente como en casa sin tomarse libertades. No soy un patán ni un esnob. Al hallarme abierto a la presión de la sociedad, a menudo tengo éxito por la destreza de mi lengua para traducir algo difícil a moneda común. Veo mis juguetitos que brotan de la nada en un segundo, qué divertidos. No soy un acaparador (solo dejaré un armario con ropa vieja cuando me muera), soy casi indiferente a las vanidades poco importantes de la vida, las vanidades que tanto torturan a Louis. Pero he sacrificado mucho. Mis venas son de hierro, de plata, con huellas de barro; no puedo cerrar el puño con la firmeza con la que lo cierran los que no dependen de los estímulos. Soy incapaz de negaciones, de los heroísmos de Louis y Rhoda. Nunca lograré, ni siquiera en una conversación, construir la frase perfecta. Pero habré aportado más que ninguno de vosotros a esos momentos fugitivos; habré entrado en más habitaciones, habitaciones diferentes, que ninguno de vosotros. Pero, como habrá

algo que vendrá de fuera, no de dentro, seré olvidado, excepto por el eco de una voz que en una ocasión tejió una guirnalda de frases en torno a la fruta.

—Mira, escucha —dijo Rhoda—. Mira cómo, segundo tras segundo, la luz se vuelve más rica; flores que se abren, todo madura; los ojos, al vagar por la habitación, con sus mesas, parecen abrir unas cortinas de color rojo, naranja, ocre y raras tintas ambiguas; los ojos abren y cierran como velos, cada una de las cosas se funde en la siguiente.

—Sí, nuestros sentidos se han ensanchado —dijo Jinny—. Membranas, redes nerviosas, blancas y blandas, ocupan todo y se extienden y flotan a nuestro alrededor, como filamentos, volviendo tangible el aire y atrapando en ellos lejanos sonidos nunca antes oídos.

—Nos rodea el rugido de Londres —dijo Louis—. Automóviles, furgonetas, autobuses pasan y vuelven a pasar de forma incesante. Todo se sumerge en una rueda que gira incesante en un mismo sonido. Los sonidos (de las ruedas, de las campanas, los gritos de los borrachos, de los juerguistas) se funden en uno solo, de color azul acero, circular. Ulula una sirena. Se alejan las orillas, las chimeneas se aplanan, la nave se dirige a alta mar.

—Percival se va — dijo Neville—. Aquí estamos sentados, acompañados, iluminados, multicolores; todo (manos, cortinas, cuchillos y tenedores, los demás comensales) se une entre sí. Estamos aquí encerrados. Pero la India está ahí fuera.

—Veo la India —dijo Bernard—. Veo la baja y larga costa, veo las tortuosas callejuelas, con sus muros de adobe; las callejuelas unen entre sí las pagodas destartaladas; veo edificios dorados y almenados, con aire de fragilidad y decadencia, como si fueran la arquitectura efímera de alguna exposición oriental. Veo un par de bueyes que arrastran una carreta por el camino que arde bajo el sol. La carreta se bambolea de forma peligrosa. Una rueda se encaja en la rodada: nativos con taparrabos charlan con entusiasmo. Pero no hacen nada. El tiempo parece interminable; la ambición, vana. Sobre la escena se cierne la sensación de la inutilidad del esfuerzo humano. Hay extraños olores agrios. Un anciano en una zanja mastica betel y se contempla el ombligo. Pero, mira, llega Percival, cabalga una yegua tordilla, lleva salacot. Aplicando criterios occidentales, utilizando el lenguaje violento que le es natural, el carro de bueyes se endereza en menos de cinco minutos. Resuelto el problema oriental. Continúa cabalgando, lo rodea la muchedumbre, lo miran como si fuera lo que es, un dios.

—Desconocido, con o sin secreto, no importa —dijo Rhoda—, él es como piedra que hubiera caído en un estanque infestado de pececillos. Como pececillos, cuando llegó, los que habíamos nadado hacia acá o hacia allá, nos dirigimos hacia él. Como pececillos, conscientes de la presencia de una gran piedra, nos arrastra el agua y nadamos contracorriente, contentos. Nos invade la comodidad. Por nuestras venas corre el oro. Un, dos, un, dos; el corazón late sereno, con confianza, en un trance de bienestar, en un rapto de respeto; ah, mira (las partes más externas de la tierra), se alzan bajo nuestra mirada sombras pálidas en el lejano horizonte, de la India, por ejemplo. El mundo, antes disminuido, se despliega ante nosotros; se alzan en la oscuridad remotas provincias; el ángulo de visión nos permite ver caminos fangosos, tupidas selvas, enjambres de hombres y un buitre que se alimenta de un cadáver hinchado; esto es parte de nuestra orgullosa y espléndida provincia, desde que Percival, que cabalga solitario sobre su yegua tordilla, avanza por un camino solitario, levanta la tienda entre árboles solitarios y se sienta solo, mientras contempla la alta sierra.

—Es Percival —dijo Louis—, está sentado, callado, se sienta como se sentaba en la hierba que hacía cosquillas, cuando la brisa apartaba las nubes y volvían a juntarse; es él quien nos hace conscientes de que estos intentos de decir: «Soy esto, soy aquello», intentos que hacemos juntos, como partes separadas de un solo cuerpo y alma, son falsos. Algo se ha quedado fuera, por miedo. Algo se ha alterado, por vanidad. Hemos tratado de acentuar las diferencias. Por el deseo de ser independientes, hemos insistido en nuestros defectos, en lo que nos define. Pero hay una cadena que hace un remolino, un círculo de color azul acero por debajo.

—Es odio, es amor —dijo Susan—. Esa es la corriente, furiosa y negra como el carbón, que nos marea, si la miramos atentamente. Estamos en un balcón. Si miramos hacia abajo, tendremos vértigo.

—Es amor, es odio —dijo Jinny—, como el que Susan siente por mí, porque Louis me dio un beso una vez en el jardín, porque comparándose conmigo, cuando entro, piensa: «Tengo las manos rojas» y las oculta. Pero el odio casi se confunde con el amor.

—Sin embargo, estas aguas encrespadas —dijo Neville—, sobre las que construimos nuestras absurdas plataformas, son más estables que los gritos injustificados, débiles, con los que nos expresamos cuando, al tratar de hablar, nos levantamos; cuando argumentamos y arrojamos lejos esas mentiras que decimos: «Soy esto, soy aquello». El habla es falsa.

»Pero yo como. Poco a poco me olvido de lo concreto cuando como. Me harto de comer. Han estabilizado mi cuerpo estos deliciosos bocados de pato asado, adecuadamente acompañados de verduras, que se siguen unos a otros en exquisita rotación de temperatura y peso, de lo dulce y lo amargo, más allá del paladar, de la garganta, en el estómago. Siento la tranquilidad, la gravedad, el control. Todo es sólido ahora. De forma instintiva mi paladar ahora requiere y espera algo dulce y leve, algo azucarado y evanescente; y vino fresco que se ajuste como un guante a los nervios más delicados que vibran en el cielo de mi paladar y que se extienda (mientras bebo) por una caverna con una cúpula, verde de hojas de vid, con aroma de almizcle, morada de uvas. Ahora sí que puedo mirar fijamente el caz de agua del molino que aquí abajo hace espuma. ¿Qué nombre concreto le pondremos? Que lo diga Rhoda, cuyo rostro veo reflejado brumosamente en el espejo de enfrente; Rhoda, a quien interrumpí cuando balanceaba los pétalos en el recipiente castaño, cuando pedía la navaja que Bernard había robado. Para ella, el amor no es un remolino. No se marea cuando mira hacia abajo. Mira mucho más allá de donde están nuestra cabezas, más allá de la India.

—Sí, descienden entre vuestros hombros, por encima de vuestras cabezas, en un paisaje —dijo Rhoda—, en un hueco, las altas colinas, como si fueran las alas plegadas de aves. Allí, sobre la hierba, corta y firme, se hallan los arbustos, de hojas oscuras; contra su oscuridad, veo una forma, blanca, no una piedra, es algo que se mueve, algo quizá vivo. Pero no eres tú, ni tú, ni tú, ni Percival, Susan, Jinny, Neville o Louis. Cuando el brazo blanco reposa sobre la rodilla forma un triángulo; ahora está en posición vertical: es una columna; ahora es una fuente, de la que cae agua. No hay ninguna señal, ningún gesto, no nos ve. Detrás de ella ruge el mar. Está más allá de nuestro alcance. Pero me arriesgo a ir allí. Allí colmaré mi vacío, para estirar mis noches y llenarlas cada vez más llenas de sueños. Por un segundo, incluso ahora, incluso aquí, alcanzo mi objetivo y me digo: «No más caminar. Todo lo demás son pruebas y fantasías. Esto es la meta». Pero estas peregrinaciones, estas despedidas, ocurren siempre cuando estáis presentes, ante esta mesa, bajo estas luces, Percival y Susan las propician, aquí y ahora. Siempre veo el bosque sobre vuestras cabezas, entre los hombros o desde una ventana, cuando he cruzado la sala, en una fiesta, y me he quedado mirando la calle.

—Pero, ¿sus zapatillas? —dijo Neville—. ¿Su voz en el piso de abajo? ¿Verlo cuando él no veía a nadie? Esperas y no viene. Se hace más y más tarde. Se le ha olvidado. Está con otra persona. Es infiel, su amor no quería decir nada. Ah, entonces, la agonía... ¡la intolerable desesperación! Luego se abre la puerta. Ha llegado.

—Irradiando ondas de oro, le digo: «Ven» —dijo Jinny—, y viene, atraviesa la habitación hasta donde estoy sentada, con el vestido como un velo que hace ondas en torno a mi sillón dorado. Las manos se tocan, nuestros cuerpos arden. La silla, la copa, la mesa: nada se queda sin luz. Todo tiembla, todo se enciende, todo arde hasta fundirse.

(—Mira, Rhoda —dijo Louis—, se han vuelto nocturnos, están absortos. Sus ojos son como las alas de las mariposas nocturnas, que se mueven tan deprisa que ni siquiera parecen moverse.

—Se oyen cuernos y trompetas —dijo Rhoda—. Las hojas se despliegan, los ciervos berrean en la espesura. Es como el baile y el tam-tam de los desnudos salvajes con azagayas.

—Como el baile de los salvajes —dijo Louis— en torno a la hoguera. Son salvajes, son implacables. Bailan en círculo, mueven sonadores. Las llamas se reflejan sobre los pintados rostros, sobre las pieles de leopardo y sobre los miembros ensangrentados que han arrancado de cuerpos vivos.

—Suben muy alto las llamas de la fiesta —dijo Rhoda—. Pasa la gran procesión, arrojando ramas verdes y ramas en flor. De los cuernos sale humo azul, las pieles tienen lunares rojos y amarillos a la luz de las antorchas. Arrojan violetas. Adornan a sus amadas con guirnaldas y con hojas de laurel, allí, en el anillo de césped donde las altas colinas se juntan. Pasa la procesión. Mientras pasa, Louis, somos conscientes de nuestra caída, anticipamos nuestra decadencia. La sombra se inclina. Nosotros que somos conspiradores, reunidos en torno a una urna fría, nos damos cuenta de que la llama violeta se desborda y fluye.

—La muerte se entreteje con las violetas —dijo Louis—. Muerte y más muerte.)

—¡Qué orgullosamente estamos aquí sentados! —dijo Jinny—, ¡y ni siquiera hemos cumplido los veinticinco años! Los árboles florecen afuera, las mujeres se entretienen afuera, afuera derrapan los taxis y cambian de dirección. Surgidos de los caminos inciertos, de las oscuridades y el resplandor de la juventud, miramos de frente, preparados para lo que venga (se abre la puerta, se abre la puerta sin parar). Todo es real, todo es firme, sin sombra de ilusión. La belleza preside nuestras frentes. La mía, la de Susan. Nuestra carne es firme y fría. Nuestras diferencias son nítidas como las sombras de las rocas a pleno sol. Junto a nosotros hay panecillos crujientes, barnizados de amarillo, tersos; el mantel es blanco, nuestras manos están medio abiertas, preparadas para contraerse. Vendrán días y más días, días de invierno, días de verano; apenas hemos abierto el tesoro. Bajo la hoja, se hincha la fruta. En la dorada habitación, le digo: «Ven».

—Tiene las orejas rojas —dijo Louis—, el olor de la carne cuelga como una red húmeda, mientras los empleados almuerzan apresuradamente en el bar.

—Con el tiempo infinito que tenemos ante nosotros —dijo Neville—, nos preguntamos qué vamos a hacer. ¿Nos vamos a pasear por la calle Bond, a mirar aquí y allá, para comprar una pluma quizá porque es verde?, ¿preguntaremos cuánto cuesta el anillo de la piedra azul? ¿Nos encerraremos a mirar cómo el carbón se vuelve carmesí? ¿Acercaremos un brazo para coger un libro, para leer aquí un pasaje, allí otro pasaje? ¿Romperemos a reír sin motivo? ¿Nos empujaremos por los campos y trenzaremos margaritas? ¿Nos acercamos a preguntar cuándo sale el próximo tren de las Hébridas y reservamos un compartimento? Todo llegará.

—Para ti —dijo Bernard—-, pero ayer me di un golpe con un buzón de correos. Ayer me comprometí.

—Qué raros —dijo Susan— los terrones de azúcar junto a los platos. Las moteadas mondaduras de las peras también son raras, al igual que los marcos de tela de los espejos. Nunca había visto nada igual. Todo está dispuesto, todo es definitivo. Bernard se ha comprometido. Ha ocurrido algo irrevocable. Se ha añadido un círculo a las aguas, se ha impuesto una cadena. Nunca volveremos a fluir libremente.

—Por un solo momento —dijo Louis—, antes de que se rompa la cadena, antes de que regrese el desorden, veámonos en nuestra forma inmóvil, expuestos, sujetos a un torno de banco.

»Se rompe el círculo ya. Fluye la corriente ya. Corremos ahora más rápido que antes. Ahora las pasiones que acechaban allá abajo, en la maleza oscura, que crece en lo hondo, se alzan y nos azotan con sus olas. El dolor y los celos, la envidia y el deseo y algo más profundo que estos, más fuerte que el amor y más hondamente subterráneo. Habla la voz de la acción. Escucha, Rhoda (porque somos conspiradores, las manos sobre la fría urna), la voz fortuita, rápida, excitante de la acción, de los perros que corren tras una pista. Hablan ahora sin siquiera preocuparse de terminar sus frases. Hablan en una lengua personal, como la de los amantes. Un animal imperioso los posee. Los nervios vibran de emoción en sus muslos. Su corazones laten, trabajan, en sus pechos. Susan arruga el pañuelo. Los ojos de Jinny bailan con el fuego.

—Son inmunes a los dedos que pellizcan y a los ojos que escrutan —dijo Rhoda—. Con qué facilidad se vuelven y miran, ¡qué poses de energía y orgullo! ¡Cuánta vida brilla en los ojos de Jinny! ¡Qué feroz, qué completa es la mirada de Susan, cuando busca insectos entre las raíces! Brilla el cabello de todos. Los ojos de todos arden como los ojos de los animales que se abren camino entre las hojas tras la pista de la presa. El círculo se destruye. Nos separan en fragmentos.

—Pronto, muy pronto —dijo Bernard—, fracasará esta exaltación egotista. Demasiado pronto, el momento de voraz identidad habrá concluido, y el apetito de felicidad y de felicidad y de más felicidad se habrá saciado. Se hunde la piedra, el momento ha terminado. A mi alrededor se extiende un amplio margen de indiferencia. Ahora se abre en mis ojos un millar de ojos de curiosidad. Cualquiera podría asesinar a Bernard en estos momentos, que se ha comprometido para casarse, siempre y cuando no toquen el margen de este ancho territorio desconocido, este bosque del mundo desconocido. ¿Por qué, pregunto (susurrando discretamente), por qué cenan solas estas mujeres aquí? ¿Quiénes son? En esta noche tan especial, ¿qué las ha traído a este lugar concreto? El joven del rincón, a juzgar por la forma nerviosa en la que se lleva la mano de cuando en cuando a la cabeza, es un campesino. Es humilde y se muestra ansioso por responder adecuadamente a la gentileza del amigo de su padre, su anfitrión, y apenas puede disfrutar ahora de lo que disfrutará mucho más mañana por la mañana alrededor de las once y media. También he visto que esa señora se empolvaba la nariz tres veces en medio de una conversación absorbente... sobre el amor, tal vez, sobre la infelicidad de su querido amigo, tal vez. «¡Ah, pero, cómo tengo la nariz!», piensa, y ahí sale la polvera y la borla, anulando así los sentimientos más apasionados del corazón humano. Queda, sin embargo, el problema insoluble del solitario con el monóculo, de la dama que bebe champagne sola. ¿Quién y qué es toda esa gente desconocida?, me pregunto. Podría escribir una docena de relatos con lo que él dijo, lo que ella dijo... Veo una docena de retratos. Pero, ¿qué es un cuento? Juguetes que manipulo, burbujas que creo, un anillo que se une a otro. A veces hasta dudo de que haya cuentos. ¿Cuál es mi cuento?; ¿cuál, el de Rhoda?; ¿cuál, el de Neville? Hay hechos, como, por ejemplo: «El joven apuesto del traje gris, cuya reserva contrastaba extrañamente con la locuacidad de los demás, se sacudía las migas del chaleco y, con un gesto típico, de benévola autoridad, hizo una seña al camarero, quien vino al instante y volvió al momento con la cuenta discretamente doblada sobre un platillo». Esta es la verdad, esto es un hecho, más allá todo es oscuridad y conjeturas.

—Una vez más —dijo Louis—, ahora que estamos a punto de separarnos, después de haber pagado la cuenta, el circuito de la sangre, roto tan a menudo, tan bruscamente, porque somos tan diferentes, se cierra en un anillo. Hacemos algo. Sí, al levantarnos, algo inquietos, rezamos, sosteniendo en las manos este sentimiento común: «No os mováis, no permitáis que la puerta haga pedazos lo que entre todos hemos construido, que se hace una esfera aquí, entre estas luces, mondaduras, restos de migas y gente que pasa. No os mováis, no os vayáis. Sostengámoslo eternamente».

—Mantengámosla durante un instante —dijo Jinny—, el amor, el odio, sea cual sea el nombre que le demos; mantengamos esta esfera cuya pared está hecha de Percival, de juventud y belleza y de algo tan hondamente hundido en nosotros que quizá nunca volvamos a conseguir un momento como este de ningún otro hombre.

—Los bosques y países lejanos del otro lado del mundo —dijo Rhoda— se hallan en ella; mares y selvas, aullidos de chacales y la luz de la luna que cae sobre un pico alto donde se eleva el águila.

—Está hecha de felicidad —dijo Neville—, de la quietud de las cosas ordinarias. Una mesa, una silla, un libro con una plegadera entre las páginas. Pétalos que se desprenden de la rosa, la luz intermitente cuando nos sentamos en silencio o hablamos de repente, acaso, al recordar alguna bagatela.

—Está hecha de días de la semana —dijo Susan—, lunes, martes, miércoles; los caballos salen al campo, los caballos regresan; los grajos vienen y van; incluyen los olmos en su red, ya en abril, ya en noviembre.

—Está hecha de futuro —dijo Bernard—. Es la última gota y la más brillante que cayó como azogue celestial en el momento pleno y espléndido creado por nosotros a causa de Percival. ¿El futuro? —me pregunto, sacudiéndome las migas del chaleco—, ¿lo que está fuera? Hemos demostrado, comiendo sentados, hablando sentados, que podemos añadir algo al tesoro de los momentos. No somos esclavos, destinados a sufrir golpecillos incesantes y olvidados sobre la espalda inclinada. Tampoco somos ovejas, que siguen a su amo. Somos creadores. Hemos hecho algo a lo que se unirán las incontables congregaciones del tiempo pasado. También nosotros, al ponernos los sombreros, al abrir la puerta, nos adentramos en el caos, pero es un mundo que nuestra propia fuerza puede subyugar y hacer que forme parte del camino iluminado y eterno.

»Percival, mientras te piden un taxi, mira el panorama que vas a perder dentro de muy poco. La calle es sólida y está bruñida por el paso de incontables ruedas. El dosel amarillo de nuestra tremenda energía cuelga como un trapo que ardiera sobre nuestras cabezas. Esa luz la forman los teatros, los *music-halls,* las casas particulares.

—Surcan el oscuro cielo —dijo Rhoda— nubes que terminan en pico, parecen pulidos huesos de ballenas.

—Ahora comienza la agonía, ahora el horror ha clavado los colmillos en mí —dijo Neville—. Llega el taxi, se va Percival. ¿Qué podemos hacer para retenerlo? ¿Cómo salvar la distancia entre nosotros? ¿Cómo avivar el fuego para que arda siempre? ¿Como hacer saber a todos los tiempos futuros que nosotros, en la calle, a la luz de las farolas, amamos a Percival? Percival se ha ido.

El sol se había elevado hasta su altura máxima. Ahora no se entreveía ni se adivinaba, a partir de sugerencias y destellos, como si una muchacha acostada en su colchón verde mar se adornara la frente con joyas como esferas de agua que enviaran lanzas de opalina luz que cayeran o destellaran en el aire incierto, como el costado de un delfín que saltara o el destello de una hoja de espada que cayera. Ahora el sol quemaba sin concesiones, sin duda. Golpeaba la dura arena, las rocas se convertían en hornos al rojo vivo; buscaba en los charcos y atrapaba el pececillo oculto en la grieta y mostraba la oxidada rueda del carro, el hueso blanco o la bota sin cordones hundida en la arena, negra como el hierro. Daba a todo la medida exacta del color; a las dunas les daba los brillos innumerables; a las hierbas silvestres, la apariencia verde; o caía sobre el árido desierto, que llenaba de surcos azotados por el viento, o azotaba los túmulos solitario;[5] *otro lugar lo regaba de árboles enanos del color verde oscuro de la selva. Iluminaba delicadamente la mezquita dorada, las frágiles casas del recortable rosa y blanco de la aldea del sur, y a las mujeres de grandes pechos y cabello blanco que se arrodillaban en el cauce del río y frotaban la arrugada ropa sobre las piedras del lavadero. Se veían barcos de vapor con sus despaciosos ruidos sordos sobre el mar bajo la mirada directa del sol que atravesaba los toldos amarillos y alcanzaba a los pasajeros que dormitaban o paseaban*

5 En el original *cairns,* 'túmulos' de origen celta, muy presentes en Escocia, donde desempeñan varias funciones: recuerdo de algún acontecimiento, monumento fúnebre o mojón.

por la cubierta, dejando en sombra los ojos para buscar la tierra, mientras que, día tras día, apretados los viajeros entre los palpitantes costados grasientos, el barco los llevaba monótonamente sobre las aguas.

El sol caía sobre los abundantes pináculos de las colinas del sur, y deslumbraba en el hondo lecho pedregoso del río, donde disminuía el agua bajo el puente colgante para que las lavanderas arrodilladas sobre piedras calientes apenas pudieran mojar la ropa, y flacas mulas se abrieran camino, entre las cantarinas piedras grises, con alforjas colgadas de sus estrechos lomos. Al mediodía, el calor del sol hacía que las colinas parecieran grises, como si las hubiera afeitado y chamuscado una explosión, mientras que, más al norte, en países nublados y lluviosos, las colinas eran baldosas rectangulares hechas delicadamente con el dorso de la pala de la azada, y mostraban una luz como si un vigilante, en lo más profundo, fuera de habitación en habitación llevando una luz verde. A través de los átomos del aire gris-azul el sol caía sobre los campos ingleses, e iluminaba ciénagas y charcos, una gaviota blanca sobre un palo, el lento navegar de sombras sobre uniformes bosques, sobre trigo reciente y sobre heno que ondeaba. Caía sobre la tapia del huerto, donde cada agujero y grano de los ladrillos eran puntos de plata, púrpura, ardientes, como si fueran suaves al tacto, como si al tocarlos debieran fundirse como granos cocidos al horno. Las grosellas colgaban en la tapia en ondas y cascadas de color rojo brillante; los ciruelos exhibían sus hojas, y toda la hierba se fundía en un solo resplandor verde que fluía. La sombra de los árboles se hundía en un charco oscuro junto a la raíz. La luz que descendía en oleadas disolvía las hojas separadas en un único montón verde.

Los pájaros cantaban canciones apasionadas, dirigidas a un solo oído, y luego se detenían. Volubles y charlatanes, los pájaros llevaban pajitas y tallos a los oscuros nudos entre las ramas más altas de los árboles. Dorados y púrpura, se posaban en el jardín, donde piñas de codeso y púrpura se estremecían de oro y lila, porque ahora, al mediodía, el jardín era todo flores y profusión e incluso los túneles debajo de las plantas eran de color verde, púrpura y rojizo, cuando el sol caía a través de pétalos de color rojo o del ancho pétalo amarillo o lo detenía algún grueso tallo de pelaje verde.

El sol caía directamente sobre la casa, haciendo resplandecer las blancas paredes entre las oscuras ventanas. Los cristales, adornados de espesas ramas verdes, ofrecían círculos de impenetrable oscuridad. Afiladas cuñas de luz caían sobre el alféizar y mostraban en el interior de la habitación platos con anillos azules, tazas de curvas asas, el bulto de una sopera, el dibujo entrecruzado de la alfombra, las esquinas formidables y las líneas de muebles y estanterías. Detrás de esta aglomeración, había una zona de sombra tras la que parecía haber una forma, que podría definirse, o profundidades aún más densas de las tinieblas.

Las olas rompían y extendían con rapidez sus aguas sobre la orilla. Crecían y rompían una tras otra; la espuma retrocedía por la fuerza de la caída. Las olas eran de azul marino oscuro, excepto por unas luces como diamantes en el dorso, que se movían como los músculos de los caballos se mueven bajo la piel del lomo. Las olas caían, se retiraban, volvían a caer, como golpes de un gran animal encadenado.

—Ha muerto —dijo Neville—. Se cayó. El caballo tropezó. Lo derribó. Las velas del barco del mundo han girado en redondo, y me han golpeado en la cabeza. Todo ha terminado. Se ha apagado la luz del mundo. He aquí el árbol ante el que me detengo.

»¡Ay, arrugar este telegrama en los dedos (para permitir que regrese la luz del mundo), para decir que esto no ha ocurrido! Pero, ¿por qué mirar hacia otro lado? Esta es la verdad, el hecho. El caballo tropezó, lo derribó. Como un chubasco, ascendieron árboles y blancas verjas. Romper de olas, redoble en los oídos. El golpe. El mundo se estrelló. Apenas respiraba. Murió donde cayó.

»Graneros y días de verano en el campo, espacios donde nos sentábamos: todo pertenece al mundo irreal que se ha ido. Mi pasado ha sido amputado. Llegaron corriendo. Lo llevaron a algún pabellón, hombres en botas de montar, hombres con salacots. Murió entre desconocidos. Lo envolvían, a menudo, la soledad y el silencio. Me abandonaba a menudo. Luego, al regresar, "¡Ahí está!", exclamaba.

»Arrastran los pies las mujeres junto a la ventana, como si no se hubiera abierto un golfo en medio de la calle, como si no hubiera un árbol

con hojas rígidas que cerrara el paso. Merecemos tropezar en una topera. Somos infinitamente abyectos, arrastramos los pies con los ojos cerrados. Pero ¿por qué someterme?, ¿por qué levantar el pie y subir por la escalera? Aquí me quedo, aquí, con el telegrama en la mano. El pasado, los días de verano y los lugares donde nos sentábamos, huyen corriendo como papel que hubiera ardido con ojos rojos en él. ¿Para qué vernos y continuar? ¿Para qué hablar y comer y tratar con otras personas? A partir de este momento, soy un solitario. Nadie me conocerá. Me han quedado tres cartas: "Estoy a punto de ir a jugar a ensartar anillas con un coronel, así que aquí lo dejo". Así pone fin a nuestra amistad, abriéndose paso entre la multitud, saludando con la mano. Este absurdo no merece una celebración más formal. Sin embargo, si alguien hubiera dicho: "Espera"; si se hubiera apretado bien la cincha, habría administrado justicia durante cincuenta años, habría sido un juez; habría cabalgado a la cabeza de un ejército y habría denunciado alguna monstruosa tiranía, habría vuelto con nosotros.

»Ahora digo que hay una sonrisa, un engaño. Hay algo que se burla a nuestras espaldas. Ese muchacho casi perdió el equilibrio al subir al autobús. Percival se cayó, se mató, está enterrado. Veo a la gente pasar, firmemente asidos a las barras de los autobuses, decididos a conservar la vida.

»No voy a levantar el pie para subir la escalera. Por un momento, me quedaré bajo el árbol inconsolable, a solas con el hombre degollado, mientras abajo la cocinera mueve los tiradores. No voy a subir por la escalera. Estamos condenados, todos nosotros. Arrastran los pies mujeres con bolsas de la compra. Sigue pasando la gente. No me destruiréis. En este momento, en este mismo momento, estamos juntos. Te abrazo. Ven, dolor, sáciate en mí. Hunde tus colmillos en mi carne. Desgárrame. Sollozo, lloro.

—Tal es la inexplicable combinación —dijo Bernard—, tal la complejidad de las cosas, que, a medida que bajo por la escalera, no sé qué es dolor, qué es alegría. Ha nacido mi hijo; Percival ha muerto. Me sostienen columnas, fuertes emociones me apuntalan, pero ¿cuál es de dolor?, ¿cuál de alegría? Pregunto, pero no sé, solo sé que necesito silencio y estar solo y salir y una hora para considerar lo que le ha ocurrido a mi mundo, lo que la muerte le ha hecho a mi mundo.

»Este es, pues, el mundo que Percival ya no ve. A ver. El carnicero vende carne en la puerta de al lado, dos ancianos trastabillan por la acera, se posan los gorriones. La máquina, pues, funciona. Noto el ritmo, el pulso, pero es como cosa en la que no participo, porque él ya no lo ve. (Pálido y vendado yace en una habitación). Es mi oportunidad para saber qué es importante, debo tener cuidado y no decir mentiras. Mi opinión sobre él: era el centro. Ya no voy a ese lugar. Está vacío.

»Ah, sí, os lo aseguro, hombres con sombreros de fieltro, mujeres que lleváis cestas de la compra, habéis perdido algo que habría sido muy valioso para vosotros. Habéis perdido a un dirigente a quien habríais seguido. Una de vosotras ha perdido felicidad e hijos. Ha muerto quien habría podido daros todo eso. Yace en una cama de campaña, vendado, en algún ardiente hospital indio, mientras los culis en cuclillas mueven los abanicos... no me acuerdo cómo los llaman. Pero esto es importante, "qué ajenos estáis", me dije, mientras las palomas se posaban en los tejados y mi hijo nacía, como si fuera un hecho. Recuerdo, de niño, su curioso aire de distanciamiento. Digo más (se me llenan de lágrimas los ojos, se secan), "pero esto es mejor que lo que uno se había atrevido a esperar". Digo, dirigiéndome a lo abstracto del cielo, sin ojos, frente a mí, al final de la calle. "¿Es esto todo lo que podemos hacer?". Entonces, hemos triunfado. Habéis hecho el mayor esfuerzo, digo, dirigiéndome a esa cara inexpresiva y brutal (tenía veinticinco y debería haber alcanzado los ochenta años), sin resultado alguno. No voy a tumbarme y a pasarme la vida llorando por la preocupación.[6] (Una entrada para mi cuaderno: desdén hacia quienes causan muertes sin sentido). Además, esto es importante, debería poder colocarlo en situaciones triviales o ridículas, para que él mismo no se sienta absurdo, encaramado sobre un gran caballo. Tengo que poder decir: "Percival, un nombre ridículo". Al mismo tiempo, déjenme decirles, hombres y mujeres que corren hacia la estación de metro, habrían tenido que respetarlo, habrían tenido que seguirlo en formación. ¡Qué extraño remar entre la muchedumbre, ver la vida con ojeras, con ojos ardientes!

6 Bernard utiliza para su autodescripción dos versos de P. B. Shelley, del poema «Stanzas Written in Dejection, Near Naples»: «Podría tumbarme como un niño cansado / y pasar la vida llorando por las preocupaciones», «I could lie down like a tired child, / And weep away the life of care».

»Ya hay señales, sí, gestos, intentos de atraerme de nuevo. La curiosidad se elimina solo muy brevemente. Quizá no pueda uno vivir fuera de la máquina más de media hora. Los cuerpos, me doy cuenta, empiezan a parecer algo común, pero lo que hay tras ellos es diferente: la perspectiva. Detrás de ese cartel del periódico hay un hospital: la larga habitación con negros que tiran de las cuerdas, y luego lo entierran. Pero lo que dice el cartel es que una famosa actriz se ha divorciado, y al momento me pregunto: ¿quién será? Pero no saco la moneda, no compro el periódico, todavía no tolero interrupciones.

»Me pregunto, si no vuelvo a verte, si no vuelvo a ver tu forma material, ¿de qué manera nos comunicaremos? Te has ido por el patio, cada vez más lejos, haciendo cada vez más delgado el hilo que nos une. Pero existes en alguna parte. Algo de ti permanece. Serás un juez. Es decir, si descubriera algo nuevo en mí, lo sometería a tu criterio, en privado. Preguntaré: ¿cuál es el veredicto? Siempre serás el árbitro. Pero, ¿por cuánto tiempo? Será demasiado difícil explicar las cosas. Habrá cosas nuevas. Mi hijo, por ejemplo. Estoy ahora en el cenit de una experiencia. Envejeceré. Ya ni siquiera sé llorar con convicción. "¡Qué suerte!". La exaltación, esas palomas que se posan, ha concluido. El caos y los detalles regresan. No me sorprenden los rótulos de los escaparates. ¡Soy insensible! ¿Por qué tanta prisa? ¿Por qué subir al tren? La continuidad regresa: una cosa conduce a otra... el orden de siempre.

»Sí, pero todavía me molesta el orden de siempre. No voy a permitir que se me imponga la aceptación de la continuidad de las cosas. Me voy de paseo. No voy a cambiar el ritmo de mi mente al detenerme, al mirar. Pasearé. Subiré por los peldaños de esa galería y me someteré a la influencia de mentes como la mía, fuera de la continuidad. Hay poco tiempo para responder a la pregunta, mi ánimo flaquea, me siento torpe. Cuadros. Frías vírgenes entre columnas. Harán descansar la incesante actividad del ojo de la mente, la cabeza vendada, los hombres de las cuerdas, para que pueda hallar algo no visual debajo. Jardines, Venus entre flores, santos y vírgenes azules. Afortunadamente los cuadros no se dirigen a ti, no te dan un codazo, no señalan. Así expanden mi conciencia de él y me lo devuelven, aunque cambiado. Recuerdo su belleza. "Ahí llega", me digo.

»Líneas y colores casi me convencen de que también yo puedo ser heroico, yo, que hago frases tan fácilmente, que seducen al momento, que amo lo primero que llega, que no sé cerrar el puño, que lloriqueo para hacer frases según las circunstancias. Ahora, a través de mi propia debilidad, puedo recuperar lo que él era para mí: lo opuesto. Siendo naturalmente sincero, no veía la necesidad de mis exageraciones, se acomodaba a un sentimiento natural de lo adecuado, era un gran maestro del arte de vivir, de forma que parecía haber vivido mucho y contagiaba la calma en torno a él, casi habría podido llamarse indiferencia, hacia sí mismo, incluso, pero, eso sí, era compasivo. Un niño que juega (tarde de verano), las puertas se abren y se cierran, sin cesar; veré cosas al otro lado de las puertas que me harán llorar. No pueden compartirse. De ahí la soledad, nuestra soledad. Me dirijo a ese punto de mi mente y lo hallo vacío. Mis propias debilidades me oprimen. No hay un él que se enfrente con ellos.

»He aquí, pues, la Virgen azul bañada en lágrimas. Este es mi funeral. No tenemos ceremonias, solo responsos personales sin conclusiones, solo sensaciones violentas, separadas. Nada de lo que se haya dicho nos concierne. Nos sentamos en la sala italiana de la Galería Nacional para recoger fragmentos. Dudo que Tiziano sintiera jamás el roer de esta rata. Los pintores viven absortos, añaden pincelada tras pincelada. No son como los poetas, chivos expiatorios. No los encadenan a una roca. De ahí el silencio, la sublimidad. Pero ese color carmesí debe de haber ardido en las entrañas de Tiziano. Seguro que se levantó, sosteniendo entre los brazos el gran cuerno de la abundancia, y se cayó, en ese descenso. Pero el silencio pesa sobre mí: la solicitación permanente del ojo. La presión es intermitente y sorda. Distingo poco y vagamente. Pulsan el timbre, pero no resueno ni me expreso con clamores discordantes. Me conmueven excesivamente algunos esplendores, el carmesí fruncido contra el forro verde, la procesión de las columnas, la luz naranja detrás de las puntiagudas orejas negras de los olivos. Las flechas de las sensaciones salen de mi columna, pero sin orden.

»Pero algo se añade a mi interpretación. Hay algo profundamente enterrado. Por un momento, creí haberlo alcanzado. Mejor enterrado, enterrado, que germine, escondido en lo más profundo de mi mente para que algún día fructifique. Después de una larga vida, sin querer, en un momento de revelación, puede que lo alcance, pero ahora brota la idea en la mano. Cada vez que se alcanza una idea redonda, ha brotado un millar de ideas. Brotan las ideas: caen sobre mí. “Sobreviven a la línea y los colores, por tanto...”

»Bostezo. Estoy saturado de sensaciones. Estoy agotado por el cansancio y el largo, largo tiempo (veinticinco minutos, media hora) en que me he mantenido solo, fuera de la máquina. Estoy entumecido, me siento torpe. ¿Cómo acabar con este torpor que desacredita mi compasivo corazón? Hay otros que sufren: multitudes de personas que sufren. Neville sufre. Amaba a Percival. Pero ya no soporto los extremos, quiero alguien con quien reír, con quien bostezar, con quien recordar la forma en que se rascaba la cabeza, alguien con quien estuviera a gusto y le gustara (no Susan, a quien amaba, mejor Jinny). En la habitación de ella también podría hacer penitencia. Yo le preguntaría: “¿Te contó lo del día en que me negué a acompañarlo a Hampton Court?” Esos son los pensamientos que me despertarán con angustia en medio de la noche: los delitos por los que habrá que hacer penitencia, con la cabeza descubierta, en todas las plazas del mundo: que aquel día uno no fue a Hampton Court.

»Pero ahora quiero rodearme de vida, de libros y adornos, de gritos de los vendedores que me sirvan de almohada donde descanse la cabeza tras tanto cansancio, para cerrar los ojos tras esta revelación. Bajaré las escaleras, pararé el primer taxi que vea, iré a ver a Jinny.

—Hay un charco —dijo Rhoda—, no puedo sortearlo. Siento el movimiento de la gran rueda de molino a una pulgada de la cabeza. El viento que levanta me da en la cara. Todas las formas tangibles de la vida me han fallado. A menos que pueda estirar el brazo y tocar algo sólido, vagaré por los pasillos de la eternidad. Pero, entonces, para reunirme sin miedo con mi cuerpo al otro lado del golfo inabarcable, ¿qué puedo tocar?, ¿qué ladrillo?, ¿que piedra?

»Ahora la sombra ha caído y es oblicua la luz de color morado. La figura ataviada de belleza ahora se viste de ruinas. La figura que estaba entre los árboles, donde las altas colinas descienden, es un montón de ruinas, como les dije, cuando decían que amaban su voz en la escalera, sus zapatos viejos y los momentos cuando estábamos juntos.

»Caminaré por la calle Oxford para enfrentarme con un mundo desgarrado por rayos. Veré robles partidos, de color rojo donde estaba la rama florecida. Iré a la calle Oxford, a comprarme unas medias para una fiesta. Haré las cosas de costumbre bajo las luces de los rayos. Del yermo suelo recogeré violetas y las uniré y haré un ramillete para ofrecérselo a Percival, algo de mí para él. Es mucho lo que Percival me ha dado. La calle, ahora que Percival ha muerto. Las casas parece que carecieran de cimientos, como si pudiera llevárselas un soplo de viento. Imprudentes y al azar rugen los automóviles y nos siguen como sabuesos. Estoy sola en un mundo hostil. El rostro humano es repugnante. Me complace. Quiero publicidad y violencia y que me arrojen como piedra sobre las rocas. Me gustan las chimeneas de las fábricas, las grúas y los camiones. Me gusta ver caras y más caras y más caras, deformes, indiferentes. Estoy harta de hermosura, de privacidad. Caminaré por aguas turbulentas y me hundiré sin nadie que me salve.

»Percival, con su muerte, me ha hecho este regalo, me ha revelado este terror, ha permitido que sufra esta humillación: caras y rostros, servidas como platos soperos por criados, gente basta, glotona, desconocida. Miran en los escaparates, cargados de bolsas. Miran, empujan, lo destruyen todo. Incluso vuelven impuro nuestro amor, lo manosean con sus sucios dedos.

»Esta es la tienda de las medias. Creo que la belleza vuelve a fluir. Su rumor se oye en estos pasillos, entre los bordados; alienta entre las cestas de cintas de colores. Hay hondas huellas de afecto en el corazón del estruendo, nichos de silencio, donde podemos cobijarnos bajo el ala de la belleza de la verdad que anhelo. Se suspende el dolor cuando una muchacha abre un cajón con delicadeza. Habla, la voz me despierta. Me hundo entre la maleza de las raíces al ver la envidia, los celos, el odio y el rencor que al oírla se desplazan por la arena como cangrejos. Estos son nuestros compañeros. Pagaré, me llevaré el paquete.

»Esta es la calle Oxford. Aquí viven el odio, los celos, la prisa y la indiferencia, la espuma de la parodia de la vida. Son nuestros compañeros. Consideremos a los amigos con los que nos hemos sentado a comer. Pienso en Louis, mientras lee la columna de los deportes en un periódico vespertino, temeroso de hacer el ridículo, un esnob. Mientras mira a la gente que pasa, dice que será nuestro pastor si nos dejamos guiar. Si nos sometemos, nos dirigirá. Así suavizará la muerte de Percival a su satisfacción, mirando fijamente las vinagreras, más allá de las casas, al cielo. Bernard, por su parte, con los ojos rojos, se dejará caer en algún sillón. Tendrá a mano el cuaderno de notas. Bajo la M anotará: "Frases que pueden utilizarse en la muerte de los amigos". Jinny pasará por la habitación haciendo piruetas, se sentará en el brazo del sillón, se preguntará: "¿Me amaba... más que a Susan?". Susan, ya una labradora, sostendrá por un segundo el telegrama ante ella, un plato en la otra mano, cerrará con un golpe de talón la puerta del horno. Neville, después de mirar fijamente por la ventana entre lágrimas, verá a través de sus lágrimas, preguntará: "¿Quién es ese ante la ventana? ¡Qué joven tan hermoso!". Este es mi homenaje a Percival. Violetas ajadas, negras.

»¿Adónde iré, pues?, ¿a un museo donde guarden anillos en vitrinas?, ¿donde haya salas de exposiciones?, ¿donde se muestren vestidos que hayan llevado reinas? ¿Iré a Hampton Court a ver las tapias rojas y los patios y el orden de los tejos como pirámides negras, simétricos, sobre la hierba, entre las flores? Allí recuperaré la belleza y pondré orden en mi torturada y desordenada alma. Pero, ¿qué puede hacerse en soledad? Sola, me quedaría en el campo vacío y diría: "Los grajos vuelan. Alguien pasa con una bolsa. Hay un jardinero con una carretilla". Debería esperar en una cola y oler el sudor y un aroma tan horrible como el sudor y merecería que me colocaran entre otras personas como una pieza de carne entre otras piezas de carne.

»Aquí hay una sala donde se paga dinero por entrar, donde se escucha música entre gente somnolienta que ha venido aquí, después del almuerzo, una tarde calurosa. Hemos comido carne con pudin como para vivir durante una semana sin probar comida. Por tanto, nos aferramos como gusanos a lo que sea con tal de que nos lleven. Decorosos, gruesos: cabellos blancos cuidadosamente peinados bajo los sombreros. Zapatos finos. Bolsos finos. Bien rasurados. Aquí y allá, un bigote militar. No se ha permitido ni una mota de polvo en el velarte. Titubeos, programas que se abren, palabras de saludo a los amigos. Nos acomodamos, como morsas varadas en las rocas, gruesos cuerpos incapaces de arrastrarse hasta el mar. Esperamos la ola que nos levante: se interponen demasiadas piedras entre nosotros y el mar.

Estamos ahítos, torpes por el calor. A continuación, embutida en raso resbaladizo, la mujer verdemar viene a nuestro rescate. Frunce los labios, interpreta la intensidad, se infla y se lanza a sí misma, en el momento justo, como si viera una manzana y la voz fuera la flecha en la nota: "¡Ah!".

»Un hacha ha dividido un árbol hasta el corazón, el corazón está caliente; el sonido vibra bajo la corteza. "¡Ah", grita una mujer a su amante, asomada a su ventana en Venecia. "¡Ah, ah!", gritaba; y otra vez que grita: "¡Ah!". Nos ha dejado un grito. Solo un grito. Pero, ¿qué es un grito? Llegan con los violines los hombres como escarabajos. Esperan. Cuentan. Asienten. Descienden los arcos. Hay ondas y risas como el baile de los olivos con sus grises hojas, como millares de lenguas cuando un marinero, un tallo entre los dientes, donde las altas colinas se reúnen, salta a la costa.

»"Como un..." y "como un..." y "como un...", pero, ¿qué es lo que yace bajo la apariencia de las cosas? Ahora que el rayo ha desgajado el árbol y la rama en flor se ha caído y Percival, con su muerte, me ha hecho este regalo, quiero ver las cosas. Hay un cuadrado, hay un rectángulo. Los músicos toman el cuadrado y lo colocan sobre el rectángulo. Lo colocan con gran precisión, hacen una vivienda perfecta. Dejan muy poco fuera. Ahora se ve la estructura, lo incoado está aquí terminado. No somos tan necios ni tan ruines. Hemos hecho rectángulos y los hemos colocado sobre cuadrados. Este es nuestro triunfo, nuestro consuelo.

»La dulzura de este contenido se desborda por las paredes de mi mente y libera la comprensión. No más vagar, digo, esto es el final. El rectángulo se halla sobre el cuadrado, en lo alto hay una espiral. Nos han arrastrado sobre las piedras, hacia el mar. Vuelven los músicos. Se enjugan las caras. Ya no están tan erguidos ni son tan elegantes. Me voy. Anularé esta tarde. Me iré de peregrinación. Iré a Greenwich. Me lanzaré sin miedo a los tranvías, a los autobuses. Me tambaleo por la calle Regent, tropiezo con una mujer, con un hombre, no me hago daño, no estoy indignada por la colisión. Hay un cuadrado sobre un rectángulo. Aquí hay callejuelas con mercadillos en los que se regatea, donde hay toda clase de hierros, pernos y tornillos, y donde la gente se adensa en la calzada; gruesos dedos pellizcan la carne cruda. La estructura es visible. Hemos hecho una morada.

»Estas son, pues, las flores que crecen entre las hierbas incultas del campo, las hierbas que pisotean las vacas, las hierbas azotadas por el viento, casi deformes, sin fruto ni flor. Traigo estas flores, arrancadas de raíz en la calzada de la calle Oxford, mi ramillete de penique, mi ramillete de violetas de penique. Desde la ventana del tranvía veo mástiles entre las chimeneas: ahí está el río. Hay barcos que navegan rumbo a la India. Caminaré a la orilla del río. Pasearé por el muelle, donde un anciano lea un periódico en un refugio de cristal. Pasearé por esta terraza para ver los barcos arrastrados por la marea. Una mujer pasea por cubierta, un perro ladra junto a ella. Las faldas vuelan. El cabello vuela. Se hacen a la mar. Nos abandonan. Se esfuman en este atardecer de verano. Lo dejaré todo. Lo soltaré. Permitiré por fin que se alcance, se consuma el deseo controlado, dominado. Galoparemos juntos por colinas desiertas, donde la golondrina toque con las alas oscuros estanques y se alcen intactas las columnas. Lanzo las violetas, mi ofrenda a Percival, a la ola que se precipita sobre la playa, a la ola que arroja su espuma blanca en los más remotos rincones de la tierra.

El sol ya no estaba en medio del cielo. La luz caía inclinada, oblicua. Aquí atrapaba el borde de una nube y lo incendiaba convertido en una rebanada de luz, una isla ardiente sobre la que no podría pisar ningún pie. Luego, la luz atrapaba otra nube y otra y otra, de modo que flechas y ardientes dardos caían de forma errática desde el tembloroso azul sobre las olas.

Las hojas más altas del árbol se rizaban al sol. Se agitaban con rigidez en la caprichosa brisa. Los pájaros estaban posados, inmóviles, excepto la cabeza, que a veces movían bruscamente de un lado a otro. Dejaban de cantar, como si estuvieran saturados de sonido, como si la plenitud del mediodía los hubiera saciado. La libélula, sobre un tallo, salía disparada y se quedaba quieta más allá como un punto azul en el aire. El lejano zumbido parecía formarlo un temblor de alas rotas que bailaran en el horizonte. El agua del río mantenía fijas las cañas como si se hubiera cristalizado en torno a ellas, después el cristal temblaba y las cañas se inclinaban. Pensativas, las cabezas bajas, las vacas estaban en el campo y movían las patas pesadamente. Sobre el cubo, el grifo dejó de gotear, como si el cubo estuviera lleno; luego caían del grifo una, dos, tres gotas seguidas, una tras otra.

Las ventanas mostraban al azar puntos de fuego ardiente, el codo de una rama, y luego un espacio tranquilo de pura claridad. La persiana colgaba, roja. Dentro de la habitación las dagas de luz caían sobre sillas y mesas, cuarteando la pulida laca. El jarrón verde sobresalía enormemente, con la alargada ventana blanca reproducida en un costado. La luz, mientras acorralaba la oscuridad, se derramaba profusamente por rincones y molduras, pero amontonaba informes masas de oscuridad.

Las olas crecían, se erguían y rompían. Se extendían sobre piedras y guijarros. Rodeaban la roca (la espuma, que volaba alto, salpicaba las paredes de una cueva que había estado seca antes), y dejaban charcos en tierra, donde algunos peces allí retenidos movían las colas al retirarse la ola.

—He firmado ya veinte veces con mi nombre —dijo Louis—. Yo y yo y otra vez yo y otra vez yo. Claro, firme e inequívoco, ahí está, mi nombre. Claro e inequívoco, como yo. Pero atesoro una vasta herencia de experiencia. He vivido miles de años. Soy como el gusano que come madera mientras avanza por la viga de roble muy viejo. Pero ahora estoy entero, esta bonita mañana estoy íntegro.

»El sol brilla en un cielo despejado. Pero a las doce ni llueve ni hay sol. Es la hora en que miss Johnson me trae las cartas en una bandeja de rejilla. Grabo mi nombre sobre estas hojas blancas. El susurro de las hojas, el agua que corre por los desagües, profundos verdes adornados de dalias o zinnias; yo, ahora, soy un duque, luego Platón, compañero de Sócrates, el vagabundo que acompaña a hombres morenos y amarillos que emigran al este, al oeste, al norte y al sur, la procesión eterna, las mujeres que van con maletines por el Strand, como iban en el pasado con cántaros al Nilo. Todas las hojas plegadas y recogidas de mi vida múltiple ahora se suman en mi nombre: aquí grabado, limpio y sencillo. Ahora, un hombre adulto, erguido, llueva o haga sol. Debo caer con fuerza como un hacha y cortar el roble con mi propio peso, porque, si me desvío, mirando esto o aquello, caeré como nieve y seré inútil.

»Estoy medio enamorado de la máquina de escribir y del teléfono. He fundido mis muchas vidas en una con las cartas y los telegramas y las órdenes breves pero amables por teléfono a París, Berlín, Nueva York. Con mi constancia y decisión he trazado en el mapa las líneas que unen entre sí las diferentes partes del mundo. Me encanta la puntualidad: entrar a las diez en la oficina, me encanta el brillo púrpura de la oscura caoba, me encanta la mesa y su borde afilado, los dóciles cajones. Me encanta el teléfono con la bocina que se aproxima a mi susurro, el calendario de la pared, la agenda: Mr. Prentice a las cuatro, Mr. Eyres a las cuatro y media en punto.

»Me gusta que me llamen al despacho de Mr. Burchard para informar sobre nuestros compromisos con China. Espero heredar un sillón y una alfombra turca. Arrimo el hombro a la rueda. Hago que la oscuridad retroceda ante mí, extendiendo el comercio allí donde antes reinaba el caos en los confines del mundo. Si sigo así, sustituyendo el caos por el orden, estaré donde estuvieron Chatham y Pitt, Burke y sir Robert Peel. Así es como borro algunas manchas, limpio viejas impurezas: la mujer que me dio la bandera de lo alto del árbol de Navidad, mi acento, palizas y otras torturas, los muchachos fanfarrones, mi padre, banquero en Brisbane.

»He leído a mi poeta en una casa de comidas y, mientras revolvía el café, he oído cómo los empleados hacían apuestas en las mesas, me he fijado en las mujeres que dudaban ante el mostrador. Dije que nada sería irrelevante, ni siquiera un papel de estraza arrojado al suelo. Dije que bajo el mando de un amo augusto sus viajes debían tener una finalidad, deberían ganar sus dos libras diez chelines a la semana. Al caer la tarde, debería abrigarnos la ropa, debería acariciarnos alguna mano. Cuando me haya curado estas fracturas y cuando haya comprendido estas monstruosidades, para que no necesiten ni excusas ni disculpas, que tanto nos cansan, le daré de nuevo a la calle y a la tienda de comidas lo que perdieron al caer en estos tiempos difíciles, al romper en estas playas pedregosas. Reuniré unas pocas palabras y forjaré en torno a nosotros un anillo de acero.

»Pero ahora no tengo ni un momento que perder. No hay descanso aquí, no hay sombra de hojas temblorosas ni rincón al que pueda uno retirarse del sol, para sentarse, con una amante, al fresco de la noche. Descansa sobre nuestros hombros el peso del mundo. Él ve a través de nuestros ojos. Si parpadeamos o desviamos la mirada o mencionamos lo que Platón dijo o recordamos a Napoleón y sus conquistas, infligimos una herida al mundo. Así es la vida: Mr. Prentice a las cuatro, Mr. Eyres a las cuatro y media. Me gusta escuchar el suave discurrir del ascensor y el ruido con el que se detiene de golpe en mi piso, y los viriles pasos de pies responsables en los pasillos. Así que, con la fuerza de nuestros esfuerzos unidos, enviamos barcos a los más remotos rincones del planeta, repletos de baños y gimnasios. Descansa sobre nuestros hombros el peso del mundo. Así es la vida. Si sigo así, heredaré un sillón y una alfombra, un lugar en Surrey, con invernadero y alguna rara conífera, melón o árbol en flor que envidiarán otros comerciantes.

»Pero seguiré en mi buhardilla. Aquí abriré mi libro de siempre; aquí veré cómo brilla la lluvia en las tejas, hasta que los tejados parezcan el impermeable de un policía; veré los cristales rotos de las casas de los pobres, gatos flacos, alguna golfa que se mire de reojo en el espejo roto mientras se arregla para ir a la esquina de la calle; aquí vendrá Rhoda. Porque somos amantes.

»Percival ha muerto (murió en Egipto, murió en Grecia, todas las muertes son la misma muerte). Susan tiene hijos, Neville se pierde en las alturas. La vida pasa. Las nubes cambian constantemente sobre las casas. Hago esto, hago aquello; de nuevo hago esto; luego, aquello. Llegar e irnos, nos reunimos de diferentes formas, hacemos figuras diferentes. Pero si no enuncio estas impresiones en la pizarra, y de los muchos hombres me convierto en uno; si existo aquí y ahora y no en manchas y líneas, como guirnalda de nieve de las lejanas montañas, si al pasar por la oficina no le pregunto a miss Johnson por la película ni tomo una taza de té ni tampoco acepto mi galleta favorita, entonces caeré como nieve y no habré servido de nada.

»Sin embargo, cuando dan las seis y saludo con el sombrero al ordenanza, siempre algo demasiado efusivo y ceremonioso, a causa de mi deseo de ser aceptado, y lucho, contra el viento, abotonado, la barbilla azul, los ojos llorosos, me gustaría que una mecanógrafa se sentara sobre mis rodillas. Creo que mi plato favorito es el hígado con jamón, de forma que pasearé a la orilla del río, por callejuelas llenas de bares, sombras de barcos que pasan al final de la calle, mujeres que riñen. Pero, volviendo a la cordura, me digo "Mr. Prentice a las cuatro, Mr. Eyres a las cuatro y media". El hacha debe caer en el tajo, hay que partir el roble por la mitad. El peso del mundo descansa sobre mis hombros. Aquí hay pluma y papel, firmo con mi nombre en las cartas de la bandeja de metal, yo, yo, yo y otra vez yo.

—Llega el verano, llega el invierno —dijo Susan—. Pasan las estaciones. La pera madura y cae del árbol. La hoja seca está a punto de caer. El vaho ha oscurecido la ventana. Me siento junto al fuego a ver hervir el agua. Veo el peral a través del vaho del cristal de la ventana.

»Duerme, duerme, yo te arrullo, sea verano o invierno, mayo o noviembre. Canto al sueño: yo, que no tengo oído, que no escucho música ninguna excepto la ruda música de los ladridos, de las campanas del ganado, el crujir de la ruedas sobre la grava. Canto mi canción junto al fuego como una vieja concha de la playa. Duerme, duerme, digo, avisando con la voz a quienes hacen rodar cántaras de leche, abren fuego contra los grajos o los conejos o a quienes traen la convulsión de la destrucción hasta la cuna de mimbre, cargada de tiernos miembros, recogidos bajo un faldón rosa.

»Ya no me son indiferentes las cosas, ya no son inexpresivos mis ojos, los ojos en forma de pera que veían hasta las raíces. Ya no soy de enero, mayo o de cualquier otra estación, sino que me prolongo en un fino hilo que envuelve la cuna, arropando en un capullo hecho con mi propia sangre los delicados miembros de mi criatura. Duerme, digo, y siento en mi interior que me sube una violencia más salvaje y oscura, algo que me haría derribar de un golpe a cualquier intruso, cualquier ladrón, que entrara en esta habitación y despertara al durmiente.

»Paseo por la casa todo el día con bata y zapatillas, como hacía mi madre, que murió de cáncer. ¿Verano?, ¿invierno? Ya no lo sé por la hierba del páramo, por las flores del brezo, solo lo sé por el vaho en el cristal de la ventana o por la escarcha en el cristal de la ventana. Cuando la alondra gorjea agudamente su anillo sonoro y este desciende por el aire como una mondadura de manzana, me inclino, alimento a mi bebé. Yo, que solía pasear por los hayedos, señalando el plumaje del arrendajo que se vuelve azul al posarse, más allá del pastor y del vagabundo, yo, que miraba a la mujer en cuclillas al lado de un carro inclinado en la cuneta, voy de habitación en habitación con mi guardapolvo. Duerme, digo, con el deseo de que el sueño caiga como un edredón y arrope estos miembros delicados, mientras exijo que la vida se enfunde las garras y ciña el rayo y siga su camino, y convierto mi propio cuerpo en un hueco, un cálido refugio en el que duerma mi hijo. Duerme, digo, duerme. O voy a la ventana, miro hacia el alto nido del grajo, hacia el peral. "Sus ojos seguirán viendo cuando los míos ya estén cerrados para siempre —creo—. Mis ojos estarán en los suyos, más allá de mi cuerpo, y veré la India. Volverá a casa, con trofeos para depositar a mis pies. Hará crecer mis bienes".

»Pero nunca me levanto al amanecer para ver las gotas de color púrpura sobre las hojas de la col, las gotas de color rojo en las rosas. No veo el setter olfatear, moviéndose en círculos, ni me tumbo por la noche a ver cómo las hojas esconden las estrellas y las estrellas se mueven y las hojas cuelgan. Llega el carnicero; la leche ha de estar a la sombra, para que no se agrie.

»Duerme, digo, duerme, mientras el cazo hierve y el vapor se adensa en el pitón. Así llena mis venas la vida. Así fluye a través de mis miembros la vida. Así me impulso hacia adelante, hasta las lágrimas, mientras me muevo, de la mañana a la noche, trabajando sin descanso. "Ya no más. Estoy harta de felicidad natural". Habrá más y habrá más niños. Más cunas, más cestas en la cocina, jamones puestos a curar, cebollas brillantes, cuadros de lechugas y patatas. Vuelo como una hoja en la tempestad, caigo sobre la hierba húmeda, me elevo dando vueltas. Estoy ahíta de felicidad natural y deseo a veces que la plenitud se aleje de mí, que se alce el peso de la casa que duerme, cuando nos sentamos a leer e inserto el hilo en el ojo de la aguja. La luz aviva un fuego en el oscuro cristal. Arde un fuego en el corazón de la hiedra. Veo una calle iluminada entre los árboles de hoja perenne. Oigo el tráfico en el viento que sopla por la calle, voces, risas, y Jinny, que exclama al abrirse la puerta: "¡Ven!, ¡ven!".

»Pero ningún ruido rompe el silencio de nuestra casa, donde los campos suspiran cerca de la puerta. El viento se cuela entre los olmos, una mariposa nocturna tropieza con la luz, una vaca muge, en la viga se oye un crujido, empujo el hilo por el ojo de la aguja y susurro: "¡Duerme!".

—Este es el momento —dijo Jinny—. Nos hemos reunido, estamos juntos. Hablemos, contémonos cuentos. ¿Quién es él? ¿Quién es ella? Mi curiosidad es infinita, no sé qué va a ocurrir. Si quien acabo de conocer me dijera: «El autobús sale a las cuatro de Piccadilly», no tardaría nada en meter cualquier cosa en una caja de cartón, me iría al momento.

»Sentémonos aquí bajo las flores cortadas, en el sofá junto al cuadro. Adornemos el árbol de Navidad con hechos y más hechos. La gente se va tan pronto, capturémosla. Aquel junto a la vitrina, dice usted que vive rodeado de piezas de porcelana. Rompa una y habrá destruido mil libras. Amaba a una muchacha en Roma y ella lo abandonó. De ahí lo de la porcelana, antiguallas halladas en residencias, o exhumadas en las arenas del desierto. Pero como hay que romper la belleza todos los días para que siga siendo bella y él es estático, su vida se estanca en un mar de porcelana. Es extraño, sin embargo, porque, cuando era joven, una vez se sentó en el suelo húmedo y bebió ron con los soldados.

»Hay que ser rápido y añadir hechos con destreza, como se cuelgan con un movimiento diestro de los dedos los adornos en el árbol. Él se inclina incluso ante una azalea, pero ¿cómo lo hace? Se inclina ante la anciana, incluso, porque ella lleva diamantes en las orejas y traquetea por sus propiedades subida a un carro tirado por un caballito, decide a quién ayudar, qué árbol hay que talar, a quién hay que despedir mañana. (Todos estos años, tengo más de treinta, he vivido la vida de forma peligrosa, como una cabra montés, saltando de risco en risco; no me quedo mucho tiempo en ningún sitio, no me apego a ninguna persona concreta, pero notarán que, si alzo el brazo, alguien se acerca). Aquel hombre es un juez, aquel es un millonario, el del monóculo, a los diez años, disparó una flecha al corazón de su institutriz. Después cabalgó, llevando mensajes, a través de desiertos, participó en revoluciones, y ahora estudia para escribir la historia de su familia materna, una antigua familia de Norfolk. Ese hombrecito de la barbilla azul, tiene parálisis en la mano derecha. Pero, ¿por qué? No lo sabemos. Esa mujer, con quien hablas en voz baja, con pendientes de pagoda, de perlas, en las orejas, fue el amor puro que iluminó la vida de uno de nuestros hombres de Estado, ahora, desde la muerte de este, ve fantasmas, adivina el porvenir, y ha adoptado a un joven de color café a quien llama el Mesías. Ese hombre del bigote lacio, de oficial de caballería, vivió una vida del mayor libertinaje (aparece todo en algún libro de memorias), hasta que un día se encontró con un desconocido en un tren entre Edimburgo y Carlisle, y se convirtió a la fe tras leer la Biblia.

»Así, en pocos segundos, con destreza, con habilidad, desciframos los jeroglíficos escritos en las caras de las personas. Aquí, en esta sala, están las conchas desgastadas y deterioradas arrojadas a la orilla. La puerta sigue abriéndose. La habitación se llena y se llena de conocimiento, angustia, ambición de toda clase, mucha indiferencia, algo de desesperación. Dices que, por ejemplo, podríamos construir catedrales, dictar políticas, condenar a alguien a morir, administrar los asuntos de varios encargos públicos. El fondo común de experiencia es muy hondo. Entre todos tenemos varias decenas de niños de ambos sexos, a quienes estamos educando, a quienes vamos a ver a la escuela cuando tienen sarampión, a quienes educamos para que hereden nuestras casas. De una forma u otra, construimos el día de hoy; este viernes, algunos irán a los tribunales de justicia; otros, a la ciudad; otros, al jardín de infancia; otros harán la instrucción de cuatro en fondo. Un millón de manos da puntadas, otro levanta espuertas con ladrillos. La actividad no tiene fin. Mañana comienza todo de nuevo, mañana construiremos el sábado. Algunos tomarán el tren de Francia; otros, el barco de la India. Algunos no volverán a entrar en esta habitación nunca. Quizá alguno muera esta noche. Otro engendrará un niño. Brotará de nosotros un nuevo tipo de edificio, de política, de empresa, de cuadro, de poema, de niño, de fábrica. La vida viene, se va, construimos la vida. Eso decís.

»Pero nosotros, los que vivimos en el cuerpo, vemos con la imaginación del cuerpo el perfil de las cosas. Veo rocas bajo el sol brillante. No puedo llevar los hechos a alguna cueva para ayudar a mis ojos a ver el matiz de la misma sustancia de amarillos, azules, ocres. No puedo quedarme sentada durante mucho tiempo. Me levanto de un salto y me voy. Puede que el autobús salga de Piccadilly. Dejo caer todos estos hechos (diamantes, manos secas, jarrones de porcelana y todo lo demás), como un mono arroja nueces con las manos desnudas. No sabría decir si la vida es esto o aquello. Entraré a empujones entre la heterogénea muchedumbre. Me abofetearán, subiré y bajaré, como un barco en el mar.

»Por el momento, mi cuerpo, mi compañero, que envía señales sin cesar, el negro y áspero "no", el dorado "ven", con rápidas flechas de sensaciones, hace señas. Alguien se mueve. ¿He levantado la mano? ¿He mirado? ¿Acaso mi bufanda de color amarillo con los dibujos de fresas ha ondeado y ha hecho una señal? Se ha separado de la pared. Me sigue. Me sigue por el bosque. Todo es éxtasis, todo es nocturno, los loros garren entre las ramas. Se yerguen todos mis sentidos. Siento la aspereza del tejido de la cortina que aparto, siento la barandilla de hierro frío y siento las ampollas de la pintura bajo la palma de la mano. Rompen sobre mí las frías aguas de la marea de la oscuridad. Estamos al aire libre. Se abre la noche, recorrida por errantes mariposas nocturnas; pasean a la ventura los amantes de la oscuridad. Huelo rosas, huelo violetas, veo el rojo y azul que se ocultan. Ahora hay grava bajo mis pies; ahora, hierba. Se alzan las fachadas posteriores de las casas culpables de luces. Todo Londres se siente incómodo con las luces intermitentes. Cantemos nuestra canción de amor: "Ven, ven, ven". Ahora mi señal dorada es como una libélula que volara en línea recta. Choqui, choqui, choqui,[7] canto como el ruiseñor, cuya melodía se agolpa en el estrecho paso de la garganta. Oigo el romper y desgarrar de ramas y el crujido de cuernos, como si todos los animales del bosque estuvieran cazando, todos estuvieran saltando y cayendo entre espinas. Uno me ha atravesado. Uno se ha hundido en mí.

»Las flores de terciopelo y las hojas cuya frescura ha alentado el agua me bañan, me envuelven, son un bálsamo.

—Ay, mira cómo pasa el tiempo en el reloj de la repisa de la chimenea —dijo Neville—. El tiempo pasa, sí. Envejecemos. Sentarme contigo, a solas, aquí, en Londres, en esta sala iluminada por el fuego, tú allí, yo aquí, es todo. El mundo, saqueado hasta sus últimos confines, sus cimas despojadas de sus flores, no se sostiene. Mira cómo la luz del fuego recorre de arriba abajo el hilo de oro de la cortina. La fruta que rodea cae pesada. Alcanza el

7 En inglés, *jug, jug, jug,* 'choqui, choqui, choqui', es la onomatopeya con la que T. S. Eliot reproduce, en *The Waste Land,* el canto del ruiseñor que expresa la muda impotencia ante la violación.

extremo de tu zapato, proporciona un cerco rojo a tu cara... creo que es la luz del fuego y no la cara, creo que ahí hay libros contra la pared, creo que ahí hay una cortina, tal vez haya un sillón. Todo cambia cuando llegas. Esta mañana las tazas y los platillos cambiaron cuando llegaste. No puede haber duda —pensé, dejando a un lado el periódico—, de que nuestras mezquinas vidas, feas como son, resplandecen y tienen sentido solo bajo la mirada de amor.

»Me he levantado. Ya había desayunado. Teníamos todo el día por delante, un buen día, agradable, no teníamos compromisos. Nos fuimos a pasear por el parque al Embankment, por el Strand a Saint Paul y luego a la tienda donde compré un paraguas, siempre hablando, deteniéndonos a mirar. "Pero, ¿puede durar esto?", me dije, junto a un león en Trafalgar Square. El león, visto una vez, visto todas las veces. Vuelvo a mi vida pasada, escena tras escena. Hay un olmo, está Percival. Por los siglos de los siglos, juré. Luego el dardo de la duda de costumbre. Cogí tu mano. Me dejaste. Bajar al metro era como la muerte. Nos dividimos, nos separaron todas las caras y el viento hueco que parecía rugir allá abajo sobre las rocas del desierto. Me quedé sentado mirando mi propia habitación. A las cinco sabía que eras desleal. Cogí el teléfono y el ring, ring, ring de su voz estúpida en la habitación vacía afligió mi corazón; cuando se abrió la puerta y estabas ahí. Esa fue la más perfecta de nuestras reuniones. Pero estas reuniones, estas despedidas, finalmente, nos destruyen.

»Esta habitación me parece central, como si la hubieran arrancado a la noche eterna. Afuera las líneas tuercen y se cruzan, pero aquí nos rodean y nos envuelven. Estamos centrados. Podemos quedarnos callados o podemos hablar en voz baja. ¿Te has dado cuenta de eso y de lo otro?, decimos. Dijo que... lo que quería decir... Ella dudó, creo que sospechaba. En cualquier caso, oí voces; por la noche, un sollozo. Es el final de su relación. Así desplegamos un hilo muy fino con el que construimos un sistema. Platón y Shakespeare están incluidos, pero también hay desconocidos, gente sin ninguna importancia. Detesto a los hombres con crucifijos en el lado izquierdo del chaleco. Detesto las ceremonias y los lamentos y la triste figura de Cristo junto a otra persona de triste figura que se estremece. Detesto también la pompa, la indiferencia y el énfasis, siempre en el lugar equivocado, de quienes se exhiben bajo candelabros en traje de noche, con insignias y condecoraciones. El rocío sobre el seto, sin embargo, o una puesta de sol sobre un desnudo campo en invierno o también la forma en que una anciana con una cesta se sienta, los brazos en jarras, en un autobús: esas cosas las señalamos a la atención de otro. Es un alivio tan grande decir a otro en qué debe fijarse. Y luego no hablar. Seguir los caminos oscuros de la mente y entrar en el pasado, visitar libros, apartar las ramas y coger la fruta. La tomas y te maravillas, al igual que acepto los movimientos descuidados de tu cuerpo y me maravilla su facilidad, su poder: cómo abres las ventanas, qué destreza manual. Porque, ¡ay!, mi mente es un poco torpe, se cansa pronto; cerca de la meta, soy un guiñapo húmedo, tal vez desagradable.

»¡Ay! No podré cabalgar en la India con el salacot ni regresaré al *bungalow*. No puedo tumbarme, como tú, como niños medio desnudos en la cubierta de un barco, que se duchan unos a otros con mangueras. Necesito este fuego, este sillón. Quiero que alguien se siente junto a mí después del trabajo del día y de todas sus angustias, después de oír, de esperar y de sospechar. Después de la pelea y la reconciliación, necesito intimidad... estar a solas contigo, reducir a orden todo este bullicio. Porque soy limpio como un gato. Debemos oponernos a la basura y la deformidad del mundo, sus multitudes arremolinadas que giran sin cesar, que vomitan y pisotean. Hay que deslizar plegaderas, con exactitud, de manera uniforme, entre las páginas de las novelas, hay que atar con seda verde, con cuidado, los paquetes de cartas, hay que apartar las brasas con la escobilla. Hay que hacer todo para rechazar el horror de lo deforme. Leamos a escritores de severidad y virtudes romanas, busquemos la perfección entre las arenas. Sí, pero me encanta deslizar la virtud y severidad de los nobles romanos bajo la luz gris de tus ojos, de la hierba que baila, de la brisa del verano y de las risas y los gritos de los niños que juegan... grumetes desnudos que se duchan unos a otros con mangueras en las cubiertas de los barcos. Por tanto, no soy, a diferencia de Louis, un buscador desinteresado de la perfección entre las arenas. Los colores siempre ensucian la página, sobre ella pasan las nubes. El poema, creo, es solo tu voz que habla. Alcibíades, Áyax, Héctor y Percival también son tú. Les encantaba montar a caballo, arriesgaban sus vidas sin motivo, tampoco eran grandes lectores. Pero tú no eres Áyax ni Percival. No hacían un gesto con la nariz ni se rascaban la frente con tu gesto preciso. Tú eres tú. Eso es lo que me consuela de la falta de muchas cosas (soy feo, débil) y de la depravación del mundo y de la desaparición de la juventud y de la muerte de Percival y de la amargura y del rencor y de la envidia innumerables.

»Pero si un día faltaras después del desayuno, si un día te viera en algún espejo tal vez buscando a otro, si el teléfono sonara en tu cuarto vacío, entonces, tras indescriptible angustia, porque no tiene fin la estupidez del corazón humano, buscaría y hallaría otro tú. Mientras tanto, acabemos de golpe con el tictac del tiempo del reloj. Acércate.

En el cielo, el sol había descendido un poco. Las nubes isla habían ganado en densidad y habían ocultado el sol de forma que las piedras se oscurecieron de repente y el tembloroso cardo de mar se volvió plateado y perdió su color azul, y las sombras volaron como trapos grises sobre el mar. Las olas ya no visitaban los charcos más alejados ni alcanzaban la irregular línea de puntos negros distribuidos por la playa. La arena era blanco perla, lisa y brillante.

Los pájaros descendían en picado o hacían círculos en el aire. Algunos corrían por los surcos del aire y se volvían y cortaban entre ellos, como si fueran un solo cuerpo cortado en mil pedazos. Caían los pájaros como una red que descendiera sobre la copa de los árboles. Aquí un pájaro se iba solo hacia la marisma y se posaba solitario sobre un palo blanco y abría y cerraba las alas.

Habían caído algunos pétalos en el jardín. Parecían conchas sobre la tierra. La hoja seca ya no estaba a punto de desprenderse, volaba aprisa, despacio, hasta que se apoyaba en algún tallo. Entre las flores se abría paso la misma ráfaga de luz en un alarde repentino, como una aleta que cortara el vidrio verde de un lago. Una y otra vez, algún magistral viento colérico soplaba sobre la multitud de hojas y las zarandeaba; a continuación, al ceder el viento, cada hoja recobraba su identidad. Las flores, sus discos ardientes brillando bajo el sol, evitaban la luz del sol cuando las movía el viento y, a continuación, algunas flores demasiado pesadas para volver a su posición se inclinaban ligeramente.

El sol de la tarde calentaba los campos, vertía azul sobre las sombras y enrojecía el trigo. Había un denso barniz bajo la laca de los campos. Un carro, un caballo, una bandada de grajos: lo que se moviera por los campos estaba envuelto en oro. Si una vaca movía una pata, esta enviaba ondas de oro rojo, los cuernos parecían envueltos en luz. En los setos había manojos de espigas de trigo rubio, que rozaban los toscos carros que venían de los campos; eran carros bajos y de aspecto primitivo. Las nubes de cabeza redonda no se hacían más pequeñas a medida que rodaban, mantenían cada átomo de su integridad. Ahora, al pasar, recogían toda una aldea bajo su red y, luego, dejaban que volara libre de nuevo. A lo lejos, en el horizonte, entre los millones de granos de polvo de color azul-gris, ardía un cristal o se erguía la línea única de la torre o el árbol.

Las cortinas rojas y las persianas blancas volaban dentro y fuera, aleteando contra el alféizar; la luz que entraba tropezando poseía un matiz pardo rojizo y se introducía con negligencia entre las cortinas que se movían al viento. Aquí hacía más oscuro un mueble, allí enrojecía una silla, aquí hacía estremecerse la ventana en el costado del jarrón verde.

Todo vacilaba durante un momento y se inclinaba hacia la incertidumbre y la ambigüedad, como si una gran mariposa nocturna que navegara por la habitación hubiera ensombrecido la inmensa solidez de sillas y mesas con alas que se movieran de forma delicada.

—El tiempo —dijo Bernard— deja caer su gota. Cae la gota que se ha formado en lo alto del alma. En lo alto de mi mente, el tiempo, que ha estado formándose, deja caer su gota. La semana pasada, mientras me afeitaba, cayó la gota. De pie, con la navaja en la mano, me di cuenta de lo meramente habitual de mi acto (así se forma la gota), felicité a mis manos, irónicamente, por hacer lo que hacían. «Afeitad, afeitad, afeitad —les dije—. Seguid afeitando». La gota cayó. A lo largo de la jornada de trabajo, a intervalos, mi mente se iba a un lugar vacío y decía: «¿Qué se pierde?, ¿qué ha concluido? Concluido para siempre —me decía—. Concluido para siempre», y gozaba con las palabras. La gente se daba cuenta de mi cara inexpresiva y de mi falta de interés en la conversación. Las últimas palabras de mis frases se esfumaban. Al abrocharme los botones del abrigo para ir a casa, me dije más trágicamente: «Ya no soy joven».

»Es curioso cómo en cada crisis alguna frase que no encaja insiste en acudir al rescate: la penitencia por vivir en una civilización antigua con un cuaderno de notas. Esa gota que cae no tiene nada que ver con la pérdida de la juventud. Esa gota que cae es el tiempo que disminuye hasta convertirse en un punto. El tiempo, un campo soleado cubierto por una luz bailarina; extendido como un campo al mediodía, el tiempo se convierte en una ladera; el tiempo se afila en un punto. Como gota que cae desde un vaso denso de sedimentos, cae el tiempo. Estos son los ciclos de verdad, estos son los hechos reales. Luego, como si toda la luminosidad de la atmósfera se hubiera retirado, veo el fondo desnudo. Veo lo que cubre el hábito. Durante días, me quedo en la cama, perezosamente. Salgo a cenar y me quedo con la boca abierta como un bacalao. Ni me tomo la molestia de terminar mis frases. Lo que hago, por lo general tan incierto, adquiere una precisión mecánica. En esta ocasión, al pasar junto a una agencia, entré y, con toda la compostura de una figura mecánica, compré un billete para Roma.

»Estoy sentado en un banco de piedra en estos jardines desde donde veo la ciudad eterna, y el hombrecito que se afeitaba en Londres hace cinco días parece un montón de harapos. Londres también se ha desmoronado. Londres se compone de fábricas derruidas y de unos pocos gasómetros. Pero no me siento involucrado en este espectáculo. Veo a los sacerdotes con sus fajines de color violeta y veo a las pintorescas niñeras, me doy cuenta de lo externo solamente. Estoy sentado como un convaleciente, un hombre muy sencillo que solo sabe palabras sencillas. "El sol calienta —digo—. El viento es frío". Me siento como un insecto sobre la corteza de la tierra que girara con ella, y me atrevería a jurar que, sentado aquí, siento la dureza, el movimiento al girar. No deseo ir en sentido contrario al de la tierra. Si prolongara esto seis pulgadas, tengo el presentimiento de que llegaría a un territorio extraño. Pero mi trompa es demasiado corta. Nunca deseo prolongar estos estados de desprendimiento, no me gustan y, además, los desprecio. No quiero ser el que se queda sentado durante cincuenta años en el mismo lugar mirándose el ombligo. Quiero tirar de un carro, un carro de verduras que traquetee sobre los adoquines.

»La verdad es que no soy de los que hallan satisfacción en una sola persona o en el infinito. La habitación de los amigos me aburre; también me aburre el cielo. Mi ser brilla solo cuando todas sus facetas están expuestas a muchas personas. Si no aparecen, me quedo vacío, me consumo como papel quemado. ¡Ah, Mrs. Moffat, Mrs. Moffat —digo—, por favor, venga a limpiarlo todo! Las cosas me han ido abandonando. He sobrevivido a ciertos deseos, he perdido amigos, algunos han fallecido (Percival), a otros los he perdido porque nunca supieron cómo cruzar una calle. Tampoco tengo tanto talento como pudo parecer en su momento. Ciertas cosas están más allá de mi alcance. Nunca entenderé los problemas más difíciles de la filosofía. Roma es el límite de mi viaje. Cuando caigo dormido por la noche, pienso a veces, con pena, que nunca veré a los nativos de Tahití alancear peces a la luz de un farol ni veré al león saltar en la selva ni veré un hombre desnudo comiendo carne cruda. Tampoco aprenderé ruso ni leeré los *Vedas*. Nunca volveré a tropezarme con el buzón. (Pero en mi noche todavía hay unas pocas estrellas que bellamente brillan por la violencia del golpe). Mientras pienso, la verdad se ha aproximado. Durante muchos años cantaba con complacencia: "Mis hijos... mi esposa... mi casa... mi perro". Cuando entro en casa, nada me costaría participar en el rito familiar, y dejarme envolver en su ropa caliente. Pero ese velo encantador se ha caído. No quiero posesiones ya. (Nota: una lavandera italiana posee el mismo rango de refinamiento físico que la hija de un duque inglés).

»Pero, reconsideremos. Cae la gota, otra etapa que ha concluido. Etapa tras etapa. ¿Deben tener fin las etapas? Y ¿adónde conducen?, ¿a qué conclusión? Porque vienen revestidas de solemnidad. Ante estos dilemas, los devotos consultan a los caballeros con fajines violeta y aspecto sensual que pasan en tropel ante mí. Pero a nosotros no nos gustan los maestros. Si se levantara alguien y dijera: "Miren, esta es la verdad", al instante sería consciente de un gato de color canela, al fondo, que habría robado un trozo de pescado. Mira, te has olvidado del gato, digo yo. Neville, en el colegio, en la capilla oscura, se desesperaba al ver el crucifijo del director. Yo estoy siempre distraído, sea por un gato, sea por un enjambre de abejas que zumbe en torno al ramo que lady Hampden sostiene con tanto esfuerzo cerca de la nariz, y al momento me cuento un cuento, para suavizar así los ángulos cortantes de la cruz. He inventado millares de relatos, he llenado incontables cuadernos con frases para usar cuando haya hallado el relato verdadero, el cuento al que se refieren todas estas frases. Pero todavía no he hallado ese cuento. Empiezo a preguntarme: "¿Hay cuentos?"

»Mira desde la terraza el enjambre de gente ahí abajo. Mira la actividad general y el clamor. Ese hombre tiene problemas con la mula. Media docena de bien intencionados parados ofrece sus servicios. Hay quien pasa sin mirar. Tienen tantos intereses como hilos una madeja. Mira el arco del cielo, sorprendido por unas nubes blancas redondas. Imaginémonos las leguas de tierra plana y acueductos y las calzadas destruidas y las lápidas romanas en la Campania, y más allá de la Campania, el mar, luego otra vez más la tierra, luego el mar. Podría extraer cualquier detalle de estas vistas, el carro de la mula, por ejemplo, y describirlo con la mayor facilidad. Pero ¿por qué describir a un hombre que tiene problemas con una mula? Sí, podría inventar un cuento sobre esa muchacha que sube las escaleras. "Lo conoció bajo el arco oscuro... 'Todo ha concluido', dijo, volviéndose hacia la jaula en cuyo interior hay un loro de porcelana". O simplemente: "Eso fue todo". Pero, ¿por qué imponer mis arbitrarias intenciones? ¿Por qué subrayar esto o modelar figuritas como juguetes de los que se venden en la calle? ¿Por qué elegir este detalle entre todo esto?

»Aquí estoy mudando una de las pieles de mi vida, y lo único que dirán será: "Bernard se ha ido a Roma, a pasar diez días allí". Paseo a un lado y otro de esta terraza, desorientado. Pero, mientras paseo, mira cómo los puntos y guiones comienzan a convertirse en líneas continuas, cómo las cosas pierden la desnuda y distinta identidad que tenían cuando subía por la escalera. El gran jarrón rojo es ahora un trazo de color rojizo en una ola de color verde amarillento. El mundo está comenzando a moverse como los setos cuando el tren arranca, como las olas del mar cuando un barco se mueve. Me muevo yo también y me involucro en la secuencia general, donde una cosa sigue a otra y parece inevitable que venga el árbol; a continuación, el poste del telégrafo; luego, el agujero en el seto. Al moverme, acorralado, incluido, participando, las frases de costumbre empiezan a bullir y deseo liberar la agitación por la trampilla de mi cabeza y deseo dirigir mis pasos hacia aquel hombre, cuya espalda me resulta familiar. Estuvimos juntos en la escuela. Nos reconoceremos. Seguro que almorzamos juntos. Hablaremos. Pero, un momento, espera un momento.

»No deben desdeñarse estas evasiones. Son poco frecuentes. Tahití es posible. Desde este refugio veo a lo lejos un desierto de agua. Se ve una aleta. Esta desnuda impresión visual se despega de cualquier línea de razonamiento, surge como si fuera la aleta de una marsopa en el horizonte. A menudo las impresiones visuales comunican, por tanto, una breve declaración que descubriremos con el tiempo y a la que daremos forma con palabras. Escribo en la A: "Aleta en un desierto de agua". Siempre tomo notas en el margen de mi mente, con la intención de hacer una declaración final, y hoy dejo esta señal aquí, a la espera de alguna tarde de invierno.

»Ahora almorzaré en cualquier lugar, alzaré el vaso, miraré el vino al trasluz, miraré con mayor distanciamiento que de costumbre y, cuando entre en el restaurante una mujer bella y pase entre las mesas, me diré: "Mira cómo aparece en medio de un desierto de agua". Una observación sin sentido, pero solemne para mí, de color gris, con un ruido funesto de mundos en ruinas y aguas que se precipitan hacia la destrucción.

»Por tanto, Bernard (te recuerdo, compañero habitual de mis tareas), empecemos un nuevo capítulo, observemos cómo nace esta nueva, desconocida, extraña y aterradora experiencia (una gota nueva) que está a punto de adquirir su forma. El hombre se llama Larpent.

—En esta tarde calurosa —dijo Susan—, aquí, en este jardín, en este campo por el que paseo con mi hijo, he colmado todos mis deseos. Los goznes de la portilla están oxidados, mi hijo alza la puerta para abrirla. Las violentas pasiones de la infancia, las lágrimas en el jardín, cuando Jinny besó a Louis, mi rabia en el aula, que olía a pino, mi soledad en lugares extranjeros, cuando las mulas llegaban con ruidosos cascos puntiagudos y las mujeres italianas charlaban en la fuente, con sus chales, con claveles en el pelo trenzado, se recompensan ahora con seguridad, posesiones, vida familiar. He pasado años de paz y de provecho. Soy dueña de todo lo que ven mis ojos. He sembrado árboles. He construido estanques en los que los peces de colores se esconden bajo los lirios de agua de ancha hoja. He cubierto con redes los cuadros de fresas, lechugas, he cosido las bolsas de peras y ciruelas para mantenerlas a salvo de las avispas. He visto a mis hijos e hijas, como fruta en la cuna bajo una red, romper las mallas y caminar conmigo, más altos que yo, proyectando su sombra sobre la hierba.

»Estoy cercada, estoy plantada aquí como uno de mis propios árboles. Digo: "Mi hijo"; digo: "Mi hija", e incluso el ferretero levanta la vista del mostrador cubierto de clavos, pintura y alambre de espinas y respeta el viejo coche de la puerta, con sus cazamariposas, sillas de montar infantiles y colmenas. Colgamos muérdago sobre el reloj en Navidad, pesamos las moras y las setas, contamos los tarros de mermelada, y todos los años colocamos a los niños, para medirlos, junto a la persiana de la ventana del salón. También hago coronas de flores blancas, trenzadas con ramas de plantas con hojas de plata, para los muertos; adjunto una tarjeta triste por la muerte del pastor, envío condolencias por la muerte del carretero, me siento en el borde de las camas en las que yacen mujeres moribundas, que me susurran sus últimos terrores, que se aferran a mi mano, frecuento habitaciones intolerables, excepto para mí, familiarizada con el corral y el muladar y las gallinas que entran y salen y la madre con niños pequeños que vive en dos habitaciones. He visto las ventanas que ardían de calor, he olido el desagüe.

»Entre mis flores, con las tijeras en la mano, me pregunto: ¿de dónde vendrá la desgracia?, ¿qué golpe podría deshacer el esfuerzo de una vida trabajosamente labrada?, ¿una vida sin descanso? Sin embargo, a veces me harto de tanta felicidad natural y de mis esfuerzos campesinos, de los niños que llenan la casa con remos, armas, calaveras, libros otorgados como premio y otros trofeos. Estoy enferma del cuerpo, enferma de mi propio talento, del esfuerzo y de la astucia, de la falta de escrúpulos de la madre que protege, que reúne, bajo sus ojos celosos, en una larga mesa, a sus propios hijos, siempre los suyos.

»Cuando llega la primavera, frías lloviznas, repentinas flores amarillas..., es cuando, al mirar la carne bajo la sombra azul, cierro las pesadas bolsas plateadas de té, de pasas de Corinto, recuerdo cómo salía el sol y las golondrinas peinaban la hierba con las alas, y recuerdo las frases que hacía Bernard cuando éramos pequeños, y las hojas se estremecían sobre nosotros, muchas hojas, muy claras, que apenas interrumpían el azul del cielo, que esparcían luces errantes entre las raíces esqueléticas de las hayas donde me sentaba, donde lloraba. La paloma alzó el vuelo. Me levanté de un salto y salí corriendo tras las palabras que se movían como una cuerda que colgara de un globo, arriba y arriba, escapando de rama en rama. Luego, como un cuenco roto, la inmovilidad de mi mañana se rompía y, dejando en el suelo las bolsas de harina, pensaba: "La vida me rodea como el vidrio aprisiona las cañas".

»Corto malva locas con las tijeras, soy la misma que fue a Elvedon y pisaba las agallas de roble podridas y vio a la dama que escribía y a los jardineros con los escobones. Echamos a correr y llegamos sin aliento para que no nos dispararan y nos clavaran como armiños a la pared. Ahora hago sumas, conservo. Por la noche me siento en el sillón y alargo el brazo para alcanzar las labores y oigo a mi marido roncar y levanto la mirada cuando la luz de un carruaje que pasa deslumbra las ventanas, y siento que las olas de mi vida se alzan y rompen en torno a mí, que estoy arraigada y oigo gritos y veo las vidas de otros que se arremolinan como paja en torno a los pilares de un puente, mientras meto y saco la aguja y coso el percal.

»A veces creo que Percival me amaba. Se cayó en la India, cuando cabalgaba. A veces pienso en Rhoda. Gritos inquietantes me despiertan en medio de la noche. Pero, en general, camino contenta con mis hijos. Corté los pétalos muertos de las malva locas. Bajita, llena de canas prematuras, pero con mis ojos claros, en forma de pera, paseo por mis campos.

—Aquí estoy —dijo Jinny—, en la estación de metro donde se halla todo lo deseable: Piccadilly Sur, Piccadilly Norte, la calle Regent y Haymarket. Me quedo durante un momento debajo de la calzada en el centro de Londres. Incontables pies e innumerables ruedas pasan sobre mí en este momento. Las grandes avenidas de la civilización se reúnen aquí y salen hacia un lado u otro. Estoy en el corazón de la vida. Pero, mira... mi cuerpo en ese espejo. ¡Qué solitario, qué encogido, qué viejo! Ya no soy joven. No camino en la procesión. Millones bajan esas escaleras en un descenso terrible. Grandes ruedas giran inexorablemente para que bajen. Millones de personas han muerto. Percival murió. Yo todavía me muevo. Todavía vivo. Pero, ¿quién vendrá si hago un gesto?

»Un animalito es lo que soy, que, de miedo, respira aprisa; aquí estoy, palpitando, temblando. Pero no tendré miedo. Me azotaré los costados con el látigo. No soy un animalito que gima y se retire a la sombra. Solo fue un momento de cobardía, al verme antes de tener tiempo de prepararme como siempre me preparo cuando veo mi imagen. Es cierto, no soy joven: pronto levantaré el brazo en vano y mi pañuelo caerá a mi lado sin que nadie se dé cuenta. No oiré el suspiro inesperado de alguien en la noche ni sabré si alguien se acerca en la oscuridad. No habrá reflejos en cristales de ventanas en oscuros túneles. Miraré a las caras y veré caras que busquen otras caras. Admito que por un momento el vuelo silencioso de los cuerpos en posición vertical por las escaleras mecánicas, como el descenso maniatado y terrible de un ejército de muertos que bajara y el trepidar de los motores que sin remordimiento nos hacen avanzar, a todos nosotros, adelante, me ha asustado y me ha obligado a buscar refugio.

»Pero ahora, lo juro, apenas preparada, aunque a conciencia, frente al espejo, me protegeré bien, no tendré miedo. Pensaré en los excelentes autobuses, rojos y amarillos, que paran y arrancan, con puntualidad y orden. Pensaré en los automóviles potentes y hermosos que ruedan despacio o vuelan, pensaré en los hombres, pensaré en las mujeres, equipados, preparados, que avanzan. Esta es la procesión triunfal, es el ejército de la victoria con banderas y águilas de bronce y cabezas coronadas de laureles ganados en la batalla. Son mejores que salvajes con taparrabos y mujeres con cabello húmedo, con largos pechos caídos, de los que cuelgan niños. Estas grandes vías, Piccadilly Sur, Piccadilly Norte, la calle Regent y Haymarket, son victoriosos caminos abiertos en la jungla. También yo, con mis zapatitos de charol, el pañuelo, que no es más que un velo de gasa, carmín en los labios y las cejas finamente dibujadas, marcho hacia la victoria con la banda de música.

»Mira cómo muestran sus vestidos aquí, incluso bajo tierra, en un resplandor perpetuo. Ni la tierra dejan a los gusanos y a la humedad. Hay gasas y sedas en vitrinas iluminadas, y hay ropa interior adornada con millones de puntadas de fino bordado. Carmesí, verde, violeta, hay tintes de todos los colores. Organizan, disponen, refinan, tiñen, abren túneles, vuelan rocas. Los ascensores suben y bajan. Los trenes se detienen, los trenes arrancan con la misma regularidad que el movimiento de las olas del mar. Me uno a esto. Soy de este mundo, sigo sus banderas. ¿Cómo iba a esconderme aprisa en un refugio cuando son tan magníficamente aventureros, audaces, curiosos y, además, son lo suficientemente valientes para hacer una pausa en medio de sus esfuerzos y hacer un garabato con la mano libre en la pared? Así que me empolvaré la cara y pondré más carmín en los labios. Voy a dibujar el ángulo de las cejas más agudo de lo normal. Subiré a la superficie, de pie, con los demás, a la plaza de Piccadilly. Haré una seña a un taxista que comprenderá con indescriptible rapidez lo que quiero. Porque todavía despierto entusiasmos. Todavía me doy cuenta de la inclinación de los hombres en la calle, como el silencioso inclinarse del trigo, cuando sopla un viento suave y el trigo se yergue rojo.

»Me voy a casa. Llenaré los jarrones con abundantes flores extravagantes, caras, que asentirán con la cabeza en ramos enormes. Pondré una silla allí, otra aquí. Dejaré cigarrillos en algunos lugares, vasos y algún libro, sin leer, de alegres cubiertas, por si vinieran Bernard o Neville o Louis. Pero tal vez no sea Bernard, Neville ni Louis, sino alguien nuevo, desconocido, alguien a quien vi en la escalera y a quien al pasar susurré: “Ven”. Vendrá esta tarde, alguien a quien no conozco, alguien nuevo. Que el ejército silencioso de los muertos descienda. Yo sigo adelante.

—Ya no necesito una habitación —dijo Neville— ni paredes ni fuego en el hogar. Ya no soy joven. No envidio la casa de Jinny, y sonrío al joven un poco nervioso que se arregla la corbata ante la puerta. Que pulse el timbre, que la halle. La veré, si quiero; si no quiero, pasaré de largo. La vieja corrosión ha perdido mordiente. Ya no hay envidia, incertidumbre ni amargura. Hemos perdido la gloria. Cuando éramos jóvenes, nos sentábamos en cualquier lugar, en bancos desnudos de salas expuestas a las corrientes de aire, con puertas siempre golpeando. Nos tumbábamos como niños medio desnudos sobre la cubierta de un barco y nos duchábamos con mangueras.

Juraré que me encanta ver salir profusamente a la gente del metro, cuando ha concluido el trabajo del día, unánimes, anónimos, incontables. He tomado mi fruta. Miro de forma desapasionada.

»Después de todo, no somos responsables. No somos jueces. No nos piden que torturemos a nuestros semejantes con empulgueras y hierros, no nos piden que subamos a los púlpitos y que prediquemos las tristes tardes de los domingos. Mejor mirar una rosa o leer a Shakespeare como lo leía yo aquí, en la avenida Shaftesbury. Aquí el bufón, aquí el villano, aquí en un carruaje llega Cleopatra, deslumbrante en su barca.[8] Aquí hay figuras de los condenados también, hombres sin nariz, ante la pared del juzgado, de pie, con los pies en el fuego, aullando. Esto es poesía, si no lo escribo. Representan sus papeles infaliblemente y casi antes de que abran la boca sé lo que van a decir y espero el momento divino en que pronuncien la palabra que debería haberse escrito. Si fuera por amor a la obra, podría pasear durante siglos por la avenida Shaftesbury.

»Vengo de la calle, entro en una habitación cualquiera, hay gente que habla o que ni se molesta en hablar. Él dice, ella dice, otro dice que las cosas se han dicho tantas veces que una palabra ahora bastaría para levantar un gran peso. Discusiones, risas, antiguos agravios... flotan en el aire, lo espesan. Tomo un libro y leo media página de cualquier cosa. Todavía no han arreglado el pitón de la tetera. Baila la niña, vestida con las ropas de su madre.

»Pero Rhoda o quizá Louis o cualquier otro fantasma, en ayunas y angustiado, entren y salgan. Quieren un argumento, ¿no? Quieren una razón, ¿no? No les basta con esta escena común. No basta con esperar lo que se dijo como si se hubiera escrito, para ver cómo la frase deja su huella de arcilla precisamente en el lugar correcto, creando un personaje; para percibir, bruscamente, algún grupo a contraluz ante el cielo. Pero si quieren violencia, he visto muertes, asesinatos y suicidios en la misma habitación. Uno entra, otro sale. Hay sollozos en la escalera. He oído cómo se rompían hilos y nudos, y he visto el sosegado y continuo coser de la batista blanca sobre las

8 Shakespeare, *Anthony and Cleopatra*, II, II, 199-200.

rodillas de una mujer. ¿Por qué preguntarse, como Louis, por una razón? ¿O por qué, como Rhoda, volar hacia los árboles y apartar las hojas de los laureles y buscar estatuas? Dicen que hay que mover las alas ante la tormenta en la creencia de que más allá de esta borrasca brille el sol y caiga vertical sobre estanques adornados de sauces. (Es noviembre, con dedos ateridos, los pedigüeños ofrecen cajitas de cerillas). Dicen que allí se halla íntegra la verdad, y que la virtud, que aquí camina con desgana, por callejones sin salida, es allí perfecta. Rhoda pasa volando con el cuello erguido y con ojos ciegos de fanatismo. Louis, ahora tan opulento, se acerca a la ventana de la buhardilla, entre tejados ruinosos, y mira hacia donde ella ha desaparecido, pero debe sentarse en su oficina entre las máquinas de escribir y el teléfono, y debe hacer que todo funcione para educarnos, para nuestra regeneración, para reformar un mundo nonato.

»En la habitación, a la que entro sin llamar, se dicen cosas que parecen escritas. Me acerco a la librería. Si quiero, leo media página de cualquier libro. No necesito hablar. Pero escucho. Estoy prodigiosamente atento a todo. Ciertamente, hay que esforzarse para poder leer el poema. La página está deturpada y tiene manchas de barro y está rota, y entre página y página hay hojas secas pegadas, con restos adheridos de verbena o de geranio. Para leer este poema hay que tener un millar de ojos, como uno de esos faroles que iluminan los rectángulos de las corrientes de agua a medianoche en el Atlántico, cuando acaso un ramo de algas perfore la superficie o, de repente, abran la boca las olas y surja un monstruo. Hay que dejar a un lado las antipatías y los celos, y no hay que interrumpir. Hay que tener paciencia y cuidado infinitos, y hay que permitir que ese leve ruido se reconozca, sea el de los delicados pies de las arañas sobre una hoja, sea el de la risa del agua en cualquier desagüe. Nada debe rechazarse por miedo o terror. El poeta que ha escrito esta página (lo que leo mientras los demás hablan) se ha retirado. No hay comas ni puntos y comas. Los versos no alcanzan la longitud adecuada. Mucho es un puro disparate. Hay que ser escéptico, pero hay que deshacerse de prejuicios, y, cuando la puerta se abra, habrá que aceptar de forma incondicional. También hay que llorar a veces, también hay que cortar sin piedad, con el cuchillo, una rebanada de hollín, de corteza, de excrecencias

de todo tipo. Así (mientras hablan) hay que dejar caer la red hasta lo más hondo y hay que subir a la superficie, con delicadeza, lo que dijo él y lo que dijo ella, y hacer poesía.

»He estado oyendo cómo hablaban. Ya se han ido. Me he quedado solo. Me gustaría ver arder el fuego eternamente, con su forma de cúpula, como un horno; algunas astillas parecerían un cadalso, un pozo, un valle feliz; luego parecerían una enroscada serpiente carmesí con escamas blancas. Bajo el pico del loro, crece la fruta de la cortina. Chipi, chipi, silba el fuego, como el chipi de los insectos en medio del bosque. Chipi, chipi, dice chipi, mientras afuera las ramas azotan el aire y, ahora, como una ráfaga de disparos, cae un árbol. Estos son los sonidos nocturnos de Londres. Después oigo el sonido que espero. Llega, duda, se detiene ante la puerta. Exclamo: "Ven, siéntate junto a mí, aquí, siéntate al borde de la silla". Arrebatado por la antigua alucinación, exclamo: "Ven, acércate más".

—Vengo de la oficina —dijo Louis—. Cuelgo aquí el abrigo, aquí dejo el bastón. Me gusta imaginar que Richelieu caminaba con un bastón como este. Así me desprendo de mi autoridad. He estado sentado a la derecha de un director en una mesa barnizada. Los mapas de nuestras florecientes empresas nos contemplaban desde la pared. Hemos cosido el mundo con nuestros barcos. El mundo está unido por nuestras líneas. Soy inmensamente respetable. Las jóvenes de la oficina me muestran su deferencia cuando entro. Puedo comer donde quiera y, sin vanidad, me imagino que pronto adquiriré una casa en Surrey, dos automóviles, un invernadero y algunas especies raras de melón. Pero vuelvo, todavía regreso a mi ático, donde cuelgo el sombrero y donde reanudo en soledad aquella curiosa empresa a la que me entregué desde que llamé a la puerta de roble de mi profesor. Abro un libro. Leo un poema. Un poema es suficiente.

Ay, viento del oeste...

Ay, viento del oeste, no rimas con mi mesa de caoba ni con mis polainas ni tampoco, ay, con la vulgaridad de mi amante, esa actriz que nunca ha sabido hablar inglés correctamente.

Ay, cuándo soplarás, viento del oeste...

Rhoda, con su profunda abstracción, con ojos ciegos del color de la carne de los caracoles, no te destruye, viento del oeste, tanto si llega a medianoche, cuando las estrellas arden, o si llega a la más prosaica hora del almuerzo. Se queda en pie junto a la ventana y mira las chimeneas y las ventanas rotas en las casas de los pobres.

Ay, cuándo soplarás, viento del oeste...

»Mi tarea, mi carga, ha sido siempre más pesada que la de los demás. Me han colocado una pirámide sobre los hombros. He tratado de hacer un trabajo colosal. He dirigido un equipo violento, rebelde, malvado. Con mi acento australiano, me he sentado en casas de comidas, y he querido que me aceptaran los oficinistas, pero nunca se me han olvidado mis convicciones profundas y severas ni las discrepancias e incoherencias que había que conciliar. De niño soñaba con el Nilo, no quería despertarme; sin embargo, alcé la mano para llamar ante la puerta de roble. Hubiera sido más feliz si hubiera nacido sin destino, como Susan, como Percival, a quien más admiraba.

Ay, cuándo soplarás, viento del oeste,
Para que la menuda lluvia caiga.

»La vida ha sido un asunto terrible para mí. Soy como un enorme glotón, soy una boca ávida, incansable, insaciable. He intentado sacar la piedra central de la carne viva. He saboreado poca felicidad natural, aunque elegí a mi amante por su acento castizo, para sentirme tranquilo. Pero solo llenaba el suelo de ropa interior sucia; la mujer de la limpieza y los chicos de los recados se burlaban a mis espaldas docenas de veces al día, mientras imitaban mi paso formal y arrogante.

Ay, cuándo soplarás, viento del oeste,
Para que la menuda lluvia caiga.

»¿Cuál ha sido mi destino?, ¿la afilada pirámide que me ha presionado el pecho durante todos estos años? Recordar el Nilo y las mujeres que llevaban cántaros sobre la cabeza, sentirme entretejido en los largos veranos e inviernos que han hecho olas en los trigales y han helado los arroyos. No soy un ser sencillo y efímero. Mi vida no es una chispa, como la que se ve en la superficie de un diamante. Excavo bajo tierra con dificultad, como un guardia que llevara una lámpara de una celda a otra. Mi destino ha sido lo que recuerdo y lo que debo entretejer, debo trenzar un cabo de muchos hilos, los finos, los gruesos, los rotos, los fuertes, de nuestra larga historia, de nuestra época tumultuosa y variada. Siempre hay algo nuevo que comprender, alguna discordia que escuchar, alguna falsedad que desmentir. Los tejados están rotos y sucios de hollín, con capuchas de chimeneas, pizarras sueltas, gatos que se escabullen, ventanas de buhardillas. Me abro paso entre vidrios rotos, entre tejas deformes y solo veo caras malvadas y hambrientas.

»Supongamos que explico todo, en un poema en una página, y luego me muero. Les puedo asegurar que no lo haré de mala gana. Percival murió. Rhoda me dejó. Pero viviré, alto y seco, marcando el paso, muy respetado, con mi bastón con puño de oro, por las aceras de la ciudad. Acaso no muera nunca, jamás lograré la continuidad, la permanencia.

Ay, cuándo soplarás, viento del oeste,
Para que la menuda lluvia caiga.

»Percival florecía con todas sus hojas verdes, y lo tendieron sobre la tierra cuando aún suspiraban al viento todas sus ramas. Rhoda, con quien he compartido el silencio, cuando los demás hablaban, que se apartaba y se hacía a un lado cuando el rebaño se reunía y galopaba, disciplinados lomos en los ricos pastos, ha desaparecido, como el calor del desierto. Cuando el sol levanta ampollas en los tejados de la ciudad, me acuerdo de ella, cuando redoblan las hojas secas en el suelo, cuando los viejos vienen con sus palos y atraviesan trocitos de papel como la atravesábamos a ella.

Ay, cuándo soplarás, viento del oeste,
Para que la menuda lluvia caiga.

Cuándo estará mi amor entre mis brazos,
Y cuándo, Señor, estaré en la cama.[9]

Vuelvo ahora a mi libro, vuelvo ahora a mi intento.

—Vida, ay, cuánto te he temido —dijo Rhoda—, ay, seres humanos, ¡cuánto os he odiado! Cómo me habéis empujado, cómo me habéis interrumpido, qué aspecto tan horrible el que tenéis en la calle Oxford, ¡qué sórdidos, sentados unos frente a otros, mirándoos, en el metro! Ahora, mientras escalo estas montañas, desde cuya cima veré África, en mi mente están grabados paquetes envueltos con papel de estraza y vuestras caras. Me habéis ensuciado y me habéis corrompido. Qué mal olíais, además, cuando hacíais cola ante la ventanilla para comprar entradas. Todos vestían en tonos indecisos, entre gris y pardo, ni siquiera una pluma azul adornaba un sombrero. Ninguno tenía el valor de ser una cosa u otra. ¡Qué disolución del alma me exigía el tránsito del día!, ¡qué mentiras, reverencias, disgustos, fluidez y servilismo! Cómo me encadenasteis a un lugar, una hora, una silla y os sentasteis justo enfrente. Cómo me arrebatasteis el tiempo libre entre hora y hora y lo arrugasteis con vuestras zarpas grasientas en una bola sucia que arrojasteis al cesto de los papeles. Erais mi vida.

»Pero cedí. La mano ocultó burlas y bostezos. No me fui a la calle a romper una botella en la cuneta como señal de rabia. Temblando de fiebre, fingí no sorprenderme. Hice lo que hacíais vosotras. Si Susan y Jinny se estiraban las medias, yo las estiraba de igual manera. Tan terrible era la vida que me ocultaba cada vez más. La vida a través de esto, a través de lo otro: que haya pétalos de rosa, que haya hojas de vid... cubrí toda la calle Oxford, la plaza de Piccadilly, con el fuego y las ondas de mi mente, con hojas de vid y hojas de rosas. Había maletas también, en el pasillo, cuando llegaban las vacaciones de la escuela. Me escondía para leer las etiquetas de las maletas y para soñar con nombres y rostros. Harrogate, quizá, Edimburgo, quizá, se adornaban con glorias doradas, porque allí iba una muchacha, cuyo

9 El poema que recuerda Louis es uno de los más populares ejemplos de la lírica tradicional inglesa. Se trata de un poema anónimo del siglo XVI: «Western wind, when will thou blow / The small rain down can rain? / Christ, if my love were in my arms / And I in my bed again!».

nombre no recuerdo, que estaba en la acera. Pero era solo un nombre. Dije adiós a Louis, temía los abrazos. Con vedijas, con vestimentas, he tratado de cubrir la hoja de color azul y negra. Suplicaba para que el día se convirtiera en noche. Tengo muchas ganas de ver cómo el armario se vacía, de ver cómo la cama es más suave, de flotar suspendida, de percibir árboles alargados, caras alargadas, un ribazo verde en un páramo y dos figuras tristes que se digan adiós. Lanzo las palabras al voleo, como el sembrador arroja semillas sobre los campos arados, cuando la tierra está desnuda. Siempre quise estirar la noche, para llenarla de más y más sueños.

»Entonces, en algún salón, separé las ramas de la música y vi la casa que hemos hecho, el cuadrado estaba sobre el rectángulo. "La casa que contiene todo", dije, dando tumbos contra la gente en un autobús después de la muerte de Percival; sin embargo, me fui a Greenwich. Paseando por la orilla del canal, recé para poder ser un trueno perpetuo en el confín del mundo, donde no hay vegetación, sino aquí o allá una columna de mármol. Arrojé mi ramo a la ola que avanzaba. Dije: "Consúmeme, llévame hasta el último límite". La ola ha roto, el ramo está seco. Rara vez me acuerdo de Percival.

»Subo por esta colina española, pienso que el lomo de esta mula es mi cama y que agonizo. Entre yo misma y la infinita profundidad solo se interpone una fina sábana. Los bultos en el colchón se suavizan debajo de mí. Subimos tropezando, seguimos tropezando. Mi camino ha sido un ascenso continuo, hacia algún árbol solitario en lo más alto, con un charco junto a él. He cortado una rebanada en las aguas de la belleza por la tarde, cuando las montañas se pliegan como las alas de las aves. A veces cogía claveles rojos o pajas de heno. Me he tumbado sobre el césped y he manoseado un hueso viejo y pensaba: "Cuando el viento descienda a peinar estos altos, puede que no encuentre sino un puñado de polvo".

»La mula tropieza continuamente. La cresta de la colina se levanta como la niebla, pero desde lo más alto veré África. Cede la cama debajo de mí. La sábana manchada con agujeros amarillos me deja caer. La buena mujer con una cara como un caballo blanco a los pies de la cama hace un movimiento de despedida, se vuelve y se va. ¿Quién, pues, viene conmigo? Solo las flores, la nueza y la flor del espino albar del color de la luna. Las reuní en un ramo

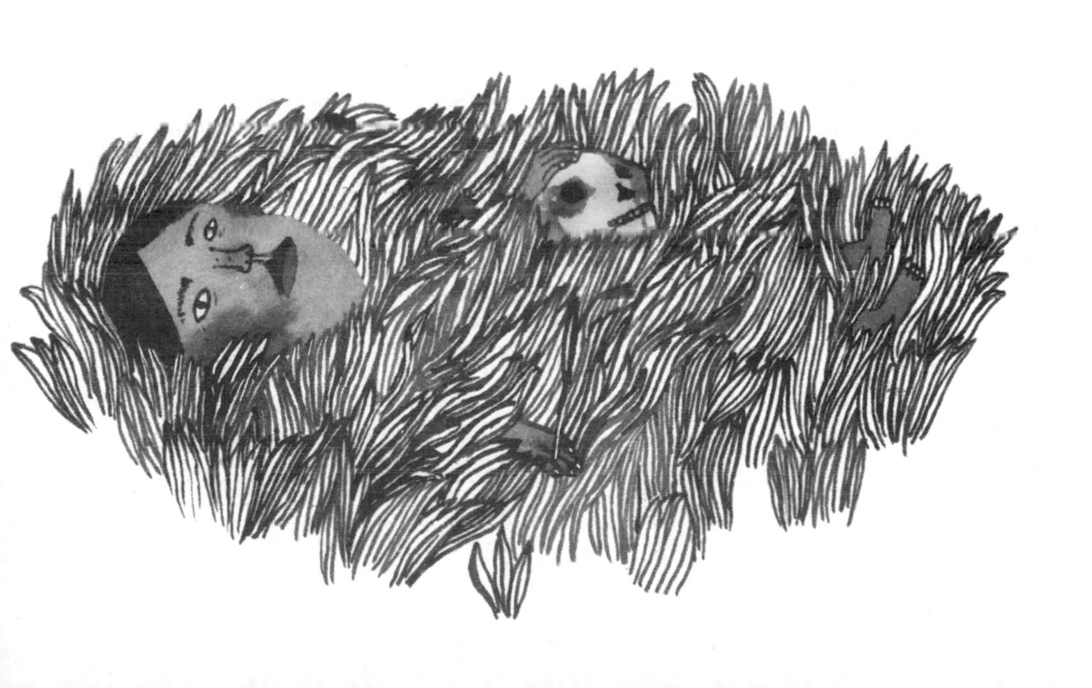

que convertí en guirnalda para dársela... Ay, ¿a quién? Nos asomamos al precipicio. Bajo nosotros se ven las luces de la flota arenquera. Los acantilados se esfuman. Por debajo de nosotros se extienden ondas minúsculas, grises, incontables. No toco nada. No veo nada. Puede que caigamos sobre las olas. El mar redoblará en mis oídos. El agua del mar oscurecerá los blancos pétalos. Flotarán un momento, se hundirán. Me envolverán las olas, me hundirán. Todo cae en un inmenso chaparrón, me disuelve.

»Sin embargo, ese árbol está erizado de ramas, ese es el perfil nítido del techo de una casa. Esas vejigas de color rojo y amarillo son caras humanas. Pongo pie en tierra, camino con cuidado y llamo a la hosca puerta de una posada española.

El sol descendía. Se rompió la piedra dura de la jornada y la luz se derramaba sobre sus astillas. El rojo y el oro cruzaban las olas, flechas rápidas, emplumadas de oscuridad. Brillaban erráticos rayos de luz que vagaban como señales de islas hundidas o como dardos arrojados, a través de bosques de laurel, por risueños niños descarados. Pero a las olas, a medida que se acercaban a la costa, les robaban la luz; luego las olas caían con una conmoción, como una tapia que se derrumbara, un muro de piedra gris, ni siquiera perforada por una rendija de luz.

Se levantó una brisa, un escalofrío recorrió las hojas; estas, así agitadas, perdieron su densidad de color castaño y se convirtieron en grises o blancas; el árbol cambió de masa, en un abrir y cerrar de ojos, perdió la uniformidad de su cúpula. El halcón, posado en la más alta rama, movió los párpados, alzó el vuelo y navegó y planeó en lo alto. El chorlito cantaba en la marisma, evasivo, daba vueltas, cantando solitario, cada vez más lejos. El humo de los trenes y las chimeneas se estiraba y se desgarraba y se convertía en una suerte de dosel de vellón que pendía sobre el mar y sobre los campos.

Habían segado el trigo. Ahora, después de tanto fluir y ondear, solo quedaba el rastrojo. Lentamente, un búho real se lanzó desde el olmo y giraba y se alzaba, como una línea que subiera y bajara, hasta que se subió al alto cedro. Sobre las colinas, ahora se ensanchaban las lentas sombras al pasar, se reducían.

El charco en lo alto del páramo se volvió blanco. Ningún rostro peludo se miraba en el agua, ningún casco salpicaba, ningún morro caliente se refrescaba en el agua. Un pájaro, posado en una rama de color ceniza, bebía agua fría. No se oían ruidos de siega ni ruidos de ruedas, sino el brusco rugido del viento que llenaba las velas y acariciaba las cabezas de la hierba. Había un hueso picado de viruelas por causa de la lluvia, blanqueado por el sol hasta parecer una rama pulida por el mar. El árbol, que había ardido hasta quedarse del color rojo del zorro en primavera y verano, inclinaba sus dóciles hojas ante el viento del sur y estaba ahora negro y desnudo como hierro.

La tierra estaba tan lejos que ya no se veían tejados brillantes ni ventanas deslumbrantes. El enorme peso de la tierra en sombra se había adueñado de los frágiles obstáculos, estorbos como conchas de caracol. Ahora solo había la sombra líquida de la nube, los embates de la lluvia, una lanza del único rayo de sol o la contusión de la repentina tormenta. Árboles solitarios señalaban como obeliscos las lejanas montañas.

El sol vespertino, que ya no calentaba, cuya intensidad había cedido, hacía más suaves sillas y mesas, las adornaba con incrustaciones de rectángulos de color castaño y amarillo. Revestidas de sombras, parecían aún más pesadas, como si el color se hubiera echado a un lado. Había un cuchillo, un tenedor y un vaso, pero alargados, hinchados, portentosos. Enmarcado en un anillo dorado, el espejo contemplaba la escena inmóvil, como si esta hubiera alcanzado la eternidad en su mirada.

Mientras tanto, las sombras se alargaban en la playa, la oscuridad era más profunda. La bola de hierro negro se convirtió en un charco de color azul marino. Las rocas perdieron su dureza. El agua que rodeaba la vieja barca era oscura, como si estuviera llena de mejillones. La espuma se había vuelto cárdena y al retirarse dejaba aquí y allá un destello de blanco perla en la brumosa arena.

—Hampton Court —dijo Bernard—. Hampton Court. Nos reunimos aquí. He aquí las chimeneas de color rojo, las cuadradas almenas de Hampton Court. El tono de mi voz al decir «Hampton Court» demuestra que soy alguien de mediana edad. Hace diez, quince años, habría dicho

«¿Hampton Court?». Con interrogaciones: «¿Cómo será?, ¿habrá lagos?, ¿laberintos?». O con sentido de la anticipación: «¿Qué me ocurrirá allí?, ¿a quién veré?». Ahora, Hampton Court, Hampton Court, las palabras resuenan como un gong en un espacio que me he asegurado laboriosamente, con media docena de mensajes telefónicos y cartas, que emiten anillo tras anillo de sonido, resonantes, sonoros; y al momento hay imágenes —tardes de verano, barcas, ancianas que se sujetan las faldas, una urna en invierno, narcisos en marzo— que flotan en la superficie del agua, que yacen ahora en lo hondo de cada escena.

»En la puerta de la casa de comidas, el lugar de encuentro, ya están Susan, Louis, Rhoda, Jinny y Neville. Han venido juntos. Dentro de un momento, cuando me haya unido a ellos, se habrá cerrado otro acuerdo, habrá otro paradigma. Lo que ahora se desperdicia, formando escenas profusamente, se detendrá, se afirmará. Me resisto a sufrir esa obligación. Ya a cuarenta metros de distancia siento que todo mi ser cambia. Se me impone el tirón del imán de su amistad. Me acerco. No me ven. Rhoda me ve, pero, ante el horror del encuentro, finge que no me conoce. Neville se da la vuelta. De repente, levanto la mano, saludo a Neville y grito: "También yo he prensado flores entre las páginas de los sonetos de Shakespeare". Me rodean. Mi barquita se agita entre las olas que la zarandean. No hay panacea (lo anoto al momento) contra el golpe del reencuentro.

»Es incómodo, además, unir bordes irregulares, bordes en carne viva, solo poco a poco, a medida que arrastramos los pies hacia la casa de comidas, quitándonos abrigos y sombreros, empieza a ser agradable la reunión. Nos reunimos en el largo comedor desnudo, que da a un parque, un espacio verde todavía fantásticamente iluminado por el sol declinante para que haya una barra de oro entre los árboles; nos sentamos.

—Sentados aquí todos a esta estrecha mesa —dijo Neville—, antes de que la primera emoción se suavice, ¿qué sentimos? Sincera, lisa y llanamente, como corresponde a viejos amigos a los que les cuesta reunirse, ¿qué es lo que sentimos en esta reunión? Tristeza. La puerta no se abrirá, no vendrá. Nos vence el peso. Siendo todos de mediana edad, soportamos cargas. Desprendámonos de ellas. ¿Qué habéis hecho de vuestras vidas?, preguntamos, ¿qué he hecho yo? ¿Bernard, Susan, Jinny, Rhoda, Louis? Las listas se han publicado en las puertas. Antes de coger el pan, de servirnos el pescado y la ensalada, palpo el bolsillo interior y busco la acreditación, la llevo siempre encima para mostrar mi superioridad. Me han aprobado. Tengo papeles en el bolsillo interior que lo demuestran. Pero me inquietan tus ojos, Susan, llenos de nabos y trigales. Estos documentos en el bolsillo interior, el clamor que muestra que me han aprobado, son un sonido apagado como el de un hombre que aplaudiera en un campo vacío para espantar a los grajos. Ahora cesa el ruido, bajo la mirada de Susan (el aplauso, la reverberación que he creado), y solo oigo el viento que sopla sobre la tierra arada y el canto de algún pájaro: tal vez una alondra embriagada. ¿Habrán oído hablar de mí el camarero o esas eternas parejas furtivas, que pasean, que se detienen a mirar los árboles que todavía no han oscurecido lo suficiente para ocultar sus cuerpos tendidos boca abajo? No, ha fracasado el sonido de los aplausos.

»¿Qué ocurre si no puedo convenceros de que he aprobado porque me han robado la acreditación y no puedo leérosla? Lo que queda es lo que Susan saca a la luz con la acidez de sus ojos verdes, sus ojos cristalinos, en forma de pera. Siempre hay alguien, cuando nos reunimos y los bordes de la reunión son todavía irregulares, que se niega a integrarse, cuya identidad, por tanto, uno desearía humillar con la propia. Elijo a Susan. Hablo para impresionar a Susan. Escúchame, Susan.

»Cuando alguien entra a desayunar, hasta las frutas bordadas en la cortina se hinchan para que los loros las coman, podrían cogerse las frutas entre el índice y el pulgar. La leche desnatada de la madrugada se vuelve opalina, azul, rosa. A esa hora gruñe tu marido: el hombre de las polainas que señalaba con el látigo a la vaca estéril. No dices nada. No ves nada. La costumbre te ciega. A esa hora vuestra relación es muda, nula, de color pardo. A esa hora la mía es cálida y diversa. Para mí, nada se repite. Todos los días son peligrosos. Es una superficie lisa, pero por debajo somos todo huesos, como serpientes enroscadas. Supongamos que leemos *The Times*, supongamos que discutimos. Es una experiencia. Supongamos que es invierno. La nieve descarga desde el tejado y nos sella como en una cueva roja. Las tuberías han reventado. Colocamos un barreño en medio de la habitación. Corremos atropelladamente a buscar recipientes. Mira allí: ha estallado allí, sobre la estantería. Nos reímos con grandes carcajadas al ver el destrozo. Que se destruya lo sólido. Mejor no poseer nada. ¿O será verano? Podemos pasear junto a un lago y podemos ver los gansos chinos con sus patas planas a la orilla del agua o podemos ver una iglesia de la ciudad que parece un hueso, con su temblorosa hiedra recién brotada. (Elijo al azar, elijo lo obvio). Cada vista es un arabesco garabateado de repente para ilustrar algún peligro y alguna maravilla de la intimidad. La nieve, la tubería reventada, el barreño, el ganso chino: estas son las señales que veía y que, al recordarlas, me permiten saber cómo era cada amante, en qué difería cada uno.

»Tú, mientras tanto, porque quiero que disminuya tu hostilidad, con tus ojos verdes clavados en los míos, con el vestido raído, las manos curtidas y todos los demás emblemas de tu esplendor materno, te adhieres a la roca como una lapa. Sin embargo, cierto es, no quiero hacerte daño, solo quiero seguir respirando y renovar la fe en mí, que flaqueó al entrar tú. No es posible cambiar. Todos estamos comprometidos. Antes, cuando nos reuníamos en un restaurante en Londres, con Percival, todo bailaba y se estremecía, podíamos ser cualquier cosa. Ahora hemos elegido o, a veces, parece que alguien eligió por nosotros: un par de pinzas nos atrapó por los hombros. Yo escogí. Llevo la impronta de la vida no externamente, sino en el interior, en la carne desprotegida, blanca, vulnerable. Estoy abrumado y me duele la impresión de las mentes de otros y sus caras y otras cosas tan sutiles que tienen olor, color, textura, sustancia, pero no nombre. Soy simplemente "Neville" para ti, que ves los estrechos límites de mi vida y la línea que no puedo cruzar. Pero para mí soy inconmensurable: soy una red cuyas fibras se adueñan imperceptiblemente del mundo. Mi red casi ni se distingue de lo que apresa. Atrapa ballenas: enormes leviatanes y blancas medusas, lo amorfo y lo errante. Detecto, percibo. Ante mis ojos se abre... un libro; veo hasta el fondo, el corazón..., lo más hondo. Sé qué amores arden, cómo los celos disparan sus destellos verdes en esta o en aquella dirección, con qué fatalidad amores frustran amores, cómo ata el amor, con qué brutalidad deshace nudos. He estado atado, me han desatado.

»Pero hubo otra gloria en alguna ocasión, cuando esperábamos que se abriera la puerta, que llegara Percival, cuando nos dejábamos caer, ajenos, en un banco de un salón público.

—Había un hayedo —dijo Susan—, Elvedon, y las manecillas del reloj dorado que brillaban entre los árboles. Las palomas se abrían camino entre las hojas. Las cambiantes luces viajeras erraban sobre mí. Me eludían. Sin embargo, mira, Neville, a quien desacredito para ser yo misma, mira mi mano sobre la mesa. Mira los matices de saludable color aquí, en los nudillos, aquí, en la palma de la mano. He usado mi cuerpo a diario, deliberadamente, como usa la herramienta un buen trabajador, a fondo. La hoja está limpia, afilada, desgastada en el centro. (Peleamos como animales que lucharan en el campo, como ciervos que se embistieran con los cuernos). Vistos a través de tu pálida carne rendida, incluso las manzanas y los racimos de fruta deben de tener un aspecto velado, como si estuvieran en un invernadero. Hundido en un sillón, junto a alguien, una sola persona, pero una persona que cambia, solo ves una pulgada de carne, sus nervios, los tendones, el lento o brusco moverse de la sangre, pero no la ves completa. No ves una casa en un jardín, un caballo en un campo, un tranquilo pueblo, mientras te inclinas como una anciana que forzara la vista para zurcir. Pero yo he visto la vida en grandes representaciones, plena, grande, con sus almenas y torres, fábricas y gasómetros, una morada hecha en tiempo inmemorial, según un modelo hereditario. Estas cosas siguen siendo rotundas, prominentes, no se disuelven en mi mente. No soy sinuosa ni suave, me siento entre vosotros y con mi aspereza lijo vuestra suavidad, interrumpo el parpadear de color gris plateado y el aletear de alas de mariposas de las palabras con el verde surtidor de mis ojos claros.

»Han chocado nuestras cornamentas. Un necesario preludio, el saludo de los viejos amigos.

—Se ha esfumado entre los árboles el oro —dijo Rhoda—, y hay una rebanada verde tras ellos, alargada como hoja de cuchillo vista en sueños o como una isla pequeña en la que nadie hubiera puesto el pie. Los carruajes encienden las luces en la avenida. Los amantes pueden retirarse a la oscuridad, los troncos de los árboles, obscenos, están cargados de amantes.

—Antes era diferente —dijo Bernard—. Antes podíamos detener la corriente a voluntad. ¿Cuántas llamadas de teléfono? ¿Cuántas cartas hacen falta para abrir este hueco que nos permite reunirnos aquí, en Hampton Court? ¡Qué placenteramente discurre la vida entre enero y diciembre! Nos arrastra a todos el torrente de las cosas cotidianas, tan conocidas que ni tienen sombra. No hacemos comparaciones. Apenas pensamos en mí o en ti. En esta inconsciencia alcanzamos la máxima libertad frente a los roces y apartamos las malas hierbas que crecen en las bocas de los canales subterráneos. Tenemos que saltar como peces, en el aire, para tomar el tren de Waterloo. Por alto que saltemos, caeremos de nuevo en el mismo arroyo. Nunca me embarcaré rumbo a las islas de los mares del sur. Roma es el límite más alejado de mis viajes. Tengo hijos e hijas. Estoy en el lugar que me corresponde en el rompecabezas.

»Pero es solo mi cuerpo lo que se mueve, el cuerpo de este hombre de edad avanzada a quien llamáis Bernard, eso es irrevocable, eso es lo que quiero creer. Soy más desinteresado de lo que era de joven y tengo que escarbar con pasión, como un niño que hurgara en un bollo, para descubrir su yo. "Mira, ¿qué es esto? ¿Y esto? ¿Será un buen regalo? ¿Esto es todo?". Y así sucesivamente. Ahora sé lo que hay dentro de los paquetes, y no me interesa gran cosa. Lanzo mi mente al aire, como un hombre que arroja una volea de semillas, que cayera en medio de una puesta de sol púrpura, que cayera sobre la tierra labrada, brillante, desnuda.

»Una frase. Una frase imperfecta. Y ¿qué son las frases? Tengo poco que poner sobre la mesa, junto a la mano de Susan; poco que sacar del bolsillo, para colocarlo junto a la acreditación de Neville. No soy un experto en derecho, medicina o finanzas. Me envuelvo en frases, como si fueran paja húmeda. Resplandezco, fosforescente. Cuando hablo, todos pensáis: "Me ha iluminado, estoy radiante". Los niños solían decir: "Esa es buena, esa es buena". Lo decían cuando las frases brotaban de mis labios bajo los olmos en los campos de juego. También de ellos brotaban, pero ellos se escapaban con mis frases. Pero sufro si estoy solo. La soledad es mi perdición.

»Voy de casa en casa, como los frailes en la Edad Media, que camelaban a las mujeres y las niñas con cuentas de collar y con baladas. Soy un vendedor, un buhonero, pago el hospedaje con una balada; acepto todo, soy fácil de contentar; a menudo me alojan en la mejor habitación, con dosel, o me tumbo en algún pajar. No me preocupan las pulgas ni le hago ascos a la seda. Soy muy tolerante. No soy un moralista. Soy demasiado consciente de la brevedad de la vida y de sus tentaciones para guiarme por prohibiciones. Pero tampoco acepto todo, como pensáis, al juzgarme por mi facilidad de palabra. Guardo en la manga un puñalito de desdén y severidad. Pero me distraigo. Escribo cuentos. De cualquier cosa hago un juguete. Una chica se sienta a la puerta de casa, espera, ¿a quién espera?, ¿la habrán seducido? El director ve el agujero en la alfombra. Suspira. Su esposa, peinando con los dedos las ondas del todavía abundante cabello, reflexiona sobre... Saludos con la mano, dudas en los rincones, alguien que deja caer un cigarrillo en la cuneta... todo son cuentos. Pero, ¿cuál es el cuento de verdad? Eso sí que no lo sé. De ahí que guarde mis frases como colgadas en un armario, dispuestas para su uso. Espero, hago conjeturas, escribo una nota, luego escribo otra, y así me aferro a la vida. Me apartarán, como a la abeja de la flor. Mi filosofía, acumulativa, atenta a lo que desborda cada momento, corre como azogue por una docena de caminos simultáneamente. Louis, con los ojos desorbitados, pero severos, en su ático, en su oficina, se ha formado conclusiones inalterables sobre la naturaleza verdadera de lo que puede conocerse.

—Se rompe el hilo del que tiro —dijo Louis—, vuestra risa lo rompe, vuestra indiferencia, también vuestra belleza lo rompe. Jinny rompió el hilo cuando me besó años atrás en el jardín. Los niños fanfarrones de la escuela se burlaban de mi acento australiano, y lo rompieron. «Esto es lo que quiere decir», digo y siento una punzada: vanidad. «Escuchad —digo— al ruiseñor, que canta entre pies que caminan, entre conquistas y migraciones. Creed...». Y me rompo de golpe. Me abro paso entre tejas rotas y vidrios rotos. Caen luces diferentes, convirtiendo en extraño el leopardo común con sus manchas. Este momento de reconciliación, aquí, juntos, en este momento de la noche, con su vino y sus hojas que tiemblan y los jóvenes que suben del río con pantalones de franela blanca, llevando cojines, es negro para mí, con la oscuridad de las mazmorras y las torturas e infamias practicadas por el hombre sobre el hombre. Tan imperfectos son mis sentidos que nunca se borrará el color morado, la grave acusación que mi razón añade incesantemente, incluso cuando estamos aquí sentados. ¿Cuál es la solución?, me pregunto, ¿cuál es el puente? ¿Cómo puedo reducir estas deslumbrantes, danzarinas, apariciones a un verso que reúna todo en uno? En esto pienso, pero mientras tanto, maliciosamente, os fijáis en mis labios fruncidos, en mis mejillas hundidas y en mi ceño permanente.

»Os pido también que os fijéis en el bastón y en el chaleco. He heredado un escritorio de caoba en una sala cubierta de mapas. Nuestros barcos de vapor han ganado una reputación envidiable por sus camarotes repletos de lujos. Suministramos piscinas y gimnasios. Llevo un chaleco blanco y consulto la agenda antes de aceptar ningún compromiso.

»Esta es la forma astuta e irónica con la que espero apartar vuestra atención de mi alma desprotegida, infinitamente joven, tierna, y temblorosa. Porque soy siempre el más joven, el más ingenuamente sorprendido, el que va siempre por delante con miedo y simpatía hacia el malestar y el ridículo: una mancha en la nariz, un botón sin abrochar. Sufro por todas las humillaciones. Sé también ser despiadado, de mármol. No entiendo cómo puede decirse que es una suerte haber vivido. Vuestras emociones menudas, las alegrías pueriles, cuando hierve el cazo, cuando la brisa levanta el pañuelo de lunares de Jinny y flota como una red, son para mí como serpentinas de seda ante un toro bravo. Os condeno. Pero mi corazón os desea. Sufriría los fuegos de la muerte con vosotros. Soy más feliz cuando estoy solo. Disfruto del lujo de las vestiduras de oro y púrpura. Prefiero el paisaje de las chimeneas, los gatos sarnosos que frotan sus costados contra las feas chimeneas, las ventanas rotas, el ronco estrépito de las campanas del campanario de una capilla pobre.

—Veo lo que hay ante mí —dijo Jinny—. El pañuelo, las manchas de color vino. El vaso. El tarro de la mostaza. La flor. Me gusta lo que se toca, lo que se saborea. Me gusta la lluvia cuando aparece en forma de nieve, cuando es palpable. Siendo temeraria y mucho más valiente que vosotros, no atempero mi belleza con ninguna ruindad, para que no me queme. Me la trago entera. Es de carne, de cosas. Mi imaginación es la del cuerpo. Sus imágenes no están muy bien cosidas ni son de inmaculado blanco, como las de Louis. No me gustan los gatos famélicos ni las chimeneas estropeadas. Me repelen las bellezas escuálidas de los tejados. Me gustan los hombres y mujeres vestidos con uniformes, me gustan las pelucas y los vestidos, los sombreros y los polos de tenis con el cuello maravillosamente abierto; me encanta la infinita variedad de vestidos de las mujeres (siempre me fijo en la ropa). Sigo la marea con ellos, subo y bajo, subo y bajo, por habitaciones, por salones, aquí, allá, por todas partes, dondequiera que vayan. Un hombre levanta el casco de un caballo. Otro hombre abre y cierra los cajones de una colección particular. Nunca estoy sola. Siempre me atiende un regimiento de mis iguales. Mi madre debe de haber seguido la música del tambor; mi padre debe de haber sido marino. Soy como el perrito que trota tras la banda del regimiento, pero se detiene a oler el tronco de un árbol, una mancha de color castaño; el perrito que cruza de repente la calle tras un perro vagabundo, y a continuación alza una pata mientras husmea el fascinante aroma de carne de una carnicería. Mis asuntos me han llevado a extraños lugares. Los hombres, ¿cuántos han dejado la pared y se han acercado a mí? Solo tengo que levantar la mano. Han llegado como dardos al lugar convenido: tal vez una silla en un balcón, tal vez una tienda en una esquina. Los tormentos, las divisiones de vuestras vidas, los he resuelto yo noche tras noche, a veces solo al tocar un dedo bajo el mantel cuando cenamos: tan fluido es mi cuerpo; con el tacto de un dedo he formado incluso una gota completa, grande, temblorosa, que deslumbra, que cae en éxtasis.

»Me he sentado ante un espejo, mientras vosotros escribíais y sumabais números en escritorios. Ante el espejo del templo de mi dormitorio, he sometido a juicio la nariz y la barbilla; la boca es demasiado ancha, se me ven demasiado las encías. He mirado, he tomado nota. He elegido qué amarillo o qué blanco, qué color brillante o apagado, qué lazo o qué recta era más conveniente. Para unos soy volátil; demasiado rígida, para otros; afilada como un carámbano de plata, voluptuosa como una vela de oro. He corrido violentamente como látigo cuyo extremo chasqueara. Aquella pechera, la del rincón, fue blanca, luego fue morada; nos han envuelto el humo y las llamas, después hubo un vivo incendio; sin embargo, apenas levantamos la voz; sentados junto al hogar, sobre la alfombra, nos susurrábamos todos los secretos del corazón en cápsulas para que nadie en la casa dormida los oyera; una vez, oímos a la cocinera; otra vez pensamos que el tictac del reloj era una pisada; somos cenizas, pero no dejamos restos ni huesos que no hayan ardido ni un mechón de cabello encerrado en un guardapelo, como la intimidad que dejáis detrás de vosotros. Cabello gris, demacrada, pero me miro a la cara al mediodía sentada frente al espejo a plena luz del día, doy precisa cuenta de la nariz, de la barbilla, de la ancha boca que muestra demasiado las encías. Pero no tengo miedo.

—Había farolas —dijo Rhoda— en el camino de la estación, y había árboles que aún no habían perdido las hojas. Las hojas me hubieran escondido. Pero no me oculté tras ellas. Caminé en línea recta, en lugar de hacer un círculo para evitar el golpe del encuentro, como hacía antes. He enseñado a mi cuerpo a hacer un truco. En mi fuero interno no he aprendido: os temo, os odio, os amo, os envidio y os desprecio. Nunca me reúno con vosotros a gusto. Desde la estación, rechazando la sombra de los árboles y de los buzones de correos, me he dado cuenta, solo con ver vuestros abrigos y paraguas, incluso a distancia, de que estáis incrustados de una sustancia hecha de momentos repetidos reunidos. Tenéis compromisos, una actitud, niños, autoridad, fama, amor, amigos. Yo no tengo nada. No tengo cara.

»En este comedor hay cornamentas y copas, saleros, manchas amarillas en el mantel. "¡Camarero!", dice Bernard. "Pan", dice Susan. El camarero viene, trae pan. Pero la curva del cristal de una copa me parece un monte; con asombro y con terror, solo veo partes de las cornamentas; el brillo en la superficie de esa jarra es como una grieta en la oscuridad. Vuestras voces suenan como los árboles que crujieran en el bosque. Lo mismo ocurre con el relieve de vuestras caras. ¡Qué hermosos, de pie, lejos, inmóviles, a medianoche, contra las rejas de alguna plaza! Detrás de vosotros hay una media luna blanca de espuma, y pescadores al otro lado del mundo sacan redes y vuelven a echarlas. El viento roza las copas de los árboles primitivos. (Estamos sentados en Hampton Court). El garrido de los loros rompe el profundo silencio de la selva. (De aquí salen los tranvías). La golondrina tocaba con las alas oscuros estanques a medianoche. (Aquí hablamos). Esa es la circunferencia que trato de comprender cuando nos sentamos juntos. Hemos de someternos a la penitencia de Hampton Court, a las siete y media en punto.

»Como necesito el pan y las botellas de vino y vuestras caras, con sus relieves, son hermosas, y no se permite que el mantel, con sus manchas amarillas, se extienda en círculos cada vez más amplios de comprensión para que, por fin (así sueño, cuando me caigo por la noche del borde de la tierra, cuando mi cama flota en el aire), pueda abarcar el mundo entero, tengo que examinar las manías de cada persona. Debo empezar cuando me arrojáis vuestros hijos, vuestros poemas, vuestros sabañones o lo que sea que hagáis o sufráis. Pero no me engaño. Después de tanta visita aquí y allá, después de estos desgarrones y búsquedas, sola, caeré a través de la sábana, en abismos ardientes. No me ayudaréis. Más crueles que los viejos torturadores, me haréis pedazos, cuando haya caído. Pero hay momentos en que las paredes de la mente se adelgazan, cuando nada deja de absorberse, cuando fantaseo que podríamos hacer una pompa tan grande que el sol podría salir y ponerse en ella y que podríamos aprovechar el azul del mediodía y el negro de la medianoche para ser expulsados y escapar del aquí y del ahora.

—Gota a gota —dijo Bernard—, cae el silencio. Se forma en el techo de la mente, y cae en charcos. Para siempre solo, solo, solo... escuchar cómo cae el silencio y extiende sus anillos hasta los últimos rincones. Harto, repleto, con el contento sólido de la mediana edad, yo, a quien destruye la soledad, dejo caer el silencio, gota a gota.

»Pero ahora el silencio que desciende agujerea mi cara, la nariz, deshechas como un muñeco de nieve en un patio bajo la lluvia. Al descender el silencio, me disuelvo por completo, pierdo mis rasgos, apenas se me distingue de otro. No importa. ¿Qué es lo que importa? Hemos cenado bien. El pescado, las chuletas de ternera, el vino han mitigado los dientes afilados del egotismo. La ansiedad está en reposo. Al más vanidoso de nosotros, Louis, tal vez no le preocupe lo que piense la gente. Las torturas de Neville reposan. "Que les vaya bien", piensa. Susan oye la tranquilizadora regularidad de la respiración de sus hijos dormidos. Duerme, duerme, murmura.

Rhoda ha acercado los barcos a la orilla. Si se han hundido o han echado el ancla, eso no le importa. Estamos dispuestos a considerar cualquier sugerencia imparcial que el mundo ofrezca. Me acuerdo ahora de que la tierra es solo una piedra que se desprendió accidentalmente de la faz del sol y que no hay vida en ningún lugar de los abismos del espacio.

—En este silencio —dijo Susan—, parece como si nunca se cayera una hoja ni volara ningún pájaro.

—Como si hubiera ocurrido un milagro —dijo Jinny—, y la vida se hubiera detenido aquí y ahora.

—Como si no nos quedara vida que vivir —dijo Rhoda.

—Escuchad cómo rueda el mundo por los abismos del espacio infinito —dijo Louis—. Ruge. La franja de luz de nuestra historia es pasado, como nuestros reyes y reinas, nos hemos extinguido, la civilización, el Nilo, la vida. Nuestras gotas separadas se disuelven. Nos hemos extinguido, nos hemos perdido en los abismos del tiempo, en la oscuridad.

—Cae el silencio, cae el silencio —dijo Bernard—. Escuchad ahora: tic, tic, piii, piii, el mundo nos llama de nuevo. Durante un momento, he escuchado el aullido de los vientos de la oscuridad a medida que pasábamos más allá de la vida. A continuación, tic, tic (el reloj), luego piii, piii (los automóviles). Hemos aterrizado, estamos en tierra, seis de nosotros estamos sentados a una mesa. La memoria olfativa me trae recuerdos. Me animo, «¡Lucha! —grito—, ¡lucha!», mientras recuerdo la forma de mi propia nariz y, envalentonado, golpeo la mesa con la cuchara.

—Opongámonos a este caos sin límites —dijo Neville—, a esta imbecilidad informe. Cuando corteja a una niñera detrás de un árbol, ese soldado es más admirable que todas las estrellas. Pero, a veces, una estrella que tiembla en el claro cielo me hace pensar que el mundo es hermoso y nosotros somos gusanos que deformamos hasta los árboles con nuestros deseos.

(—Pero —dijo Rhoda—, qué poco dura el silencio, Louis. Empiezan a doblar las servilletas y las dejan junto a los platos. «¿Quién viene», dice Jinny, y Neville suspira, al recordar que Percival no vendrá. Jinny ha sacado el espejo. Se examina la cara como una artista, pasa la borla de la polvera por la nariz y después de pensarlo un momento añade el preciso matiz de rojo que necesitan los labios. Susan, que desdeña y teme estos preparativos, se abrocha el botón de la chaqueta y lo desabrocha. ¿Para qué se prepara? Para algo, para algo diferente.

—Se dicen —dijo Louis—: «Es la hora». «Todavía estoy bien», dicen. «Mi cara se recortará contra el negro del espacio infinito». No terminan las frases. «Es la hora», vuelven a decir. «Cerrarán los jardines». Al ir con ellos, Rhoda se une a su corriente. Quizá nosotros nos retrasemos un poco.

—Como conspiradores que compartieran un secreto —dijo Rhoda).

—Es cierto, es un hecho probado —dijo Bernard—, mientras caminamos por esta avenida, que un rey que montaba a caballo tropezó en una topera aquí y se cayó. Pero qué extraño es oponer a los abismos del espacio infinito una figura insignificante con una tetera de oro sobre la cabeza. Pronto se recupera la fe en las figuras, pero no en lo que se ponen sobre la cabeza. El pasado inglés: una pulgada de luz. La gente se pone teteras en la cabeza y dice: «¡Soy el rey!». No; intento recuperar, a medida que caminamos, el sentido del tiempo, pero, con la oscuridad que ciega mis ojos, he perdido fuerza. Este palacio parece leve, como una nube que se hubiera detenido en el cielo. Es un truco mental: poner reyes en los tronos, uno tras otro, coronados. Nosotros mismos, caminando juntos, con este parpadeo de luz al azar que poseemos, con lo que llamamos cerebro y sentimientos, ¿qué oponemos?, ¿cómo podemos luchar contra esta inundación?, ¿qué permanece? Nuestras vidas discurren sin detenerse, por calles oscuras, más allá de la franja de tiempo, sin identificar. Una vez, Neville me arrojó un poema a la cabeza. Con una repentina convicción de inmortalidad, le dije: «No sé menos que lo que supo Shakespeare», pero también eso ha pasado.

—Injustificada, ridículamente —dijo Neville—, mientras caminamos, el tiempo regresa. Lo consigue un perro que hace cabriolas. La máquina funciona. El tiempo blanquea esa puerta. Trescientos años parecen más que el momento olvidado ante el perro que hacía cabriolas. El rey Guillermo, con peluca, monta a caballo, y las damas de la corte barren el césped con las alforjas bordadas. Empiezo a creer, a medida que caminamos, que el destino de Europa es de inmensa importancia y, por ridículo que parezca, que todo depende de la batalla de Blenheim.[10] *Sí, declaro, al pasar bajo este arco, en el momento presente, que me he convertido en súbdito del rey Jorge.*

—Mientras avanzamos por esta avenida —dijo Louis—, apenas apoyado en Jinny, Bernard del brazo de Neville y Susan y yo cogidos de la mano, es difícil no llorar, es difícil pensar que ya no somos niños que rezan para dormir bien. Qué bello es cantar juntos, de la mano, temerosos de la oscuridad, mientras miss Curry toca el armonio.

—Han abierto las puertas de hierro —dijo Jinny—. Los colmillos del tiempo han dejado de devorar. Hemos triunfado sobre los abismos del espacio, con carmín, con maquillaje, con frágiles pañuelos.

—Estoy firmemente asida, aprieto —dijo Susan—. Sujeto la mano con firmeza, la de cualquiera, con amor, con odio, da igual.

—El estado de ánimo sosegado, el estado de ánimo incorpóreo está entre nosotros —dijo Rhoda—, disfrutamos de este alivio momentáneo (no es frecuente que uno no tenga ansiedad) cuando las paredes de la mente se vuelven transparentes. El palacio de Wren, como el cuarteto interpretado ante gente adusta y varada en el patio de butacas, crea un rectángulo. Un cuadrado se alza sobe un rectángulo y decimos: «Esta es nuestra morada. Ahora se ve la estructura. Afuera apenas hay nada». [11]

—La flor —dijo Bernard—, el clavel rojo que estaba en el florero sobre la mesa del restaurante, cuando comimos con Percival, se ha convertido en una flor de seis caras, hecha de seis vidas.

—Una iluminación misteriosa —dijo Louis—, que se recorta ante los tejos.

—Construida con mucho dolor, mucho esfuerzo —dijo Jinny.

—El matrimonio, la muerte, los viajes, la amistad —dijo Bernard—, la ciudad y el campo, los niños y todo lo demás; una sustancia con muchas caras

10 La batalla de Blenheim (13 de agosto de 1704) fue la batalla determinante de la Guerra de Sucesión Española. En esa batalla, el ejército inglés, dirigido por el duque de Marlborough, derrotó al ejército francés.

11 El palacio de Hampton Court, que fue residencia de la familia real inglesa hasta el siglo XVIII, es de origen medieval, pero fue reformado a finales del siglo XVII por el arquitecto Christopher Wren. Guillermo III (Guillermo de Orange) fue el rey que encargó la rehabilitación del edificio. Fue también el rey que falleció a causa de una caída de un caballo, precisamente, en Hampton Court.

recortada ante la oscuridad, una flor de múltiples facetas. Detengámonos por un momento, contemplemos lo que hemos hecho. Que arda ante los tejos. Una vida. Hecha. Concluida. Definitiva.

—Se van —dijo Louis—. Susan con Bernard. Neville con Jinny. Tú y yo, Rhoda, detengámonos un momento ante esta urna de piedra. ¿Qué canción oiremos ahora que estas parejas se han ido hacia los árboles? Ahora que Jinny, señalando con la mano enguantada, finge interesarse por los nenúfares; cuando Susan, que siempre ha querido a Bernard, le dice: «Mi vida desperdiciada, perdida». Cuando Neville, tomando entre las suyas la manita de Jinny, con las uñas del color de la cereza, junto al lago, ante el agua iluminada por la luna, exclama: «Amor, amor», y ella responde, imitando a un pájaro: «¿Amor?, ¿amor?». ¿Cuál es esta canción?

—Se van hacia el lago —dijo Rhoda—. Se escabullen furtivamente por el césped, pero se van con aplomo, como si reclamaran de nuestra compasión un antiguo privilegio: el de no ser molestados. La marea del alma, al cambiar, fluye hacia allá, no pueden evitar desertar de nosotros. La oscuridad se ha cerrado sobre sus cuerpos. ¿Qué canción oímos?, ¿la del búho?, ¿la del ruiseñor?, ¿la del reyezuelo? El vapor hace sonar la sirena, la luz destella en los cables eléctricos, los árboles hacen una reverencia con seria gravedad. Se cierne sobre Londres un resplandor. Una anciana vuelve a casa tranquilamente, un pescador tardío camina por la terraza con su caña. No se nos escapan ni un ruido ni un movimiento.

—Regresa volando a casa un pájaro —dijo Louis—. El atardecer abre los ojos y echa un vistazo entre los arbustos antes de dormirse. ¿Cómo interpretaremos el mensaje confuso y complejo que nos envían, y que no solo ellos envían, sino los muchos niños y niñas muertos, hombres y mujeres que han paseado por aquí, bajo uno u otro rey?

—Ha caído un peso sobre la noche —dijo Rhoda—, la hunde. A cada árbol lo hace más grande una sombra que no es la del árbol tras él. Oímos el redoble de tambor sobre los tejados de una ciudad en ayunas, cuando los turcos tienen hambre y están de mal humor. Oímos gritos penetrantes, berridos agudos, como los del ciervo: «Abran, abran». Escuchamos los chirridos de los tranvías y los chispazos de los cables eléctricos. Oímos cómo las hayas y los abedules alzan las ramas, como si la novia hubiera dejado caer el camisón de seda y llegara a la puerta y dijera: «Abre, abre».

—Todo parece vivo —dijo Louis—. No se oye a la muerte en ninguna parte esta noche. La estupidez, en la cara de ese hombre, la edad, en la de aquella mujer, bastarían, podría pensarse, para romper el encanto y hacer venir a la muerte. Pero ¿dónde está la muerte esta noche? Todo lo que no ha madurado, pares sueltos y retales, esto y lo de más allá, lo ha aplastado, como trozos de vidrio en lo azul, la marea enmarcada en rojo, fértil en incontables peces, que se acerca a la tierra y rompe a nuestros pies.

—Si pudiéramos subir juntos, si pudiéramos ver las cosas desde una altura apropiada —dijo Rhoda—, si pudiéramos seguir intactos, sin ningún apoyo... pero tú, preocupado por tenues ruidos de aplausos de alabanza y risas, yo, reacia al compromiso y a lo correcto o lo incorrecto en las bocas humanas, confiando solo en la soledad y en la violencia de la muerte, y así estamos separamos.

—Para siempre —dijo Louis—, nos separamos para siempre. Hemos sacrificado los abrazos entre los helechos y el amor, el amor, el amor junto al lago, en pie, como conspiradores que se hubieran retirado para compartir un secreto, junto a la urna. Pero ahora, mira, estando aquí, rompe una ondulación en el horizonte. La red se eleva más y más arriba. Llega a la superficie del agua. El agua la rompen temblorosos pececillos de plata. Saltando, coleando, los dejan en la orilla. La vida arroja su presa sobre la hierba. Se nos acercan unas figuras. ¿Son hombres o son mujeres? Llevan los ambiguos ropajes de quienes han estado inmersos en la marea.

—Cuando pasan junto a aquel árbol —dijo Rhoda— recobran su tamaño natural. Son solo hombres, solo son mujeres. La maravilla y el asombro se modifican al desprenderse de los ropajes de la marea que sube. Regresa la piedad, a medida que nuestros representantes emergen a la luz de la luna, como supervivientes de un ejército, todas las noches (aquí o en Grecia) van a la batalla y vuelven todas las noches con heridas, las caras sombrías. La luz los ilumina de nuevo. Tienen caras. Se convierten en Susan y Bernard, Jinny y Neville, gente a la que conocemos. ¡Qué contracción! ¡Qué empequeñecimiento y humillación! Me recorren los viejos temblores, el odio y el terror, mientras me siento arraigada a este lugar, como si me sujetaran con ganchos: saludar, reconocerse, los tirones de los dedos, buscar la mirada. Sin embargo, solo tienen que romper a hablar, y con sus primeras palabras me hacen dudar de mi decisión, al oír el tono rememorado de lo que una no espera, con las manos que se mueven y, ante la oscuridad, extraen del pasado un millar de días.

—Algo luce y baila —dijo Louis—. Al acercarse por la avenida nos devuelven la ilusión. Comienza la ondulación de las interrogaciones. ¿Qué pienso de vosotros...? ¿Qué pensáis de mí? ¿Quiénes sois? ¿Quién soy yo...? Tiemblan en el aire inquieto sobre nosotros, y el pulso se acelera y los ojos brillan y toda la locura de la existencia personal, sin la cual la vida no sería nada y se moriría, comienza de nuevo. Llegan. El sol del sur brilla sobre esta urna, nos dirigimos a la marea de un mar violento y cruel. Señor, ayúdanos a representar bien nuestro papel cuando saludemos a los que regresan: Susan y Bernard, Neville y Jinny.

—Con nuestra presencia, hemos destruido algo —dijo Bernard—, acaso un mundo.

—Pero casi estamos sin aliento —dijo Neville—, cansados como estamos. Estamos en ese estado pasivo y de cansancio mental en el que solo deseamos reunirnos con el cuerpo de nuestra madre, de quien se nos separó. Todo lo demás es de mal gusto, forzado y fatigoso. El pañuelo amarillo de Jinny parece bajo esta luz del color de las mariposas nocturnas, los ojos de Susan están apagados. Apenas se nos distingue del río. Lo único que nos expresa es la colilla de un cigarrillo. La tristeza tiñe nuestro contento, deberíamos haberos abandonado, deberíamos haber desgarrado el tejido, deberíamos haber cedido al deseo de extraer, a solas, un jugo más amargo y más negro, que además fuera dulce. Pero ahora estamos cansados.

—Tras el fuego de la pasión —dijo Jinny—, nada podemos atesorar en guardapelos.

—Todavía abro la boca —dijo Susan—, como un pajarito hambriento, por algo que aún no he probado.

—Quedémonos todavía un momento —dijo Bernard—, antes de irnos. Paseemos por la terraza junto al río, casi solos. Casi es hora de acostarse. La gente se ha ido a casa. Qué reconfortante es ver las luces en las habitaciones de los tenderos al otro lado del río. Una... otra. ¿Cuánto creéis que han ganado hoy? Solo lo suficiente para pagar el alquiler, luz y comida, la ropa de los niños. Pero solo lo suficiente. ¡Qué sentido de la tolerancia nos brindan las luces en las habitaciones de los tenderos! Llega el sábado, y acaso solo haya dinero para pagar la butaca del cine. Tal vez, antes de apagar la luz, salgan al pequeño jardín y miren el conejo gigante acostado en su casita de madera. Es el conejo que cenarán el domingo. A continuación apagan la luz. Duermen. Para miles de personas, el sueño es solo calor y silencio y ese divertido sueño fantástico. «He echado al correo la carta para el dominical —piensa el frutero—. ¿Y si gano quinientas libras en la liga de fútbol? Mataremos el conejo. La vida es agradable. La vida es buena. He echado la carta. Mataremos al conejo». Y se duerme.

»Eso continúa. Escuchemos. Hay un sonido como traqueteo de vagones del tren en un ramal. Esa es la feliz concatenación de los acontecimientos, uno tras otro, en nuestras vidas. Toc, toc, toc. Tengo, tengo, tengo. Tengo que ir, tengo que dormir, tengo que despertarme, tengo que levantarme... tengo que estar sereno, palabra misericordiosa, que fingimos denostar, que llevamos en el corazón, sin la cual estaríamos perdidos. ¡Cómo adoramos los ruidos del traqueteo de vagones en el ramal del tren!

»A lo lejos, oigo el coro, la canción de los niños fanfarrones, que regresan en sus grandes carruajes de un día de excursión, que han aprovechado para subirse a las cubiertas llenas de gente de los barcos de vapor. Todavía cantan como cantaban en el patio, en las noches de invierno o en verano, con las ventanas abiertas, emborrachándose, rompiendo los muebles, con sus gorras de rayas, todos moviendo la cabeza a la vez cuando el vehículo daba la vuelta a la esquina y yo deseaba estar con ellos.

»Nos vamos con el coro, con el remolino de agua y con el murmullo apenas perceptible de la brisa. Se desmoronan trocitos de nosotros mismos. ¡Ahora! Algo muy importante acaba de desprenderse. No puedo mantener mi propia unidad. Me voy a dormir. Tenemos que irnos, debemos tomar el tren, tenemos que caminar de vuelta a la estación... tenemos, tenemos, tenemos. Solo somos cuerpos que corren juntos. Solo existo en las plantas de los pies y en los cansados músculos de las piernas. Parece como si hubiéramos estado caminando durante horas. Pero, ¿adónde? No lo recuerdo. Soy un tronco que se desliza con suavidad sobre alguna cascada. No soy un juez. No me piden mi opinión. Casas y árboles son todos iguales bajo esta luz gris clara. ¿Es aquello un poste? Aquello que camina ¿es una mujer? Aquí está la estación, y si el tren me cortara en dos, me recompondría al otro lado, porque soy uno, indivisible. Pero lo extraño es que, incluso dormido, todavía sujete firmemente en la mano, entre los dedos de la mano derecha, el billete de regreso a Waterloo.

Ahora el sol se había hundido. No se distinguía el cielo del mar. Al romper, las olas extendían sus blancos abanicos sobre la costa, enviaban blancas sombras hacia lo más hondo de las cuevas sonoras y luego, suspirando, retrocedían sobre las piedras.

El árbol sacudió las ramas y cayó al suelo un chaparrón de hojas. Allí se instalaron con perfecta compostura en el lugar preciso donde aguardarían su disolución. En el jardín se clavaban las luces blancas y grises del recipiente roto que albergó una vez la luz roja. Ennegrecían los túneles entre los tallos oscuras sombras. El tordo se calló, el gusano se introdujo de nuevo en su estrecho agujero. A veces una paja blanquecina y hueca volaba desde algún nido viejo y caía en la hierba oscura entre las agallas podridas. La luz se había esfumado de la pared de la caseta de las herramientas de la casa y de la vacía piel de víbora que colgaba de un clavo. En la sala, los colores habían sobrepasado sus límites. La pincelada precisa estaba hinchada e inclinada; armarios y sillones fundían su masa de color castaño en una gran oscuridad. El espacio desde el suelo hasta el techo estaba envuelto en cortinas de temblorosa oscuridad. El espejo estaba pálido como la boca de una cueva oscurecida por enredaderas.

Las sólidas colinas habían perdido sustancia. Las luces viajeras introdujeron una cuña plumosa en carreteras invisibles y hundidas, pero ninguna luz se encendía entre las alas plegadas de las colinas y no se oía nada, excepto el grito de un pájaro que buscaba un árbol aún más solitario. Al borde del acantilado se oía el susurro del aire que había soplado sobre los bosques, igual al aire que se hubiera enfriado en un millar de huecos vidriosos en medio del océano.

Como las olas lavan los costados de un barco hundido, como si hubiera olas de oscuridad en el aire, así avanzaba la oscuridad, cubriendo casas, cerros, árboles. La oscuridad inundaba las calles, se arremolinaba en torno a figuras únicas, las absorbía, borraba las parejas abrazadas en la oscuridad lluviosa de los olmos adornados con el esplendor veraniego de sus hojas. La oscuridad hacía avanzar las olas por surcos llenos de hierba y sobre la piel arrugada del césped, envolviendo el espino solitario y las vacías conchas de caracol a sus pies. Elevándose, la oscuridad se movía por las laderas de la montaña desnuda y se reunía con los pináculos agujereados y erosionados de las montañas donde se aloja la nieve eterna en la roca dura, incluso cuando los valles están llenos de arroyos y de hojas amarillas de la vid, y las niñas, sentadas en galerías, miran hacia la nieve, ocultando los ojos con los abanicos. También a ellas las cubrió la oscuridad.

—Para resumir —dijo Bernard—, explicaré el sentido de mi vida. Como no nos conocemos (sin embargo, creo que nos presentaron en un barco que iba a África), podemos hablar con libertad. Tengo una fantasía: algo se adhiere durante un momento, es redondo, pesa, es profundo, está completo. Así, por el momento, parece ser mi vida. Si fuera posible, te la daría completa. La tomaría como se toma un racimo de uvas. Diría: «Tómala, esta es mi vida».

»Pero, por desgracia, lo que veo (este globo, lleno de figuras) no lo ves. Me ves, sentado a la mesa, frente a ti, torpe, anciano, las sienes canas. Me ves coger la servilleta y extenderla. Me ves servirme un vaso de vino. Ves la puerta que se abre detrás de mí, la gente que pasa. Pero, para que lo entiendas, para darte mi vida, tengo que contarte un cuento: y hay tantos y tantos cuentos... de la infancia, de la escuela, de amor, de matrimonio, de muerte, y así sucesivamente, y ninguno es cierto. Pero nos contamos cuentos como si fuéramos niños y, para adornar los cuentos, componemos estas frases ridículas, extravagantes y hermosas. ¡Qué cansado estoy de los cuentos, qué cansado estoy de las frases que se posan bellamente en la tierra con todos los pies! Además, ¡cuánto desconfío de los planes estrictos de vida que se

dibujan en cuartillas de papel! Empiezo a echar de menos un lenguaje privado como el que usan los amantes, palabras entrecortadas, ininteligibles, como el arrastrar de pies sobre la acera. Empiezo a buscar algún plan más de acuerdo con esos momentos de humillación y triunfo que indudablemente nos llegan. Tendido en una zanja, un día tormentoso, después de la lluvia, por el cielo cruzan nubes enormes, jirones de nubes, harapos de nubes. Lo que me maravilla es, pues, la confusión, la lejanía, la indiferencia y la furia. Grandes nubes siempre cambiantes. Movimiento, algo azufrado y siniestro, algo que rueda, atropelladamente, imponente, roto, perdido, y yo, olvidado, diminuto, en una zanja. Del cuento, del plan, no hay rastro.

»Mientras tanto, mientras comemos, dejemos atrás estas escenas, como niños que pasaran páginas de un libro de estampas y la maestra les dijera, mientras señalaba: "Mira, una vaca; mira, una barca". Pasemos las páginas en las que añadiré, para divertirnos, algún comentario al margen.

»Al principio, había una escuela infantil, con ventanas que se abrían a un jardín y, más allá de él, el mar. Vi algo que se iluminaba: sin duda era el tirador de latón de un armario. Entonces Mrs. Constable alzó la esponja sobre la cabeza, y cayeron las flechas de la sensación a derecha e izquierda, por toda la espalda. De forma que, mientras sigamos respirando, para el resto de la vida, si nos damos un golpe contra una silla, una mesa o una mujer, nos taladrarán las flechas de la sensación... también lo harán si paseamos por el jardín, si bebemos este vino. A veces, a decir verdad, cuando paso ante una casa de campo, una ventana iluminada, donde acabe de nacer un niño, me gustaría suplicar que no escurrieran la esponja sobre ese cuerpo nuevo. Luego, estaba el jardín y el dosel de las hojas de grosella que parecían encerrarlo todo: flores, que ardían como chispas entre el hondo verde, una rata que hervía de gusanos que se retorcían bajo una hoja de ruibarbo, la mosca que zumbaba incansable en el techo de la escuela y platos y más platos de inocente pan con mantequilla. Todas estas cosas ocurren en un instante y duran para siempre. Hay caras borrosas. Al correr a la vuelta de la esquina. «Hola —dice alguien—, esta es Jinny, este es Neville, ese es Louis, vestido de franela gris, con un cinturón con una serpiente, esta es Rhoda». Tenía un cuenco en el que echaba a navegar pétalos de flores blancas. Susan era la que lloraba, aquel día, cuando estaba en la caseta de las herramientas con Neville y sentí que mi indiferencia cedía. Neville no se conmovió. "Por tanto —me dije—, yo soy yo, no soy Neville". Maravilloso descubrimiento. Susan lloraba, y yo la seguí. El pañuelo húmedo y la vista de su espalda que se movía arriba y abajo como el manubrio de una bomba, llorando por lo que se le había negado, me puso nervioso. "Esto es insoportable", le dije, mientras me sentaba a su lado entre raíces duras como esqueletos. Entonces supe de la existencia de esos enemigos que cambian pero que siempre están ahí, las fuerzas contra las que luchamos. Es impensable dejarse arrastrar pasivamente por la corriente. "Tú vas por ahí, mundo —dice alguien—, yo voy en esta otra dirección". Por tanto, "exploremos", exclamé y me levanté de un salto y bajé corriendo cuesta abajo con Susan, y vimos al mozo de cuadra que hacía ruido con sus grandes botas en el patio. Abajo, entre densas hojas, los jardineros barrían el césped con escobones. Una dama sentada escribía. Paralizado, parado en seco, pensé: "No puedo interferir ni en un solo movimiento de las escobas, no dejan de barrer; tampoco puedo distraer la atención de la mujer que escribe". Es extraño que no se pueda interrumpir a las jardineros que barren ni perturbar a una mujer. Se han quedado conmigo para toda la vida. Es como si uno se hubiera despertado en Stonehenge, rodeado por un círculo de piedras grandes: estos enemigos, estas presencias. A continuación, una paloma torcaz salió volando de los árboles. Cuando me enamoré por vez primera, hice una frase (un poema sobre una paloma torcaz), una sola frase. Se me había abierto un agujero en la mente, una de esas transparencias repentinas, a través de la cual se ve todo. Luego, más pan y mantequilla y más moscas que zumbaban por el techo de la escuela en el que temblaban islas de luz, rugosas, opalinas, mientras que de los dedos puntiagudos de las lágrimas de cristal de la lámpara goteaban charcos azules sobre la esquina de la repisa de la chimenea. Día tras día, allí sentados para tomar el té, veíamos estas cosas.

»Pero todos éramos diferentes. La cera, la cera virgen que cubre la columna, se fundía de forma diferente en cada uno de nosotros. El ruido de la emoción del mozo que cortejaba a la criada entre los arbustos de grosellas, la ropa que volaba en el tendal, el muerto en la cuneta, el manzano, enhiesto

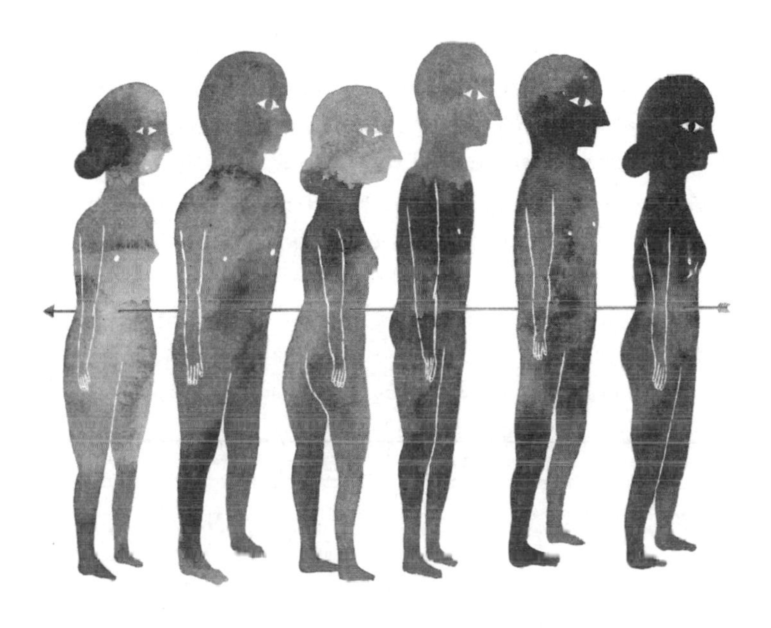

a la luz de la luna, la rata, un hervidero de gusanos; la lágrima de la lámpara de la que caían gotas azules... nuestra cera blanca se fundía y coloreaba de manera diferente para cada uno de nosotros. Louis estaba disgustado por la naturaleza de la carne humana; Rhoda, por nuestra crueldad; Susan no sabía compartir; Neville quería orden; Jinny, amor, y así sucesivamente. Sufrimos terriblemente, cuando nos convertimos en cuerpos separados.

»Sin embargo, se me evitaron esos excesos y he sobrevivido a muchos de mis amigos, soy un poco grueso, canoso, como si me hubieran dado friegas en el tórax, por decirlo de alguna forma; porque el panorama de la vida, visto no desde el tejado, sino desde el tercer piso, es lo que me encanta, no lo que le dice una mujer a un hombre, aunque el hombre sea yo. Por tanto, ¿por qué habrían de intimidarme en la escuela?, ¿cómo podrían hacerme las cosas difíciles? Allí estaba el doctor dando tumbos en la capilla, como si caminara por un buque de guerra en medio de una tormenta, gritando las órdenes a través de un megáfono, porque quienes tienen autoridad tienden a ser melodramáticos. No lo odiaba, como Neville, tampoco lo veneraba, como Louis. Tomaba notas cuando estábamos en la capilla. Había columnas, sombras, bronces conmemorativos, niños que se peleaban, niños que, ocultos tras los devocionarios, cambiaban sellos entre sí, el ruido de una bomba oxidada, el doctor, cuya voz retumbaba, que hablaba de la inmortalidad y de que nos comportáramos como hombres, y estaba Percival, que se rascaba la pierna. Yo tomaba notas para cuentos, hacía retratos en el margen del cuaderno y me separé aún más. He aquí una o dos de las figuras que vi.

»Aquel día en la capilla Percival miraba fijamente ante él. Tenía una forma especial de llevarse la mano a la cabeza. Sus movimientos eran siempre notables. Todos nos llevábamos las manos a la cabeza; nosotros, sin éxito. Tenía esa clase de belleza que rechaza las caricias. Como no fue nada precoz, leía toda clase de escritos edificantes, pero no hacía comentarios, y pensaba, con aquella magnífica ecuanimidad (las palabras latinas vienen sin llamarlas) que lo protegía contra las mezquindades y las humillaciones, que las rubias trenzas de Lucy y sus mejillas sonrosadas eran el canon de la belleza femenina. Ajeno a todo, sin embargo, después su gusto llegó a ser muy refinado. Pero debería haber música, coros extravagantes. En la ventana debería escucharse alguna canción de caza, proveniente de una vida vertiginosa, desconocida... un sonido cuyo eco oyes entre los cerros y muere a lo lejos. Lo sorprendente, lo inesperado, lo inexplicable, lo que convierte la simetría en sinsentido... eso es lo primero que me viene a la mente cuando pienso en él. El aparatito de observación se desquicia. Las columnas se caen, los doctores van a la deriva, me posee una exaltación repentina. Se cayó, cuando cabalgaba. Cuando venía esta noche por la avenida Shaftesbury, aquellas caras insignificantes, apenas esbozadas, que brotan de las puertas del metro, oscuros indios, los que mueren de hambre o enfermedades, las mujeres engañadas, los perros maltratados, los niños que lloraban... me parecía que todos y cada uno de ellos habían perdido algo. Él hubiera hecho justicia. Los habría protegido. A los cuarenta se habría enfrentado con la autoridad. No creo que haya ninguna canción de cuna que le permita reposar.

»Pero meto la cuchara de nuevo y saco otro de esos objetos minúsculos que de forma optimista denominamos "personajes amigos". Louis. Sentado, miraba fijamente al orador. Su ser se resumía en su frente, en los labios apretados, en la mirada fija, pero, de repente, lucía en ellos la risa. También sufría de sabañones, castigo por una circulación defectuosa. Desdichado, sin amigos, exiliado, a veces, en momentos de confianza, describía cómo las olas barrían las playas de su casa. El ojo implacable de la juventud se fija en sus articulaciones hinchadas. Sí, pero también reconocíamos con igual rapidez qué penetrante era, qué capaz, qué serio, qué natural era cuando, bajo los olmos, fingíamos ver el partido de críquet y esperábamos su elogio, que escatimaba. Su autoridad no gustaba, a Percival se le adoraba. Formal, desconfiado, al caminar levantaba los pies como las grullas, había una leyenda de que había roto una puerta de un puñetazo. Pero su cumbre estaba demasiado desnuda, era demasiado pedregosa para que se agarraran a ella estas nieblas. Carecía de los accesorios con los que nos conectamos unos con otros. Se mantuvo al margen, enigmático, un erudito dotado de esa creativa precisión que posee algo de formidable. Mis frases (cómo describir la luna) no gozaban de su aprobación. Por otra parte, me envidiaba hasta la desesperación por sentirme a gusto con los criados.

No es que le fallara la conciencia de sus méritos propios. Eso estaba en consonancia con su respeto por la disciplina. A eso, en definitiva, debía su éxito. Sin embargo, su vida no fue feliz. Pero, míralo en la palma de mi mano, se le han quedado blancos los ojos. Bruscamente, nos abandona el sentido de lo que es cada uno. Lo devuelvo al agua en la que adquirirá lustre.

»Ahora Neville... tumbado boca arriba, mirando el cielo del verano. Flotaba entre nosotros como un vilano, buscando indolente el rincón soleado del campo de juego. Ni escuchaba ni era una persona remota. Gracias a él pude olfatear, sin conocerlos, los clásicos latinos y también adquirí de él algunos de esos hábitos persistentes de pensamiento que nos hacen irremisiblemente desequilibrados... por ejemplo, que los crucifijos son la marca del diablo. Odios y amores indecisos o ambigüedades sobre estos asuntos eran una traición flagrante. El inestable y sonoro doctor, a quien hice sentarse mientras movía los tirantes ante el brasero de gas, era para él, sencillamente, un instrumento de la Inquisición. Con una pasión que compensaba su indolencia, se dedicó a Catulo, a Horacio, a Lucrecio, y se quedaba en perezoso reposo vegetativo, sí, pero sin dejar de mirar, con entusiasmo, fijándose en los jugadores de críquet, mientras que con una mente como la lengua de un oso hormiguero, rápida, diestra, viscosa, buscaba cada rizo y voluta de esas frases romanas y buscaba siempre una persona, solo una persona, que se sentara a su lado.

»Se acercaban las largas faldas de las esposas de los profesores, sonoras, como montañas, amenazadoras, y nuestras manos volaban a las gorras. Descendía sobre nosotros un inmenso aburrimiento, ininterrumpido, monótono. Nada, nada, nada interrumpía con una aleta aquel plomizo desierto de las aguas. Nada nos aliviaba del peso del insoportable aburrimiento. Se sucedían los trimestres. Crecimos, cambiamos, porque, por supuesto, somos animales. De ninguna manera somos siempre conscientes: respiramos, comemos, dormimos de forma automática. No solo existimos por separado, sino en grumos indiferenciados de materia. De un golpe, todo un carruaje de niños se dirige a jugar al críquet, al fútbol. Un ejército cruza Europa. Nos reunimos en parques y salones y diligentemente nos oponemos a los renegados (Neville, Louis, Rhoda) que llevan vidas independientes. Soy de tal forma que, al mismo tiempo que escucho una o dos melodías distintas, las que cantan Louis o Neville, me siento irremisiblemente atraído por la música del coro que canta las viejas canciones, cantando casi sin letras, una canción casi sin sentido, que llega a través de los patios durante la noche, la que oímos ahora cuando los automóviles y autobuses llevan a la gente a los teatros. (Escuchemos cómo los automóviles pasan aprisa junto al restaurante; a veces, río abajo, se oye una sirena, cuando un vapor se hace a la mar). Si un representante me ofrece tabaco en el tren, acepto. Me gusta que las cosas sean copiosas, informes, cálidas, que no exijan mucha inteligencia, que sean muy fáciles y poco refinadas: las conversaciones de los hombres en los clubes y bares, los mineros en ropa interior, medio desnudos, lo directo, lo que carece de pretensiones, lo que no motiva un interés egoísta (excepto las cenas, el amor, el dinero y salir adelante de forma tolerable), lo que no tiene grandes esperanzas ni ideales ni cualquier cosa parecida, lo que carece de pretensiones, excepto la de hacer algo bien. Todo eso es lo que me gusta. Así que me unía a ellos, cuando Neville ponía mala cara o Louis, con quien estoy sublimemente de acuerdo, se daba media vuelta.

»Así, sin orden ni concierto, se me derretía el chaleco de cera, primero una gota, luego otra. A través de aquel agujero transparente se hicieron visibles aquellos prados maravillosos, al principio, blancos de luna, nunca hollados por pies, prados de rosas, azafrán, piedras y también serpientes; lo manchado y lo moreno, la vergüenza, lo vinculante, los tropiezos. Salta uno de la cama, abre la ventana, ¡qué escándalo el canto de los pájaros! Conocéis ese apresurarse de alas, la confusión, las canciones a coro y las exclamaciones; el tumulto y el ruido de voces... y todas las gotas brillan, tiemblan, como si el jardín fuera un mosaico fragmentado; desaparecen, titilando, sin formar un todo; un pájaro canta junto a la ventana. He oído esas canciones. He seguido a esos fantasmas. He visto Joans, Dorothys, Miriams, no recuerdo los nombres, paseando por avenidas, detenidas en lo alto de los puentes para mirar al río. Entre ellos distingo una o dos figuras, los pájaros que cantaban con el egoísmo de la extasiada juventud junto a la ventana, que rompían las conchas de los caracoles sobre las piedras, que hundían los picos en la materia pegajosa, viscosa, duros, ávidos, sin remordimientos; Jinny,

Susan, Rhoda. Habían estudiado en la costa este o en la costa sur. Tenían largas trenzas y aspecto de potras sorprendidas, señal de adolescencia.

»Jinny fue la primera en llegar sigilosamente hasta la puerta a comer azúcar. Con mucha inteligencia, lo arrebataba de las manos, pero tenía las orejas hacia atrás, como preparada para morder. Rhoda era salvaje; nunca podía nadie atrapar a Rhoda. Estaba asustada y era torpe. Susan fue la que antes se hizo mujer, puramente femenina. Fue ella la que derramó sobre mi cara esas lágrimas ardientes que son terribles, hermosas; ambas cosas, ninguna. Nació para que la adoraran los poetas, pues los poetas requieren seguridad, alguien que se siente con las labores y diga: "Odio, amo", alguien que ni esté cómoda ni sea próspera, sino que posea cierta cualidad que armonice con la belleza más refinada y discreta del estilo puro que quienes escriben poesía admiran de forma particular. Su padre, con una bata vieja, iba de una habitación a otra y caminaba arrastrando las viejas zapatillas por las pasillos embaldosados. Las noches serenas, se oía cómo caía con estruendo un muro de agua a una milla de distancia. El viejo perro apenas podía levantarse y subir a una silla. Alguna criada no muy inteligente se reía en lo alto de la casa mientras daba vueltas y más vueltas a la rueda de la máquina de coser.

»Eso observaba incluso cuando, en medio de mi angustia, con el pañuelo arrugado, Susan gritaba: "Amo, odio. En el ático —lo sé— se ríe una criada", y esta pequeña dramatización muestra cuán incompletamente nos fundimos con nuestras propias experiencias. En la periferia de todo dolor, hay algún observador que señala, que susurra, como me susurraba al oído aquella mañana de verano en la casa donde el trigo se acercaba a la ventana: "El sauce crece en el césped, a la orilla del río. Los jardineros barren con los escobones mientras la dama se sienta a escribir". Así dirigió mi atención hacia lo que está más allá y fuera de nuestra propia condición, a lo que es simbólico y, por tanto, tal vez sea permanente, si es que hay permanencia alguna en el dormir, comer y respirar, en nuestras vidas tan animales, tan espirituales y tan tumultuosas.

»El sauce a la orilla del río. Me sentaba en el liso césped con Neville, con Larpent, con Baker, Romsey, Hughes, Percival y Jinny. Entre su fino plumaje, moteado de verdes orejas tiesas en primavera, naranja en otoño, veía barcos, edificios, veía ancianas decrépitas apresurarse. Enterraba una cerilla tras otra en el césped, para marcar de forma deliberada, esta o aquella etapa del proceso de comprensión (que podría ser la filosofía, la ciencia, yo mismo), mientras que un resto de inteligencia flotaba suelto y captaba esas sensaciones lejanas que después de un tiempo la mente recobra y trabaja con ellas: el repicar de las campanas, los murmullos, las figuras que desaparecen, una niña en bicicleta, que, mientras pedalea, parece levantar la esquina de una cortina que oculta el poblado e indiferenciado caos de la vida anclado tras el perfil de mis amigos y el del sauce.

»Solo el árbol resistía nuestro eterno fluir. Porque yo cambiaba y volvía a cambiar, fui Hamlet, fui Shelley, fui el héroe, he olvidado el nombre, de una novela de Dostoievski, durante todo un trimestre, por increíble que parezca, fui Napoleón, pero, sobre todo, fui Byron. Durante muchas semanas, mi papel consistió en entrar en habitaciones, con un leve gesto de enfado, y en arrojar guantes y abrigos sobre el respaldo de los sillones. Iba continuamente a la biblioteca a tomar otro sorbo de la divina medicina. De forma que volqué mi almacén enorme de frases sobre alguien muy inadecuado: una niña que se casa, una niña a quien hay que enterrar. Todos los libros y todos los asientos junto a las ventanas estaban cubiertos de inconclusas cuartillas de mis cartas a la mujer que me convirtió en Byron. Porque es difícil terminar una carta con el estilo de otra persona. Siempre llegaba sudoroso a su casa. Intercambiamos regalos, pero no llegamos a casarnos; sin duda, no estaba maduro para semejante intensidad.

»De nuevo, debería haber música aquí. No la canción de caza, la música de Percival, sino una canción alegre, como de alondras, elevada, pero también dolorosa y gutural, visceral, algo que sustituya esas transcripciones flácidas y tontas (¡demasiado deliberadas!, ¡demasiado razonables!) que tratan de describir el momento alado del primer amor. Una lámina morada se desliza sobre el día. Puede verse en la habitación, antes y después de que ella haya llegado. Puede verse en los inocentes de ahí afuera, que van a lo suyo. Ni ven ni oyen, pero siguen adelante. Moviéndose en esta atmósfera radiante, pero sofocante, uno se vuelve consciente de cada movimiento: algo se adhiere, algo se pega a las manos, incluso al leer el periódico. Luego está lo de ser eviscerado, abierto, y extendido como telaraña, dolorosamente retorcido sobre un pincho. A continuación, un trueno de indiferencia, la luz apagada; luego, el regreso de la alegría irresponsable e inconmensurable; ciertos campos parecen siempre verdes, y los paisajes parecen inocentes, como a la luz del primer amanecer: una mancha verde, por ejemplo, hasta Hampstead, y todos los rostros se iluminan, todo conspira en un silencio de tierna alegría y luego el sentido místico de completitud y luego esa aspereza hiriente, una aspereza como de piel de cazón: las flechas negras de trémulas sensaciones, cuando no hay correo, cuando ella no viene. Fuera se precipitan las erizadas sospechas cornudas, el horror, el horror, el horror, pero, ¿de qué sirve elaborar penosamente oraciones consecutivas cuando lo que se necesita no es lo consecutivo, sino un ladrido, un gemido? Años más tarde te encuentras con una mujer de mediana edad que se quita el abrigo en un restaurante.

»Sigo. Finjamos de nuevo que la vida es una sustancia sólida, redonda, que hacemos girar con los dedos. Finjamos que podemos escribir un cuento sencillo y lógico, de modo que cuando se despache un asunto, el amor, por ejemplo, sigamos, de manera ordenada, al siguiente. Decía que había un sauce. La lluvia de ramas, la corteza arrugada y decrépita tenían el efecto de lo que queda fuera de nuestras ilusiones pero no puede mantenerlas, pues ellas lo cambian a cada momento; sin embargo, lo que queda fuera de nuestras ilusiones se muestra estable, tranquilo, con una severidad que falta en nuestras vidas. De ahí el comentario que hace, la norma que proporciona y la razón por la que, mientras fluimos y cambiamos, parece tomar medidas. Neville, por ejemplo, se sentaba conmigo sobre el césped. Pero, ¿puede haber algo tan claro como esto, decía yo, siguiendo su mirada, entre las ramas, hacia una barca en el río, una barca en la que un joven comía plátanos que sacaba de una bolsa de papel? La escena destacaba con tanta intensidad y se hallaba tan impregnada de la cualidad de su visión que, por un momento, hasta pude verla, la barca, los plátanos, el joven entre las ramas del sauce. Luego se esfumaban.

»Rhoda llegaba paseando sin rumbo, indecisa. Aprovechaba cualquier sabio con traje académico o cualquier pollino que trotara por el campo con las pezuñas enfundadas en zapatillas para esconderse tras ellos. ¿Qué temor vacilaba y se escondía y ardía en una llama en el fondo de sus ojos grises, sobresaltados, soñadores? Aunque seamos crueles y vengativos, no lo somos hasta ese punto. Poseemos una bondad fundamental, sin duda, o no podría hablar como hablo, libremente, con alguien a quien casi ni conozco... no seguiríamos hablando. El sauce, tal como ella lo veía, se alzaba al borde de un desierto gris donde ningún pájaro cantaba. Las hojas estaban arrugadas cuando ella las veía, caían dolorosamente al pasar ella por allí. Tranvías y autobuses rugían roncos en la calle, cubrían las piedras y se alejaban con su espuma. Tal vez una columna, iluminada por el sol, se erguía solitaria en el desierto de Rhoda, junto a una charca, donde las fieras se acercaban a beber sigilosamente.

»Llegó entonces Jinny. Mostró su fuego sobre el árbol. Era como una amapola arrugada, febril, sedienta, deseando beber polvo seco. Punzante, angular, nada impulsiva, estaba preparada. Así recorren las llamas en zigzag las grietas de la tierra seca. Hacía bailar los sauces, pero no con ilusión, porque no veía nada que no estuviera allí. Era un árbol, estaba el río, era por la tarde, allí estábamos, yo llevaba mi traje de sarga, ella vestía de verde. No había pasado ni futuro, solo el momento, con su anillo de luz, y nuestros cuerpos y la culminación inevitable, el éxtasis.

»Louis, cuando se dejaba caer sobre la hierba, extendiendo con cuidado (no exagero) un cuadrado de tela impermeable, nos obligaba a que reconociéramos que estaba allí. Era formidable. Yo tenía la inteligencia de dar la bienvenida a su integridad, a su búsqueda, llevada a cabo con dedos huesudos envueltos en trapos, a causa de los sabañones, de algunos diamantes de indisoluble veracidad. En el césped, en agujeros a sus pies, enterraba cajas de cerillas quemadas. Su lengua sombría y cáustica reprendía mi indolencia. Me fascinaba su sórdida imaginación. Sus héroes llevaban bombín y hablaban de vender pianos por diez libras. Los tranvías chirriaban en medio de su paisaje. La fábrica vertía sus agrios humos. Paseaba por calles ruines y pueblos donde las mujeres estaban borrachas, desnudas, sobre colchas, el día de Navidad. Sus palabras caían desde lo más alto de la torre y salpicaban en el agua. Hallaba una palabra, una sola, para la luna. Luego, se levantaba y se iba; todos nos levantábamos, nos íbamos. Pero yo hacía una pausa, miraba al árbol y, cuando miraba las ramas que ardían amarillas en otoño, se formaba en mí un sedimento. Me formaba yo. Caía una gota. Caía yo... es decir, había nacido de alguna experiencia completa.

»Me levanté y me alejé... yo, yo, yo, no Byron, Shelley ni Dostoievski, sino yo, Bernard. Incluso repetí mi nombre una o dos veces. Me fui, moviendo el bastón, a una tienda a comprar, no es que me guste la música, una imagen de Beethoven en un marco de plata. No es que me guste la música, sino porque la vida toda y sus maestros, sus aventureros, se me aparecían entonces en largas filas de magníficos seres humanos detrás de mí, y yo era el heredero, el continuador, la persona milagrosamente designada para que todo siguiera funcionando. Así caminaba por la calle, balanceando el bastón, con los ojos velados, no con orgullo, sino con humildad. Subía el primer rumor de las alas, el coro de voces, la exclamación. Ahora entro. Entro en la casa, la seca, intransigente casa habitada, el lugar con todas sus tradiciones, sus objetos, sus acumulaciones de basura y tesoros que aparecen sobre mesas. Fui a ver al sastre de la familia, que recordaba a mi tío. Acudieron grandes cantidades de personas, no eran nítidas, como aquellas primeras caras (Neville, Louis, Jinny, Susan, Rhoda), sino confusas, sin rasgos distintivos, o cambiaban tan aprisa sus rasgos que parecían no tener ninguno. Ruborizado, pero desdeñoso, en la más rara condición de éxtasis, sin matices, y de escepticismo, recibí el golpe. Sensaciones confusas. En todo momento y lugar, lo complejo, lo perturbador y la imprevisión ante los golpes de la vida. ¡Qué inquietante! Qué humillante no estar seguro nunca de qué decir a continuación y ser consciente de esos silencios dolorosos, que deslumbran como desiertos secos, que muestran todas sus piedras y luego decir lo que uno no debería haber dicho y luego ser consciente de la rígida baqueta de sinceridad incorruptible que uno cambiaría de buen grado por una lluvia de agradables peniques, pero no pude, no en aquella fiesta, donde Jinny se sentaba a sus anchas, radiante, en el sillón dorado.

»Entonces, con gesto impresionante, dice una señora: "Ven conmigo". Me lleva a un rincón apartado y me hace el honor de su intimidad. Los apellidos dejan el lugar a los nombres de pila; los nombres de pila, a los diminutivos afectuosos. ¿Qué habría que hacer con la India, Irlanda o Marruecos? Responden a la pregunta ancianos caballeros cuyas condecoraciones brillan bajo las lámparas. Uno se ve de repente muy bien abastecido de información. Fuera rugen fuerzas indiferenciadas. En el fondo somos íntimos, muy explícitos, tenemos la sensación de que es aquí, en esta habitación, donde hacemos que sea el día de la semana que queramos. Viernes o sábado. Se forma una concha en la tierna alma, nacarada, brillante, en la que hunden sus picos en vano las sensaciones. A mí se me formó antes que a la mayoría. Cuando otras personas estaban en el postre, yo cortaba mi pera. Podía acabar mis frases en medio de un atento silencio. En esa época es cuando la perfección es un cebo. Se puede aprender español, piensa uno, si se ata una cuerda al dedo gordo del pie y madruga. Uno llena los apartados de la agenda con compromisos de cena a las ocho, almuerzos a la una y media. Uno tiene camisas, calcetines, corbatas extendidos sobre la cama.

»Pero es un error, esta extrema precisión, este progreso ordenado y militar. Una convención, una mentira. Hay siempre muy por debajo de ellos, incluso cuando se llega puntualmente a la hora acordada, chalecos blancos y educados modales, un torrente de sueños rotos, rimas infantiles, gritos callejeros, frases a medio terminar y lugares de interés (olmos, sauces, jardineros que barren, mujeres que escriben), que viene o va, como nosotros, incluso cuando le damos el brazo a una dama para ir a cenar. Mientras uno coloca con precisión el tenedor sobre el mantel, un millar de caras hace muecas. Nada puede pescarse con cuchara, nada que sea un acontecimiento. Sin embargo, el torrente es rápido y hondo. Inmerso en él, me quedaría paralizado entre un bocado y el siguiente, mirando al jarrón, fijamente, quizá con una flor roja, mientras me sorprendía un razonamiento, una revelación súbita. O podría decir, mientras caminaba por el Strand: "Esa es la frase que quiero", como algún pájaro fantasma fabuloso, pez o pescado o nube con bordes de fuego que nadara hasta encerrar de una vez por todas una idea que me inquietaba, después de lo cual yo seguiría trotando y prestando atención, con renovado deleite, a las corbatas y a los objetos en los escaparates.

»El cristal, el globo de la vida, como lo llaman, lejos de ser duro y frío al tacto, tiene paredes del más fino aire. Si apretara, se rompería todo.

Cualquier frase que extraiga íntegra y completa de este caldero es solo una cadena de seis pececitos que se dejan atrapar, mientras que un millón de otros pececitos salta y crepita, como burbujas de plata hirviente en el caldero, y se escurre entre los dedos. Se repiten las caras, más y más caras; presionan con la cabeza las paredes de mi burbuja: Neville, Susan, Louis, Jinny, Rhoda y otros mil. ¡Es imposible ordenarlos! Separar uno, proporcionar el efecto de conjunto. De nuevo, como la música. ¡Qué sinfonía se escuchaba entonces, con su concordia y discordia y sus melodías por arriba y los complicados bajos en la parte inferior! Cada uno tocaba su propia melodía, violín, flauta, trompeta, tambor o el instrumento que fuera. Con Neville: "Hablemos de Hamlet". Con Louis, la ciencia. Con Jinny, el amor. De repente, en un momento de exasperación, nos íbamos durante toda una semana a Cumberland, con un hombre callado, a un albergue, con la lluvia que corría por los cristales y nada más que carne de cordero y carne de cordero y más carne de cordero para la cena. Sin embargo, aquella semana sigue siendo una piedra sólida en medio de la confusión de sensaciones no registradas. Después jugábamos al dominó y más tarde discutíamos sobre la dura carne de cordero. Luego nos íbamos a pasear por el campo. Una niña, que se asomó a la puerta, me dio aquella carta, escrita en papel azul, en la que me enteré de que la joven que me había convertido en Byron iba a casarse con un caballero. Un hombre con polainas, un hombre con un látigo, un hombre que, a la hora de cenar, hablaba de bueyes bien cebados. Me reí, vi cómo corrían las nubes, fui consciente de mi fracaso, de mi deseo de ser libre, de escapar, de unirme a algo, de concluir, de continuar, de ser Louis, de ser yo mismo; salí solo, con el impermeable, y me sentí de mal humor ante las colinas eternas, y no me sentí nada sublime, y volví a casa y me quejé de la carne, e hice las maletas, y me fui de nuevo a la confusión, a la tortura.

»Pero la vida es agradable, la vida es tolerable. El martes sigue al lunes. Luego viene el miércoles. La mente crea anillos, la identidad se robustece. El dolor se mitiga al crecer. Abriendo y cerrando, cerrando y abriendo, con su ruido y su insensibilidad, la prisa y la fiebre de la juventud se vuelven útiles, hasta que todo el ser parece expandirse dentro y fuera, como el muelle de un reloj. ¡Qué aprisa fluye la corriente, de enero a diciembre! Nos arrastra un

torrente de cosas que se han vuelto tan familiares que no proyectan sombra. Flotamos, flotamos...

»No obstante, dado que es necesario abreviar (para contar esta historia), salto, aquí, en este punto, y aterrizo ahora sobre objetos perfectamente comunes, el atizador y las tenazas, cuando los vi un tiempo más tarde, después de que la señora que me convirtió en Byron se hubiera casado, a la luz de alguien a quien llamaré la tercera miss Jones. Esa muchacha que lleva cierto vestido, que lo espera a uno para cenar, que lleva cierta rosa, que le hace a uno pensar al afeitarse: "Despacio, despacio, esto es asunto de cierta importancia". Entonces se pregunta uno: "¿Cómo tratará a los niños?". Se da cuenta uno de que ella no es muy hábil con el paraguas, pero se preocupó cuando el topo cayó en la trampa y, por último, no haría que las tostadas de pan fueran tan prosaicas (pensaba en los interminables desayunos de la vida matrimonial mientras me afeitaba). Sentado frente a esta muchacha, no sería una sorpresa una libélula posada sobre el pan del desayuno. También me inspiró el deseo de prosperar en el mundo y además me hizo mirar con curiosidad las caras hasta entonces repulsivas de los recién nacidos. El fiero latidito, tictac, tictac, del pulso de la mente adquiría un ritmo más majestuoso. Vagué por la calle Oxford. "Somos los continuadores, somos los herederos", dije, pensando en mis hijos e hijas, y si el sentimiento es tan grandioso como para ser absurdo y se oculta subiendo de un salto al autobús o comprando un periódico vespertino, sigue habiendo un elemento curioso en el entusiasmo con el que uno se ata los cordones, con el que se saluda a los viejos amigos comprometidos con diferentes actividades. Louis, el habitante del ático, Rhoda, la siempre húmeda ninfa de la fuente, ambos contradecían lo que entonces era tan positivo para mí, ambos mostraban la otra cara de lo que para mí era tan evidente (que nos casamos, que nos domesticamos), por eso los amaba, me daban pena y envidiaba sus varias fortunas.

»Tuve una vez un biógrafo, hace mucho fallecido, pero si siguiera mis pasos con aquella vieja intensidad de los halagos, diría: "Fue entonces cuando Bernard se casó y compró una casa... Sus amigos notaron en él una creciente tendencia hogareña... El nacimiento de sus niños hizo muy deseable que aumentaran sus ingresos". Este es el estilo biográfico, que se distingue porque ensambla trozos rotos, trozos en carne viva. Después de todo, carece de defectos el estilo biográfico; si uno empieza las cartas con "Estimado señor" y las concluye con un "Suyo afectuosamente", no puede desdeñar estas frases que son como calzadas romanas en el tumulto de nuestras vidas, ya que nos obligan a caminar como gente civilizada, con el paso lento y mesurado de la policía, aunque a la vez pueda uno tararear para sí cualquier tontería: "Ay, ay, los perros ladran", "ven, muerte, ven", "No pongamos obstáculos al matrimonio de mentes sinceras",[12] *y así sucesivamente. "Alcanzó cierto éxito en su profesión... Heredó una pequeña suma de dinero de un tío...", así continuaría el biógrafo, y, si uno lleva pantalones y los sujeta con tirantes, es eso lo que hay que decir, aunque sea tentador a veces irse a buscar moras, aunque sea tentador dedicarse a hacer volar piedras sobre el agua con estas frases. Pero es eso lo que uno tiene que decir.*

»Es decir, que me convertí en cierto tipo de hombre, que seguía su camino por la vida como se camina a campo traviesa. Mis zapatos se desgastaban más por el lado izquierdo. Cuando entraba, había algunos cambios. "¡Aquí está Bernard!". ¡Cuántas formas diferentes hay de decir esto! Hay muchas habitaciones... muchos Bernard. El encantador, pero débil; el fuerte, pero arrogante; el brillante, pero despiadado; el buen muchacho, pero, sin duda, pelmazo inaguantable; el simpático, pero frío; el mal vestido, pero... (en la habitación de al lado) el petimetre, el mundano, el demasiado bien vestido. Para mí mismo, era algo completamente diferente, no era ninguna de esas cosas. Tengo tendencia a examinarme, pinchado en un alfiler, ante la barra de pan del desayuno, con mi esposa, que ahora es mi esposa y no es ya aquella muchacha que cuando pensaba que iba a verme llevaba cierta clase de rosa, y que me da la sensación de que vivo en la inconsciencia, tal como debe de sentirse la rana de San Antonio al ocultarse bajo una hoja del

12 Las «tonterías» que tararea Bernard incluyen varias referencias literarias: «Hark, hark, the dogs do bark», ('Ay, ay, los perros ladran'), pertenece a una rima popular cuyo origen puede situarse en el siglo XIII. «Come away, come away, death» ('Ven, muerte, ven') es un verso de un poema que puede leerse en la *Noche de reyes*, II, II. Por último, «Let me not to the marriage of true minds / admit impediments», ('No pongamos obstáculos al matrimonio de mentes sinceras'), es el comienzo del soneto n.º 116 de Shakespeare.

adecuado color verde. Digo: "Pásame...", y ella añade: "La leche" o "Va a venir Mary...". Palabras sencillas para quienes han heredado el botín de la historia, pero no como se decían entonces, un día tras otro, en la pleamar de la vida, cuando uno se sentía completo, entero, en el desayuno. Músculos, nervios, intestinos, vasos sanguíneos, el mecanismo y resorte de nuestro ser, el zumbido del motor inconsciente, así como el dardo y la vibración de la lengua, funcionaban magníficamente. Abrir, cerrar. Abrir, cerrar. Comer, beber. Hablar a veces... el mecanismo parecía expandirse o contraerse, como el muelle de un reloj. Pan tostado con mantequilla, café y jamón, *The Times,* la correspondencia... de repente sonaba el teléfono con urgencia y me levantaba pensativo y me dirigía a contestar. Tomaba el negro receptor. Notaba la facilidad con la que mi mente se ajustaba a asimilar el mensaje: podría tratarse de una petición (uno tiene esas fantasías) para asumir el gobierno del imperio británico. Me comportaba como debe ser. Notaba, con qué magnífica vitalidad, que los átomos de mi atención se dispersaban, se congregaban en torno a la interrupción, asimilaban el mensaje, se adaptaban a una nueva situación creada, de forma que, al devolver a su lugar el receptor, había un mundo más complejo, más fuerte y más rico en el que se me pedía que desempeñara mi papel y no me cabía duda de que podría hacerlo. Me calaba el sombrero, me dirigía a un mundo habitado por gran número de hombres que también se habían calado el sombrero y, cuando nos empujábamos y nos veíamos en los trenes y en el metro, intercambiábamos el guiño cómplice de los competidores y compañeros que se disponían, con miles de trampas y trucos, a alcanzar el mismo objetivo: ganarse la vida.

»La vida es agradable. La vida es buena. Es satisfactorio el simple proceso de la vida. Tómese al hombre común y corriente en buen estado de salud. Le gusta comer y dormir. Le gusta respirar el aire fresco y darse un paseo con paso ligero por el Strand. O en el campo hay un gallo que canta subido a una tapia, un potro galopa por un prado. Siempre hay algo que hacer a continuación. El martes sigue al lunes; el miércoles, al martes. Cada uno extiende su ola de bienestar, se repite la misma curva de ritmo, que se extiende sobre nueva arena con un estremecimiento o refluye perezosamente. El ser crece en anillos, la identidad se robustece. Lo ardiente y furtivo, como trigo arrojado a voleo por aquí y por allá por las corrientes de la vida de cada lugar, es ahora metódico y ordenado y vuela con una finalidad... o eso parece.

»¡Qué agradable!, Señor, ¡qué bueno!, Señor. Qué tolerable es la vida de los tenderos, me decía yo, mientras el tren cruzaba los barrios periféricos y veíamos las luces en las ventanas de los dormitorios. Son activos, enérgicos como enjambre de hormigas, me decía, mientras veía desde la ventana a los obreros, bolsa en mano, corriendo hacia la ciudad. Qué solidez, qué energía y fuerza en los miembros, pensé, al ver a los hombres en pantaloncillo blanco, corriendo, en enero, tras una pelota de fútbol sobre un campo de nieve. De mal humor, por causa de cualquier poca cosa (podría ser la carne), pues parecería un lujo molestar con un escalofrío la enorme estabilidad, cuya agitación, a punto de nacer nuestro hijo, incrementaba la alegría de nuestro matrimonio. Cené atragantándome. Hablé sin razón, como si fuera millonario y pudiera tirar cinco chelines, o bien, siendo un perfecto escalador, hubiera tropezado a propósito con un escabel. Al ir a acostarnos, zanjamos la discusión en la escalera y, junto a la ventana, mirando al cielo despejado como el interior de una piedra de caparrosa azul, "alabado sea el cielo —dije—, no hace falta forzar la prosa para que se convierta en poesía. Basten estas sencillas palabras". El espacio de la perspectiva y su claridad no parecían mostrar ningún obstáculo, sino que permitían que nuestras vidas se extendieran más y más, más allá de la erupción de tejados y chimeneas, hasta el inmaculado confín.

»Aquí llegó el mazazo de la muerte, la de Percival. "¿Qué es la felicidad? —me dije (había nacido nuestro hijo)—, ¿qué el dolor?", refiriéndome a las dos partes de mi cuerpo, al bajar por las escaleras, haciendo una declaración puramente física. También tomé nota del estado de la casa: la cortina que volaba, la cocinera que cantaba, el armario entreabierto. Dije al bajar: "Dale —es decir, dame— un momento de calma; sufrirá en esta sala de estar, no hay salida". Pero carecemos de palabras para el dolor. Debería haber gritos, grietas, fisuras, blanco que cubra las colchas de cretona, interferencias en el sentido del tiempo, del espacio, el sentido también de lo definitivo en los objetos transitorios, sonidos remotos y muy próximos, carne cortada, derramamiento de la sangre, una articulación que se rompe: por debajo de todo lo cual aparece algo muy importante, pero lejano, algo que hay que celebrar a solas. Así que me fui. Vi aquella primera mañana que él nunca llegó a ver: gorriones, como juguetes posados sobre el cordel por un niño. Sin embargo, ver las cosas a distancia, desde el exterior y darse cuenta de la belleza intrínseca, ¡qué extraño! Y la sensación de quitarse una carga. El fingimiento, las ilusiones y la irrealidad se han ido, llega la ligereza con una especie de transparencia, haciéndolo a uno invisible y viendo las cosas como de paso, ¡qué extraño! "¿Qué otros descubrimientos habrá ahora?", me dije y, para conservarlo, desdeñé los titulares de los periódicos y me fui a ver cuadros. Vírgenes y columnas, arcos y naranjos, quietos como el primer día de la creación, pero familiarizados con el sufrimiento,[13] ahí colgados, y yo los miraba. Me dije: "Aquí estamos, nada nos molesta". Esta libertad, esta inmunidad, parecía entonces una conquista y estimulaba mi exaltación de tal manera que a veces, incluso ahora, vuelvo para regresar a la exaltación, a Percival. Pero no duró. Lo que atormenta es la horrible actividad de la mente: cómo se cayó, qué aspecto tenía, dónde lo llevaron aquellos hombres con taparrabos que tiraban de las cuerdas, los vendajes y el barro. Luego viene el terrible asalto de la memoria, el no saber de antemano, el no poder impedirlo... no fui con él a Hampton Court. La garra rompía, el colmillo desgarraba, no fui. A pesar de sus impacientes disculpas: no tenía importancia, ¿por qué molestar?, ¿por qué echar a perder con interrupciones nuestro momento de camaradería? Sin embargo, me repetía con tristeza, no fui. De forma que, expulsado del santuario por estos oficiosos demonios, fui a ver a Jinny, porque ella tenía una habitación, una sala con mesitas, con adornos dispersos por las mesas. Me confesé entre lágrimas: no fui a Hampton Court. Ella, recordando otras cosas, bagatelas para mí, torturas para ella, me mostró cómo se marchita la vida cuando hay cosas que no podemos compartir. En aquel momento entró una criada con una nota y, cuando Jinny se dio la vuelta para escribir una respuesta, sentí la curiosidad de saber qué escribía, a quién. Vi entonces cómo caía

13 «Familiarizados con el sufrimiento», Isaías, 63, 3.

sobre su tumba la primera hoja. Vi cómo nos movíamos y dejábamos atrás aquel momento para siempre. A continuación, sentados juntos en el sofá, inevitablemente, recordamos palabras de otros: "El lirio vive un día, y es en mayo cuando es más bello".[14] Comparábamos a Percival con un lirio, Percival, a quien me habría gustado ver calvo, enfrentándose con las autoridades, envejeciendo conmigo. Está ya cubierto de lirios.

»La sinceridad del momento pasó, por lo que se convirtió en simbólico, y yo no podía soportar eso. Profiramos la blasfemia de la risa y de la crítica, para no exudar esa pegajosa dulzura de los lirios, cubrámoslo con frases, exclamé. Me fui. Jinny, sin futuro ni cálculo, respetaba el momento con total integridad, estimuló su cuerpo con un leve latigazo y se empolvó la cara (yo la amaba por eso) y se despidió de mí en la puerta, mientras se llevaba la mano al cabello, para que no se lo despeinara el viento; un gesto que la honraba, como si confirmara nuestra decisión: no permitir que crezcan los lirios.

»He observado con desilusionada claridad la despreciable nulidad de la calle, los pórticos, las cortinas, la ropa gris, la codicia y la complacencia de las mujeres que van a la compra, y los viejos que salen a pasear con sus bufandas, el cuidado de las personas que cruzan la calle, la decisión universal de seguir viviendo, cuando, en realidad, tontos y necios como son, dije, cualquier teja puede salir volando de cualquier tejado, cualquier automóvil puede salirse de la calzada, porque todo es inexplicable cuando un borracho da traspiés con un palo en la mano: eso es todo. Yo era como el que admiten entre bambalinas, a quien muestran cómo se crean los efectos. Sin embargo, volví a casa, una doncella me avisó para que subiera sin zapatos por las escaleras. El niño estaba dormido. Subí al dormitorio.

»¿No habrá una espada?, ¿no habrá nada con lo que derribar los muros, la seguridad, el engendrar hijos, la vida tras las cortinas, cada día más involucrados y comprometidos, con libros y con cuadros? Mejor quemar la propia vida, como Louis, en la búsqueda de la perfección o abandonarnos, como Rhoda, y volar al desierto o elegir uno entre millones y solo uno, como Neville, mejor ser como Susan, amar y odiar el calor del sol o la hierba helada,

---

14 Ben Jonson, del poema «The Noble Nature». El verso en inglés es el siguiente: «A lily of a day / Is fairer far in May».

o ser como Jinny, honrada, un animal. Todos tenían su éxtasis, su sentimiento común en relación con la muerte, algo que les fue muy útil. Así que visité sucesivamente a cada uno de mis amigos, tratando, con torpes dedos, de apoderarme de sus cofres cerrados. Fui de uno a otro asido al dolor (no, no al dolor, al carácter incomprensible de nuestra vida), para que lo examinaran. Hay quienes se dirigen a los religiosos; hay quienes se dedican a la poesía; yo me dirijo a mis amigos, a mi propio corazón, para buscar entre frases y fragmentos algo intacto. Siempre yo, para quien no hay belleza suficiente en la luna o en un árbol, para quien el roce entre personas lo es todo, pero quien ni siquiera puede entender esto: que soy imperfecto, débil, indeciblemente solitario. Ahí me quedo.

»¿Debería acabar así el cuento? ¿Con una suerte de suspiro? ¿Una última onda de la ola? ¿Un hilillo de agua que gorgotee en el sumidero? Tocaré la mesa para recobrar el sentido del momento. Un aparador cubierto de vinajeras, una cesta llena de panes, un plato con plátanos: visiones agradables. Pero si no hay cuentos, ¿qué final puede haber, ¿qué principio? Tal vez la vida no sea apta para el tratamiento que le damos cuando la contamos. Despierto a altas horas de la noche, parece extraño no tener un mayor control. Las clasificaciones no son tan útiles. Es extraño cómo refluye la fuerza hasta que el arroyo se seca. A solas, parece como si nuestra vida se hubiera agotado, nuestras aguas solo alcanzan con dificultad la espina del cardo de mar, no podemos llegar hasta aquella piedra alejada para mojarla. Ha concluido, hemos terminado. Pero espera, pasé toda la noche en vela, nos mueve de nuevo un impulso, nos levantamos, echamos atrás una melena de espuma blanca, nos lanzamos a la orilla, no nos encerrarán. Es decir, me afeité y me aseé, no desperté a mi esposa, desayuné, me puse el sombrero, me fui a ganarme la vida. Después del lunes, viene el martes.

»Sin embargo, quedaban dudas, preguntas. Me sorprendió, al abrir una puerta, hallar a la gente ocupada. Al tomar una taza de té, dudaba si habían dicho leche o azúcar. Y la luz de las estrellas fugaces, cuando cae como ahora, en mi mano, después de un viaje de millones y millones de años, me producía una conmoción fría durante un momento, no más, mi imaginación es demasiado débil. Pero quedaban dudas. En mi mente se quedaban revoloteando unas inquietas alas de mariposas nocturnas, como si volaran entre sillas y mesas en una habitación por la noche. Cuando, por ejemplo, me fui a Lincolnshire aquel verano a ver a Susan, y avanzó hacia mí a través del jardín con el movimiento vago de una vela con poco viento, con el movimiento inestable de una mujer embarazada, pensé: "Todo sigue su curso, pero, ¿por qué?". Nos sentamos en el jardín, los carros de la casa se acercaban desbordantes de heno, había la algarabía habitual de grajos y palomas, la fruta recogida y cubierta, el jardinero que cavaba. Las abejas retumbaban en los túneles púrpura de las flores, se incrustaban en los escudos de oro de los girasoles. Volaban tallos sobre la hierba. Qué rítmico, qué medio inconsciente y cómo lo envolvía todo la niebla, pero para mí era detestable, como si una red nos atara brazos y piernas, nos hiciera daño. Ella, que había rechazado a Percival, se entregaba a esto, a esta protección.

»Sentado en un talud, luego tomaría el tren, pensaba en cómo nos rendimos, cómo nos sometemos a la estupidez de la naturaleza. Frente a mí, había bosques cubiertos de hojas. Con un tenue recuerdo olfativo, con el estímulo de un nervio, regresaba la imagen de siempre: los jardineros barriendo, la dama que escribía. Veía las figuras bajo las hayas de Elvedon. Los jardineros barrían, la dama se sentaba a la mesa a escribir. Pero ahora haré la aportación de la madurez a las intuiciones de la infancia: la saciedad y el destino; el sentido de lo que es ineludible en nuestro destino, la muerte, el conocimiento de las limitaciones, cómo la vida es más inflexible de lo que uno había pensado. Entonces, cuando yo era niño, se había afirmado la presencia de un enemigo, el acicate de lo opuesto me estimulaba. Salté y exclamé: "¡Exploremos!". Se terminó el horror del asunto.

»Pero, ¿cuál era ese asunto que había concluido? El aburrimiento y el sometimiento al destino. ¿Qué había que explorar? Las hojas y el bosque no ocultaban nada. Si alzaba el vuelo un pájaro, ya no tendría que escribir un poema, no debía repetir lo que ya había dicho. Así, si yo tuviera un palo con el que señalar las muescas en la curva del ser, esta es la más baja; aquí yace, inútil, en el barro al que no llega la marea: allí, donde me sentaba con la espalda contra el seto, el sombrero sobre los ojos, mientras que las ovejas avanzaban sin piedad de esa forma torpe tan suya, paso a paso, con rígidas, finas patas como de madera. Pero si se acerca una hoja sin filo a una piedra de afilar el tiempo suficiente, algo acaba brotando: un borde dentado de fuego; acercado así a la sinrazón, a la falta de sentido, a la costumbre, a todo ello junto, brota una llama de odio, de desprecio. Tomé mi mente, mi ser, el viejo objeto abatido, casi inanimado, y lo flagelé en medio de estos pares sueltos y restos, palos y pajas, detestables pecios, basuras y desechos, que flotaban en la superficie aceitosa. Me levanté de un salto. Dije: "¡Pelea!, ¡lucha!". Lo repetía. El esfuerzo y la lucha, la guerra perpetua, romper y recomponer: esta es la batalla diaria, derrota o victoria, la búsqueda absorbente. Los árboles, dispersos, ponen orden, se aclara en forma de baile de luz el verde oscuro de las hojas. Los he capturado con mi red mediante una frase repentina. Los he extraído de lo informe mediante palabras.

»El tren se extendió por el andén, se detuvo. Subí al tren. De regreso a Londres por la tarde. Qué satisfactoria es la atmósfera del sentido común y del tabaco, las ancianas que trepan al vagón de tercera con sus cestas, el humo de las pipas, las "buenas noches" y los "hasta mañana" de los amigos que se separan en las estaciones del camino, y luego las luces de Londres. No el ardiente éxtasis de la juventud, no esa bandera violeta hecha jirones, pero sí que eran las luces de Londres, rotundas bombillas, en las altas oficinas, farolas que tejían su luz sobre las secas aceras; destellos que rugían sobre los mercadillos callejeros. Me gusta todo esto cuando durante un momento he derrotado al enemigo.

»También me gusta encontrarme con la representación de la vida a voz en cuello, en un teatro, por ejemplo. El animal del campo, del color de la arcilla, de indescriptible tierra, se yergue aquí y, con ingenio e infinito esfuerzo, lucha contra los verdes bosques y los verdes campos y las ovejas que avanzan con paso mesurado, comiendo. Y, por supuesto, las ventanas de las largas y grises calles estaban iluminadas. Franjas de luz alfombraban las aceras. Había habitaciones limpias y adornadas, con fuego, comida, vino, conversaciones. Entraban y salían hombres con manos ajadas, mujeres con pendientes de perla en forma de pagoda colgando de las orejas. Vi ancianas caras talladas con arrugas y con las burlas que había grabado el mundo. Oí elogios a la belleza, de forma que, incluso en las ancianas, esta parecía referirse a ellas. Y la juventud tan bien preparada para el placer que cualquiera pensaría que el placer debía de existir. Parecería como si los prados debieran hacer olas ante la juventud, como si hubiera que cortar el mar en olas y el bosque debiera hervir en pájaros multicolores para la juventud, para los ansiosos jóvenes. Allí se encontraba uno con Jinny y Hal, Tom y Betty; allí nos contábamos chistes y compartíamos secretos y nunca nos decíamos adiós en la puerta sin dejar de acordar reunirnos de nuevo en otra habitación, en otro momento, en otra estación, a conveniencia. La vida es agradable, la vida es buena. Después del lunes, el martes; a continuación, el miércoles.

»Sí, pero, después de un tiempo, hay diferencias. Acaso lo sugiera algo del aspecto de una habitación una noche, acaso lo sugiera la disposición de las sillas. Parece cómodo hundirse en un sofá en un rincón, a mirar, a escuchar. Ocurre entonces que dos figuras de espaldas a la ventana aparecen a contraluz ante la sombra de un árbol. Con el golpe de la emoción, piensas: "Hay figuras sin rasgos bañadas en belleza". En la pausa que sigue al tiempo se propagan los círculos. La muchacha, con la que se supone que estás hablando, se dice: "Es un anciano", pero se equivoca. No es la edad, es que ha caído otra gota, una gota más. El tiempo ha sacudido lo establecido. Salimos a rastras bajo el arco de hojas del grosellero, llegamos a un mundo más amplio. El verdadero orden de las cosas, nuestra ilusión permanente, es ahora evidente. Así, en un momento, en un salón, nuestra vida se ajustará a la majestuosa marcha del día por el cielo.

»Por este motivo, en lugar de ponerme los zapatos de charol y de buscar una corbata aceptable, busqué a Neville. Buscaba al amigo más antiguo, el que me había conocido cuando era Byron, cuando era el joven de Meredith y también cuando era el héroe de un libro de Dostoievski, un héroe cuyo nombre he olvidado. Neville estaba solo, leía. Una mesa perfectamente ordenada, la cortina correctamente echada, una plegadera dividía un libro francés... nadie, pensé, cambia nunca el gesto con el que lo conocimos ni la ropa. Aquí está sentado en esta silla, con esta ropa, como cuando nos conocimos. Aquí hubo libertad, aquí hubo intimidad, la luz del fuego separaba de la cortina una manzana redonda. Allí hablábamos, nos sentábamos a hablar, paseábamos por la avenida, la avenida que se extiende bajo los árboles, bajo los árboles espesos de hojas susurrantes, los árboles adornados de frutas, bajo los que tantas veces hemos paseado. El césped está agostado en torno a algunos de esos árboles, también lo está en torno a ciertas obras y poemas, algunos de nuestros favoritos. El césped se ha agostado después de pisarlo con nuestro ritmo incesante, sin método. Cuando tengo que esperar, me pongo a leer; si me despierto en medio de la noche, paso la mano por la estantería para buscar un libro. Es un material que siempre crece, tengo en la cabeza una gran acumulación de material que no conozco. A veces me llevo una pieza, puede ser Shakespeare, puede ser una anciana llamada Peck, y me digo a mí mismo, mientras fumo un cigarrillo en la cama: "Esto es Shakespeare, esto es Peck", con la certeza del reconocimiento y la conmoción del conocimiento que es infinitamente agradable, aunque no pueda comunicarse. Así que hemos compartido nuestras Peck, nuestros Shakespeare, hemos comparado las versiones respectivas, hemos permitido que nuestras respectivas versiones colocaran a Peck o a Shakespeare bajo una luz mejor y luego hemos caído en uno de esos silencios que a veces interrumpen unas pocas palabras, como si una aleta se alzara en el desierto del silencio, y luego la aleta, el pensamiento, se hundiera en las profundidades, extendiendo a su alrededor una pequeña onda de satisfacción, de contento.

»Sí, pero, de repente, se oye el tictac de un reloj. Inmersos en el mundo, nos damos cuenta de que hay otro mundo. Es doloroso. Fue Neville quien cambió nuestro tiempo. Él, que había estado pensando con el tiempo ilimitado de la mente, que se extiende en un instante desde Shakespeare hasta nosotros mismos, atizó el fuego y empezó a vivir por ese otro reloj que marca la llegada de una persona concreta. La amplia y digna capacidad de su mente se contrajo. Era todo atención. Me daba cuenta de que escuchaba la música de los sonidos de la calle. Me fijé en cómo tocaba un cojín. De las miríadas de la humanidad, de todos los tiempos pasados, él había elegido una persona y un momento concreto. Se oyó un ruido en el recibidor. Las palabras que pronunciaba se movieron en el aire como llama inquieta. Me fijé en cómo separaba los ruidos de unos pasos del resto de los ruidos de pasos, esperando alguna señal de identificación y mirando con rapidez de serpiente hacia el tirador de la puerta. (De ahí la asombrosa agudeza de sus percepciones, siempre lo adiestraba una sola persona). Una pasión tan concentrada expulsaba otras como una masa extraña se extrae de un alambique: un fluido burbujeante. Me di cuenta de mi propia naturaleza, imprecisa y llena de sedimentos y nubes, llena de dudas, llena de frases y de notas en cuadernos. Los pliegues de la cortina estaban quietos, esculturales, el rotundo pisapapeles de la mesa se hizo aún más preciso, los hilos de la cortina brillaban, todo se volvió definitivo, externo, se convirtió en una escena en la que yo no participaba. Por tanto, me levanté, allí lo dejé.

»¡Dios mío!, al salir de la habitación, ¡cómo se cebaron en mí los colmillos del antiguo dolor! El deseo de estar con quien está ausente. ¿Quién? Al principio no me daba cuenta y luego recordé a Percival. Durante meses no había pensado en él. Quería reírme con él, quería reírme de Neville con él. Eso era lo que quería, que camináramos del brazo mientras nos reíamos. Pero no estaba. El lugar estaba vacío.

»Es extraño cómo los muertos se abalanzan sobre nosotros a la vuelta de las esquinas o en sueños.

»Aquella ráfaga de viento intermitente, fuerte y frío, me envió aquella noche a través de Londres a visitar a otros amigos, Rhoda y Louis, pues deseaba compañía, seguridad, contacto humano. Me preguntaba, mientras subía las escaleras, ¿cuál sería su relación?, ¿qué se dirían cuando estaban solos? Me imaginé que ella era torpe con la tetera. Ella miraba hacia los tejados de pizarra: la siempre húmeda ninfa de la fuente, obsesionada con visiones, con sueños. Ella abrió la cortina para mirar la noche. "¡Fuera! —dijo—. Bajo la luna, el páramo está oscuro". Llamé, esperé. Quizá Louis vertía leche en el platillo para el gato. Louis, cuyas manos nudosas se cerraban como las compuertas de las esclusas, con la lenta angustia del esfuerzo ante el enorme tumulto de las aguas, que sabía lo que habían dicho los egipcios, los indios, los hombres de altos pómulos y los solitarios, vestidos de estameña. Llamé, esperé, no hubo respuesta. Bajé fatigosamente por la escalera de piedra. Los amigos, qué lejanos, qué callados, qué pocas veces los visitamos, qué poco los conocemos. También soy yo alguien oscuro y desconocido a sus ojos, un fantasma, visto a veces, a veces no visto. La vida es sueño, sin duda;

nuestra llama, un fuego fatuo que ven unos pocos ojos, que pronto se apaga, que se esfuma. Me acordaba de mis amigos. Pensaba en Susan. Había comprado tierras. En sus invernaderos maduraban pepinos y tomates. La vid que había asesinado la helada del año pasado echaba ya una o dos hojas. Caminaba pesadamente con sus hijos por sus prados. Iba por las tierras que cuidaban hombres con polainas, señalaba con la punta del bastón hacia un tejado, un seto o una tapia en mal estado. Las palomas la seguían, con torpes andares, por los granos de trigo que dejaban caer sus dedos capaces aunque poco refinados. "Pero ya no me levanto con la primera luz", decía. Luego pensaba en Jinny, quien, sin duda, se interesaba por un nuevo joven. Llegaban al momento culminante de la conversación. La sala a oscuras, los sillones en los sitios correctos. Porque a ella le gustaba propiciar el momento. Sin ilusiones, dura y clara como el cristal, cabalgaba contra el día a pecho descubierto. Dejó que sus lanzas la atravesaran. Cuando blanqueó un rizo de su frente, lo entretejió entre los demás sin miedo. Para que cuando vinieran a enterrarla nada estuviera fuera de lugar. Hallarían trozos de cintas rizadas. Pero la puerta sigue abriéndose. ¿Quién viene?, pregunta y se levanta para recibirlo, como en aquellas primeras noches de primavera, cuando el árbol junto a las grandes casas de Londres, en las que se iban a la cama, serenos, los ciudadanos respetables, apenas protegía su amor; y el chirrido de los tranvías se mezclaba con sus gritos de alegría y el murmullo de las hojas arropaba su languidez, su lasitud deliciosa, cuando se iba a dormir, refrescada por la dulzura de la naturaleza satisfecha. Los amigos, qué pocas veces los visitamos, qué poco los conocemos. Cierto, pero, cuando me encuentro con un desconocido, y trato de exponer, aquí, en esta mesa, lo que yo llamo "mi vida", no es una vida del pasado hacia donde miro, no soy una persona, soy muchas personas, en el fondo no sé quién soy: Jinny, Susan, Neville, Rhoda o Louis; tampoco sé cómo distinguir mi vida de la de ellos.

»Recordé aquella noche a principios de otoño, cuando nos reunimos a cenar una vez más en Hampton Court. Al principio, el malestar era apreciable, porque todos entonces estábamos comprometidos con algo, y quienes se acercaban al lugar de encuentro vestidos de esta o de aquella manera, con bastón o sin él, parecían oponerse a ese compromiso. Vi cómo Jinny miraba los dedos toscos de Susan y luego ocultaba los suyos; yo, teniendo en cuenta a Neville, tan pulcro y exacto, era consciente de la nebulosa de mi borrosa vida envuelta en frases. A continuación, Neville fanfarroneaba, porque se avergonzaba de una habitación, de una persona y de su propio éxito. Louis y Rhoda, los conspiradores, los espías de la mesa, que tomaban notas, se decían: "En definitiva, Bernard puede hacer que el camarero nos traiga pan... puede hacer algo que nosotros no sabemos hacer". Durante un momento, vimos entre nosotros el cuerpo del ser humano completo que no hemos conseguido ser, pero al que, a la vez, no hemos podido olvidar. Vimos todo lo que pudimos haber sido, todo lo que nos habíamos perdido, de mala gana atendíamos los deseos de los demás, como los niños que, cuando se corta la tarta, la gran tarta, la única tarta, solo ven cómo disminuye su porción.

»Pero nos bebimos la botella de vino y, bajo esa seducción, olvidamos la enemistad y dejamos de comparar. En medio de la cena, sentimos cómo crecía en torno a nosotros la enorme oscuridad exterior, lo que no somos. El viento y el girar de las ruedas se convirtieron en el rugido de tiempo y nos precipitábamos ¿adónde?, ¿quiénes éramos? Nos extinguimos durante un momento, salimos disparados como chispas de papel quemado, rugía la oscuridad. Fuimos más allá del tiempo y de la historia. Para mí, esto no dura sino un segundo. Concluyó por mi valentía. Golpeé la mesa con una cuchara. Si pudiera medir las cosas con un compás, lo haría, pero, dado que mi único instrumento de medición es la frase, he olvidado qué frase dije en aquella ocasión. Nos convertimos en seis personas en una mesa en Hampton Court. Nos levantamos y caminamos juntos por la avenida. En el fino, irreal crepúsculo, a ratos nos llegaba como el eco de quienes se reían en alguna alameda, eso me devolvió el ingenio y la carne. Contra la puerta de entrada, contra un cedro, vi llamas brillantes, Neville, Jinny, Rhoda, Louis, Susan y yo, nuestra vida, nuestra identidad. El rey Guillermo parecía un monarca irreal; su corona, simple oropel. Pero nosotros, ante los ladrillos, bajo las ramas, nosotros seis, entre muchos millones, un momento, entre una inconmensurable abundancia de pasado y futuro, ardimos triunfantes. El momento lo era todo, el momento bastaba. Entonces, Neville, Jinny, Susan y yo, rompimos como una ola, nos rendimos ante la hoja siguiente, el preciso pájaro, el niño con el aro, el perro que hacía cabriolas, el calor que se atesora en los bosques después de un día de calor, ante las luces retorcidas como una cinta blanca sobre las aguas onduladas. Nos separamos, nos sumimos en la oscuridad de los árboles, dejamos a Rhoda y Louis de pie, en la terraza, junto a la urna.

»Cuando regresábamos de la inmersión, ¡qué grata!, ¡qué honda!, y llegamos a la superficie, con algo de pena, vimos allí a los conspiradores. Habíamos perdido lo que ellos habían conservado. Interrumpíamos. Pero estábamos cansados y, si había sido bueno o malo, si lo habíamos logrado o lo habíamos dejado a medias, a nuestros esfuerzos los ocultaba un oscuro velo. Las luces se hundían cuando nos detuvimos un momento en la terraza que se asoma al río. Los vapores desembarcaban a los viajeros en la orilla, se oían lejanos gritos de alegría, canciones, como si saludaran con los sombreros y se unieran a la última canción. Cruzó el agua el sonido del coro y sentí que saltaba en mi interior ese viejo impulso que durante toda la vida me ha hecho actuar, que me ha hecho ascender y descender con el rugido de otras voces, cantando la misma canción; que me ha hecho mecerme en un rugido de alegría casi sin sentido, en las sensaciones, en el triunfo, en el deseo. Pero no ahora. ¡No! Ahora no podía controlarme, no podía percibirme a mí mismo, no podía evitar dejar caer en el agua las cosas que un minuto antes me habían hecho sentirme ansioso, divertido, celoso, vigilante y multitud de otras cosas. No pude recobrarme del interminable dar, de la disipación, del desbordamiento ajeno a nuestra voluntad y del fluir callado bajo los arcos del puente, alrededor de algún grupo de árboles o de una isla, donde las aves se posan sobre estacas, sobre el agua turbulenta que se convierte en olas del mar... No pude recobrarme de esa disipación. Así que nos separamos.

»Este fluir mezclado con Susan, Jinny, Neville, Rhoda, Louis, ¿era como una muerte?, ¿un nuevo conjunto de elementos?, ¿indicio del porvenir? Se garabateó la nota, cerré de golpe el libro. Soy un estudiante sin disciplina. Nunca recito la lección a la hora prevista. Más tarde, caminando por la calle Fleet en hora punta, me acordé de ese momento, lo prolongué: "¿Siempre he de golpear yo —me dije— con la cuchara sobre el mantel?, ¿debo también yo dejarlo pasar?". Los autobuses estaban atestados; llegaban uno tras otro y se detenían con un clic, como un eslabón que se añadiera a una cadena de piedra. La gente pasaba.

»Como un río crecido, pasaban muchedumbres, con portafolios, entraban en la corriente y salían de ella con rapidez increíble. Pasaban rugiendo como un tren en un túnel. Aprovechando la oportunidad, crucé, me lancé por un pasillo oscuro y entré en una tienda donde me cortaron el pelo. Incliné la cabeza hacia atrás y me envolvieron en una sábana. Un espejo frente a mí me mostró mi cuerpo maniatado y la gente que pasaba; se detenían, miraban, seguían indiferentes. El peluquero comenzó a mover las tijeras de un lado a otro. Me sentía impotente para detener las oscilaciones del frío acero. Así nos cortan el pelo y nos colocan en fila —dije—, así nos tumbábamos juntos, en las húmedas praderas, ramas secas o floridas. Nada más podemos mostrar en los setos desnudos, abiertos al viento y la nieve, nada más para mantenernos erguidos cuando el viento sopla, para llevar nuestra carga con orgullo o permanecer, sin rechistar, al mediodía, cuando el ave se arrastra cerca de la rama y la humedad blanquea la hoja. Nos han cortado, hemos caído. Formamos parte de ese universo insensible que duerme cuando más vivos estamos y que arde cuando dormimos. Hemos renunciado a nuestro puesto y ahora estamos tendidos, secos, ¡pronto olvidados! Tras lo cual vi por el rabillo del ojo que al peluquero alguien de la calle le había llamado la atención.

»¿Qué le interesaba al peluquero? ¿Qué veía el peluquero en la calle? Así es como regreso. (Porque no soy ningún místico, siempre hay algo que tira de mí: la curiosidad, la envidia, la admiración, el interés por los peluqueros y cosas semejantes, eso es lo que me trae a la superficie). Mientras cepillaba la pelusa del abrigo, me esforzaba en asegurarme de su identidad y, a continuación, moviendo el bastón, me fui por el Strand y evoqué, para crear el contraste que se opusiera a mí mismo, la figura de Rhoda, siempre tan furtiva, siempre con miedo en los ojos, siempre buscando alguna columna en el desierto que había ido a buscar, se había suicidado. "Espera —dije, mientras le daba el brazo en mi imaginación (así nos comportamos con los amigos)—, espera a que se hayan ido los autobuses. No cruces de esta forma peligrosa. Son tus hermanos". Al convencerla, convencía también a mi propia alma. Porque esto no es solo una vida, ni yo sé siempre si soy hombre o mujer, Bernard o Neville, Louis, Susan, Jinny o Rhoda... qué extrañas son las relaciones entre unos y otros.

»Moviendo el bastón, con el pelo recién cortado, con un hormigueo en la nuca, dejé atrás los puestecillos de juguetes baratos, importados de Alemania, que se venden en una calle junto a Saint Paul... Saint Paul, la gallina clueca con las alas extendidas desde cuyo refugio los autobuses parten repletos de hombres y mujeres en las horas punta. Pensé en cómo sería Louis al subir los escalones con su pulcro traje, con el bastón en la mano y su caminar descoyuntado y distante. Con su acento australiano ("Mi padre, banquero en Brisbane"), yo pensaba que se acercaría con mayor respeto que yo a estas antiguas ceremonias, que llevo escuchando estas canciones de cuna desde hace un millar de años. Siempre me impresionan, al entrar, las rosas brillantes, el bronce bruñido, el aleteo y el canto, mientras llora la voz de un niño en la cúpula como una paloma perdida y errante. La posición de decúbito supino y la paz de los muertos me impresionan (los soldados que reposan bajo viejas banderas). Después me burlo de las flores y del absurdo de alguna tumba recargada, de las trompetas y las victorias y de los escudos de armas y de la certeza, tan sonoramente repetida, de la resurrección, de la vida eterna. Mis ojos vagabundos e inquisitivos me muestran a un niño asombrado, a un jubilado que arrastra los pies o las reverencias de las cansadas dependientas, en cuyos flacos pechos sabe Dios qué conflictos luchan, a los que vienen a buscar aquí consuelo en la hora punta. Paseo, miro y me asombro; a veces, furtivamente, trato de elevarme hasta la cúpula en el rayo de la oración de otra persona, fuera, más allá, dondequiera que vayan. Pero, entonces, como la paloma perdida que se queja, me veo cayendo, revoloteando, descendiendo y posándome sobre alguna curiosa gárgola, sobre alguna nariz maltratada o una lápida absurda, con humor, con asombro, y veo de nuevo a los turistas, que pasan aprisa, con sus guías de viaje Baedeker, mientras la voz del muchacho vuela por la cúpula y el órgano a veces se entrega a un momento de masivo triunfo paquidermo. Me preguntaba: ¿cómo conseguiría Louis alojarnos a todos en este interior? ¿Cómo nos limitaría, nos haría uno, con su tinta roja, con su punta tan fina? En la cúpula se apagaba la voz, concluía en lloros.

»De nuevo en la calle, balanceando el bastón, mirando las bandejas para la correspondencia en los escaparates de las papelerías, las cestas de frutas de las colonias de ultramar, murmurando "Pillicock se sentó en la colina de Pillicock" o recordando "Ay, ay, los perros ladran" o "Comienza de nuevo una gran era del mundo" o "Ven, muerte, ven..." mezclando sinsentido y poesía, dejándome llevar por la corriente.[15] Siempre hay algo que hacer a continuación. El martes sigue al lunes; el miércoles, al martes. Cada día propaga su onda. El ser vivo crece en anillos, como los árboles. Como los árboles, en otoño deja caer las hojas.

»Un día, apoyado sobre una portilla que se abría a un campo, todo se detuvo, el ritmo, las rimas y el tararear, el sinsentido y la poesía. Se despejó un espacio en mi mente. Vi a través de la hojarasca de la costumbre. Apoyado en la portilla, lamenté tanto desperdicio, tanta inconclusión y separación, porque no puede uno atravesar Londres para ver a un amigo, tan llena de compromisos está la vida, ni embarcarse a la India a ver a un hombre desnudo pescar con arpón peces en el agua azul. Me dije que la vida había sido imperfecta, una frase inacabada. Para mí, había sido imposible mantener la coherencia, aceptando tabaco, como lo acepto, de cualquier viajante con quien me encontrara en cualquier tren... el sentido de las generaciones, de mujeres con cántaros de color rojo a la orilla del Nilo, del ruiseñor que canta entre conquistas y migraciones. Había sido una empresa demasiado vasta, me dije, ¿cómo voy a poder seguir levantando eternamente el pie para subir los escalones? Me dirigí a mí mismo como le hablaría a un compañero con quien viajara al Polo Norte.

»Hablé con ese yo que había estado conmigo en muchas aventuras tremendas, el hombre fiel que se sienta junto al fuego cuando todo el mundo

15 De nuevo, Bernard, mezcla rimas populares, «Pillicock sat on Pillicock's hill» ('Pillicock se sentó en la colina de Pillicock'); «Hark, hark, the dogs do bark», con fragmentos de poemas como «The World's Great Age begins Anew» ('Comienza de nuevo una gran era del mundo'), título y primer verso de un poema de P. B. Shelley o «Come away, come away, death» ('Ven, muerte, ven') de la *Noche de Reyes* de Shakespeare.

se ha ido ya a la cama y revuelve las brasas con un atizador, el hombre que de forma misteriosa y mediante acumulaciones repentinas del ser se ha ido construyendo, en un hayedo, sentado junto a un sauce en la orilla de un río, inclinado sobre un parapeto en Hampton Court, el hombre que tomó una decisión en un momento de crisis y golpeó con la cuchara sobre la mesa y dijo: "No lo consentiré".

»Ahora, este yo, inclinado sobre la portilla, que miraba los campos coloridos que se desplegaban en olas, no respondía. No se oponía. No intentaba crear una frase. No cerraba los puños. Esperé. Escuché. Nada venía, nada. Lloré a continuación, con la convicción repentina de la deserción total: ya no hay nada. Ninguna aleta rompe el desierto de este mar inconmensurable. La vida me ha destruido. No hay eco cuando hablo, no hay palabras variadas. Esto, en verdad, es más la muerte que la muerte de los amigos, más que la muerte de los jóvenes. Soy la figura envuelta que ocupa su espacio en la peluquería.

»La escena ante mí se marchita. Es como el eclipse, cuando se va el sol y abandona la tierra, todavía floreciente con el follaje de pleno verano, y la tierra se vuelve seca, quebradiza, incierta. También vi en un camino enrevesado el baile polvoriento de los grupos que habíamos formado, cómo llegaban juntos, cómo comían juntos, cómo se conocieron en esta habitación o en aquella. Vi mi incansable ajetreo... cómo había ido corriendo de una persona a otra, trayendo y llevando, yendo y viniendo, cómo me había unido a este grupo o a aquel, aquí recibiendo un beso, allí alejado de todos, siempre empeñado mediante algún propósito inquebrantable, con la nariz en el suelo, como un perro tras la pista, con un movimiento ocasional de la cabeza, un grito ocasional de asombro, de desesperación, y luego de vuelta otra vez con la nariz tras la pista. ¡Qué basura...!, ¡qué confusión!, aquí el nacimiento, allí la muerte, lo suculento y lo dulce, el esfuerzo y la angustia, y yo siempre corriendo de aquí para allá. Ahora había terminado todo. No tenía ya apetito que saciar. No tenía aguijón con el que envenenar a las personas, ni dientes afilados ni manos ávidas de agarrar ni el deseo de saborear la pera ni la uva ni de ver el sol cayendo a plomo sobre la tapia del huerto.

»El bosque había desaparecido, la tierra era una vasta sombra. Ningún ruido rompía el silencio del paisaje invernal. No cantaba el gallo, no se alzaba el humo, ningún tren se movía. Un hombre sin yo, me dije. Un cuerpo pesado apoyado sobre una portilla. Un hombre muerto. Con desesperación desapasionada, completamente desilusionado, he examinado el baile polvoriento, mi vida, la vida de mis amigos y las presencias fabulosas, los hombres con escobas, damas que escriben, el sauce junto al río... nubes y fantasmas de polvo también, de polvo que, además, cambiaba, como las nubes pierden o ganan, se tiñen de oro o de rojo, pierden sus cumbres o se modifican de esta o de aquella forma, son mudables, inútiles. Con el cuaderno, escribiendo frases, había registrado cambios sencillos, sombras. Había sido diligente: había registrado las sombras. ¿Cómo seguir ahora, me dije, sin un yo, sin peso ni visión, a través de un mundo sin peso, sin ilusión?

»La pesadez de mi desaliento abrió de golpe la portilla, y me vi, anciano, grueso, con el pelo gris, en un campo incoloro, vacío. No se oyen ecos, no hay fantasmas, no hay conjurar de inconvenientes, sino caminar siempre sin sombra, sin dejar huella en la tierra muerta. Si hubiera habido ovejas pastando, moviendo una pata tras otra o un pájaro o un hombre que clavara una pala en la tierra, si hubiera habido una zarza que me hubiera hecho caer o una zanja, húmeda de hojas empapadas, en la que hubiera caído... pero no, el melancólico camino siempre igual era aún más invernal, más pálido, una vista siempre igual y poco interesante del mismo paisaje.

»¿Cómo vuelve la luz al mundo después del eclipse de sol? Milagrosa, frágilmente. Con finas rayas. Cuelga como una jaula de cristal. Es un aro que fracturará un jarrón pequeño. Hay una chispa allí. Al momento hay un destello de color pardo. A continuación, un vapor, como si la tierra respirara, dentro, fuera, una vez, dos veces, por primera vez. A continuación, en el sopor, alguien camina con una luz verde. A continuación, se desgaja un fantasma blanco. Los bosques laten de azul y verde y, poco a poco, los campos beben rojo, dorado, castaño. De repente, un río arranca una luz azul. La tierra absorbe el color como una esponja que bebiera lentamente. Gana peso, se redondea, cuelga, se instala y se balancea bajo nuestros pies.

»Así regresaba a mí el paisaje, así vi cómo los campos se extendían en olas ante mí, pero ahora con una diferencia, veía, pero no me veían. Caminaba sin sombra, llegaba sin nadie que me anunciara. Se había desprendido de mí la vieja capa, la vieja respuesta y la mano hueca que devuelve los ruidos. Leve como un fantasma, sin dejar rastro por donde pisaba, simplemente percibiendo, caminaba solo en un mundo nuevo, nunca hollado, ante nuevas flores, sin poder hablar, salvo con sencillas palabras infantiles, sin refugio de frases... yo, que tantas he hecho, solo, yo, que siempre he ido acompañado de los míos, solitario, yo, que siempre tenía a alguien con quien compartir el fuego del hogar vacío o el armario con el lazo dorado.

»Pero, ¿cómo describir el mundo visible sin un yo? No hay palabras. Azul, rojo... incluso estas palabras distraen, incluso su espesor oculta, en lugar de dejar pasar la luz. ¿Cómo describir o decir nada con palabras de nuevo? Solo puede decirse que todo se esfuma, todo se somete a una transformación gradual, se convierte, incluso en el transcurso de un corto paseo, en habitual. Como esta escena. Regresa la ceguera cuando uno se mueve y una hoja se repite en otra. El encanto regresa con la mirada, con todo su cortejo de frases fantasmales. Se respira, dentro, fuera, con un respirar sustancial. En el valle, el tren, adornado con orejas de humo, atraviesa los campos.

»Pero, por un momento, me había sentado en el césped en alguna altura sobre el movimiento del mar y el sonido del bosque, había visto la casa, el jardín y las olas que rompían. La vieja maestra que pasaba las páginas del libro ilustrado se había detenido y había dicho: "Mira, esta es la verdad".

»En esto pensaba, cuando llegué a la avenida Shaftesbury por la noche. Estaba pensando en esa página del libro ilustrado. Cuando me encontré contigo donde se cuelgan los abrigos, me dije: "No me importa con quién me encuentre, ha concluido todo este asunto de 'ser'. Ni sé quién es ni me interesa saberlo, cenaré con él, ¿quién es?". Así que colgué la chaqueta, te di un golpe en el hombro y te dije: "Sentémonos juntos".

»Hemos terminado de cenar, estamos rodeados de mondas y migas de pan. He tratado de deshacer el ramo y de ofrecértelo, pero si hay algo sólido en él o es verdad, eso no lo sé. Tampoco sé exactamente dónde estamos.

¿Sobre qué ciudad se extiende ese cielo que nos mira? ¿París?, ¿es Londres donde nos sentamos?, ¿es alguna ciudad del sur de casas de color rosa que se extiende bajo los cipreses, al pie de las altas montañas, donde las águilas se elevan? En este momento, no estoy seguro.

»Empiezo a olvidar, empiezo a dudar de la solidez de las mesas, de la realidad del aquí y del ahora; golpeo con fuerza con los nudillos sobre la superficie de los objetos aparentemente sólidos y pregunto: "¿Eres sólido?". He visto tantas cosas diferentes, he hecho tantas frases tan diferentes. En el proceso de comer y beber y frotar los ojos a lo largo de las superficies he perdido esa concha dura que envuelve el alma, que te envuelve en la juventud: de aquí el ardor de la juventud y el picar, toc, toc, toc, de los jóvenes picos sin remordimientos. Me pregunto: "¿Quién soy?". He estado hablando de Bernard, de Neville, de Jinny, de Susan, de Rhoda y de Louis. ¿Soy todos ellos?, ¿soy uno?, ¿soy diferente? Lo ignoro. Aquí nos sentamos juntos. Pero ahora Percival está muerto y Rhoda está muerta, estamos separados, no estamos aquí. Sin embargo, no hallo ningún obstáculo que nos separe. No hay separación entre ellos y yo. Cuando hablaba, lo que sentía era: "Soy vosotros". Vencí esta diferencia a la que tanta importancia damos, esta identidad que tan febrilmente apreciamos. Sí, he sido sensible, receptivo desde que la buena de Mrs. Constable levantó la esponja, y vertió agua caliente sobre mí, y me cubrió con mi propia carne. Aquí, en la frente llevo el golpe que recibí cuando Percival se cayó. Aquí en el cuello está el beso que Jinny dio a Louis. Mis ojos se llenan con las lágrimas de Susan. Veo a lo lejos, temblando como un hilo de oro, la columna que vio Rhoda, y siento el soplo del viento de su vuelo cuando saltó.

»Así, cuando me acerco a esta mesa a dar forma con las manos al relato de mi vida y os lo ofrezco como cosa completa, tengo que recordar cosas que provienen de muy lejos, hondas, hundidas en esa vida o en aquella, y que se han convertido en parte de la mía; los sueños, también, las cosas que me rodean y los residentes, los viejos fantasmas que apenas hablan, que merodean día y noche, que se revuelven en sus sueños, que gritan gritos confusos, que extienden dedos fantasmales de los que trato de huir cuando pretenden agarrarme... son sombras de personas que yo podría haber sido, yoes nonatos. También está el animal de siempre, el salvaje, el hombre peludo que se mancha los dedos con vísceras y entrañas y se atraganta y eructa, cuyo discurso es gutural, visceral... pues, bien, aquí está. En mí tiene su asiento. Esta noche ha sido un festín de codornices, ensalada y mollejas. Sujeta con la zarpa una copa de buen *brandy.* A cada sorbo, ronronea como un gato y taladra con cálidas sensaciones mi espina dorsal. Sí, se lava las manos antes de comer, pero no dejan de ser unas manos peludas. Se abrocha los botones de pantalones y chalecos, pero no dejan estos de ocultar los órganos del animal de siempre. Me arrastra si le hago esperar por la cena. Hace muecas sin cesar, señala lo que desea con gesto idiota de avaricia y codicia. Te aseguro que a veces me cuesta mucho controlarlo. Ese hombre, ese peludo, un simio, ha aportado lo suyo a mi vida. Ha pintado de un verde más intenso lo que ya era verde; detrás de cada hoja sujetaba la antorcha de rojas llamas, con su humo espeso y agrio. Incluso ha iluminado el fresco jardín. Ha blandido la antorcha en turbias callejuelas donde las niñas de repente parecen brillar con una transparencia de color rojo y embriagador. ¡Ay, ha lanzado la antorcha a lo alto! ¡Me ha llevado a bailes desenfrenados!

»Pero, basta. Ahora, esta noche, mi cuerpo asciende un nivel tras otro, como templo tranquilo cuyo suelo estuviera cubierto con alfombras y murmullos, y se alzara en él el humo de los altares, pero arriba, en lo alto, a mi cabeza serena, llegaran solo ráfagas de bellas melodías, olas de incienso, mientras que la paloma perdida se lamentara y las banderas temblaran sobre las tumbas y los aires oscuros de la medianoche movieran los árboles al otro lado de las ventanas abiertas. Cuando miro hacia abajo desde esta trascendencia, ¡qué hermosos son incluso los restos de las migas de pan! ¡Qué hermosas espirales forman las mondas de la pera!, ¡qué finas y moteadas, como huevos de algún ave marina! Incluso los tenedores, unos junto a otros, parecen lúcidos, lógicos, exactos, y los mendrugos de pan que dejamos están vidriados, chapados en oro, están duros. Podría adorar incluso mi mano, con su abanico de dedos unidos por venas azules y misteriosas, su aspecto sorprendente de poder, flexibilidad y destreza para cerrarse con suavidad, para aplastar bruscamente... su infinita sensibilidad.

»Inconmensurablemente receptivo, que todo lo abarca, que tiembla de plenitud, pero claro, contenido: así parece que sea mi ser, ya no lo mueve el deseo de ir más allá que los demás, la curiosidad ya no vuelve policromada esta lejanía. Se halla en lo hondo, donde no hay mareas, inmune, muerto el hombre a quien yo llamaba "Bernard", el hombre que guardaba un cuaderno en el bolsillo en el que anotaba cosas: frases para describir la luna, notas sobre rasgos, el aspecto de la gente, cómo se daban la vuelta, cómo apagaban las colillas de los cigarrillos; en la E, escamillas de las alas de la mariposa; en la M, formas de nombrar la muerte. Pero dejemos abierta la puerta, la puerta de vidrio que ha estado todo el tiempo girando sobre sus goznes. Que entre una mujer, que se siente un joven con bigote, vestido para una fiesta, ¿pueden decirme algo? ¡No! Me lo sé todo. Si de repente se levantara y se fuera, "Querida —diría—, ya no me importas". El ruido de la ola que cae, el que ha resonado durante toda mi vida, que me despertaba para que viera el lazo dorado en el armario, ya no hace temblar lo que poseo.

»Así que ahora, asumiendo el misterio de las cosas, podría actuar como un espía, sin salir de este lugar, sin moverme de la silla. Sé visitar los remotos confines del desierto donde el salvaje se sienta junto a la hoguera. Amanece, la muchacha se lleva a la frente las joyas de ardiente corazón, acuosas; el sol dirige sus rayos hacia la casa dormida, las olas son más altas, se arrojan contra la costa, la espuma retrocede, las aguas rodean la barca y el cardo de mar. Los pájaros cantan a coro, discurren entre los tallos de las flores profundos túneles, la casa es más blanca, el durmiente se despereza, poco a poco todo está en movimiento. La luz inunda la habitación y empuja una sombra tras otra más allá, donde cuelgan en pliegues inescrutables. ¿Qué hay en la sombra central? ¿Es algo? ¿Nada? No lo sé.

»Ah, pero está tu cara. Me llama la atención. Yo, que había estado pensando de mí que era tan grande, un templo, una iglesia, un universo entero, libre y capaz de estar en todas partes, en el extremo de las cosas y también aquí, ahora no soy nada más que lo que se ve: un anciano, grueso, las sienes grises, que (me veo en el espejo) apoya un codo sobre la mesa y sujeta en la mano izquierda una copa de buen *brandy*. Este es el golpe que me han dado.

He tropezado con un buzón de correos. Me tambaleo. Me llevo las manos a la cabeza. No llevo sombrero... he perdido el bastón. Soy un pollino y está justificado que los transeúntes se rían de mí.

»Señor, ¡qué indeciblemente repugnante es la vida! Qué sucios trucos nos gasta: somos libres y al momento siguiente... esto. Aquí estamos entre migas de pan y servilletas sucias. En el cuchillo se hace sólida la grasa. Nos rodean el desorden, lo sórdido, la corrupción. Hemos estado metiendo en la boca cuerpos de aves muertas. Con estas migajas de grasa, babeada sobre servilletas, y con los pequeños cadáveres es con lo que construimos. Siempre comienza todo de nuevo, hay un enemigo, hay ojos que se fijan en los nuestros, hay dedos que se enredan en los nuestros, nos aguarda el esfuerzo. Llamar al camarero. Pagar la cuenta. Levantarnos de las sillas. Buscar los abrigos. Irnos. Debemos, debemos, debemos: detestable palabra. Una vez más, cuando pensaba que era inmune, cuando había dicho: "Ya me he desprendido de todo eso", veo que la ola me ha atrapado, me ha zarandeado, ha dispersado mis posesiones, me ha permitido pensar en las cosas, hacerme uno, reunir todo, ganar fuerza, levantarme y enfrentarme con el enemigo.

»Es extraño que nosotros, que tanto hemos sufrido, podamos causar tanto sufrimiento. Es extraño que el rostro de una persona a la que apenas conozco, excepto que creo que coincidí con ella una vez en la cubierta de un barco con destino a África (un simple esbozo de los ojos, mejillas, nariz), tenga el poder de infligir este insulto. Miras, comes, sonríes, te aburres, estás alegre, enfadado: eso es todo lo que sé. Sin embargo, esa sombra que se ha sentado junto a mí durante una hora o dos, esta máscara a la que asoman dos ojos entre todas esas otras caras, tiene el poder de rechazarme, de maniatarme, de enviarme como una mariposa nocturna de llama en llama.

»Un momento. Mientras hacen cálculos tras el biombo, para preparar la cuenta, espera un momento. Ahora que te he insultado, por el golpe que me conmocionó entre mondas y migas y restos de carne, voy a grabar con palabras sencillas cómo también bajo tu mirada, que me obligaba, empecé a percibir esto, aquello y lo de más allá. El reloj funciona, la mujer estornuda, el camarero viene: hay un acercarse gradual, un hacerse todo uno, velocidad y unificación. Escucha: se oye un silbato, se apresuran las ruedas, la puerta rechina en los goznes. Recobro el sentido de la complejidad y de la realidad y de la lucha, por lo cual te doy las gracias. Con un poco de piedad, con algo de envidia y con muy buena voluntad, te doy la mano y te deseo buenas noches.

»¡Alabado sea el cielo de la soledad! Estoy solo ahora. Esta persona a quien apenas conozco se ha ido, a tomar un tren, un taxi, para ir a algún lugar o a ver a alguien a quien no conozco. La cara que me miraba se ha ido. Desaparece la presión. Quedan las tazas de café vacías. Hay sillas patas arriba, nadie puede sentarse en ellas. Hay mesas vacías, pero nadie más vendrá a comer en ellas esta noche.

»Permítanme entonar mi canto de gloria. Alabado sea el cielo de la soledad. Quiero estar solo. Quiero quitarme este velo del ser y arrojarlo lejos, esta nube que cambia con el menor soplo, noche y día, todas las noches y todos los días. Mientras he estado sentado aquí he estado cambiando. He visto cómo cambiaba el cielo. He visto cómo las nubes ocultaban las estrellas, las mostraban, volvían a ocultarlas. Ya no me fijo en estos cambios. Nadie me ve, ya no cambio. Alabado sea el cielo por la soledad que se ha quitado la presión del ojo, la solicitud del cuerpo, y la necesidad de las mentiras y las frases.

»Mi libro, repleto de frases, ha caído al suelo. Está bajo la mesa, donde lo barrerá la mujer de la limpieza cuando llegue, cansada, de madrugada, para llevarse los papeles rotos, los billetes usados de tranvías y, aquí y allá, notas arrugadas convertidas en una bola que se quedaron entre la basura, esperando ser barridas. ¿Cuál es la frase para la luna?, ¿la del amor?, ¿qué nombre le pondremos a la muerte? No lo sé. Necesito un lenguaje infantil, como el que usan los amantes, palabras sencillas, como las que usan los niños cuando entran en la sala de costura y ven a su madre y recogen algunas hebras de lana reluciente, una pluma o un retal de cretona. Necesito un aullido, un grito. Cuando la tormenta cruza el pantano y me cubre mientras estoy tendido en la zanja sin nadie que se fije en mí, no necesito palabras. Nada nítido. Nada que caiga de pie sobre el suelo. Ninguna de aquellas resonancias y ecos hermosos que suenan y resuenan de nervio en nervio en el pecho, haciendo música salvaje, frases falsas. No quiero más frases.

»¡Cuánto mejor es el silencio, la taza de café, la mesa! ¡Cuánto mejor sentarme solo como el solitario pájaro marino que abre las alas posado sobre el palo! Me sentaré aquí con muy pocas cosas, la taza de café, el cuchillo, el tenedor, las mismas cosas, yo mismo. Nada de venir a preocuparme con insinuaciones de que es hora de cerrar la tienda e irse. Daría todo mi dinero para que no me molestaran, para que me dejaran seguir y seguir sentado, en silencio, a solas.

»Ahora, el jefe de camareros, que ha terminado de comer, aparece y frunce las cejas, saca la bufanda del bolsillo y ostentosamente se dispone a irse. Tienen que irse, tienen que echar el cierre, recoger los manteles, fregar el suelo bajo las mesas.

»Os maldigo. Sin embargo, por muy deshecho y fatigado que esté, tengo que rehacerme y he de hallar un abrigo concreto que me pertenece, debo meter los brazos en las mangas, ponerme una bufanda para protegerme del aire de la noche e irme. Yo, yo, yo, cansado como estoy, agotado y casi desgastado de tanto meter las narices en la superficie de las cosas, incluso yo, un anciano, demasiado gordo, que detesta el esfuerzo, debo irme a tomar el último tren.

»Una vez más, veo ante mí la calle de costumbre. El dosel de la civilización está apagado. El cielo está oscuro como un hueso de ballena pulido. Pero hay un fulgor en el cielo, sea de luz de las farolas o de la madrugada. Hay un revuelo de algún tipo: gorjean en los plátanos los gorriones. Hay una sensación de que despunta el alba. No voy a llamarlo el amanecer. ¿Qué es el amanecer en la ciudad para un anciano de pie en la calle que mira perplejo hacia el cielo? El amanecer es cuando el cielo blanquea, una suerte de renovación. Otro día, otro viernes, otro veinte de marzo, enero o septiembre. Otro despertar general. Las estrellas se retiran, se apagan. Se ensancha la distancia entre las olas. La niebla se adensa en los campos. El color rojo es más intenso en las rosas, incluso en la pálida rosa que cuelga junto a la ventana del dormitorio. Trina un pájaro. Los campesinos encienden las primeras velas. Sí, esta es la eterna renovación, el incesante subir y bajar y volver a bajar y subir.

»También en mí se alza la ola. Crece, arquea la espalda. Soy consciente una vez más de un nuevo deseo, de algo que crece en mi interior, algo indeciso; me siento como el orgulloso caballo al que primero espolea su jinete y al que luego frena. ¿Qué enemigo avanza contra nosotros, caballo, mientras corremos por la acera? Es la muerte. La muerte es el enemigo. Lanza en ristre, cabalgo contra la muerte, cabalgo con el cabello al aire, como un joven, como Percival cuando galopaba en la India. Pico espuelas. ¡Invencible y decidido, cargo contra ti, muerte!

Las olas rompían contra la costa.